U0451325

|新科学人|文库

莎士比亚笔下的 N 种死亡方式

蛇咬、剑刺和心碎

［英］凯瑟琳·哈卡普 著

余梦婷 译

商务印书馆
The Commercial Press

Death by Shakespeare: Snakebites, Stabbings and Broken Hearts
by Kathryn Harkup
© Kathryn Harkup, 2020
This translation is published by
The Commercial Press Ltd.
by arrangement with Bloomsbury Publishing Plc.

目 录

不给您看或者给您看,我都会得罪您。信的内容(contents),其中部分按我的理解,是应受谴责的。*

——《李尔王》,第一幕,第二场

1　　开场白

5　　第一章　我们那鄙陋的剧作者
39　　第二章　全世界是一个舞台
69　　第三章　您愿意医好您的病吗?
101　　第四章　砍了他的脑袋!

---

* 译文引自朱生豪译《李尔王》,第一幕,第二场。《莎士比亚全集(增订本)》,译林出版社,2016年,卷6,p.15。下文如未做特别说明,引文皆出自该全集。注释若无说明,皆为译者注。

i

137　第五章　谋杀，谋杀！

171　第六章　战争的猛犬

207　第七章　你们这两个遭瘟的人家！

241　第八章　最美味的毒药

273　第九章　生存还是毁灭

299　第十章　过分的哀戚是摧残生命的仇敌

321　第十一章　被大熊追下

344　收场白

349　附录

364　参考文献

374　致谢

376　索引

开场白

> 全世界就是一个舞台*
> ——《皆大欢喜》,第二幕,第七场

威廉·莎士比亚有着特殊的历史地位。除了这位"埃文河畔的吟游诗人"(Bard of Avon),还没有哪个作家能如此成功,如此长久地受世人尊崇。在四百多年的时间里,他给我们带来了娱乐,丰富了我们的文化,对其作品的改编和翻译,更是数不胜数。

他虽然一直迎合着16、17世纪伦敦观众的口味,但在今天,他的戏剧和诗歌不只在英格兰,更在全世界为大家熟知和喜爱。莎士比亚触及了一些跨越文化和语言的内容。古代的埃

---

* 朱生豪译《皆大欢喜》,第二幕,第七场。卷2,p.127。

及*，中世纪的法国战场**，抑或文艺复兴时期欧洲的一座魔法岛***，这些剧目的时代背景或许不容易让人产生代入感，但剧中的爱、恨、忌妒和丧失等主题显然与我们息息相关。

莎翁广泛吸纳历史、文学、想象和日常经验，创作出令我们捧腹、垂泪、讶异和思考的戏剧作品。将复杂的细节和深刻的角色编织进简单构想的能力，让他的剧作从同时代人的作品中脱颖而出。他对细节的观察，让许多人以为他一定是横跨法律、医学等多个领域的学者，会花时间乘船旅行，也曾浸染意大利的氛围。

但没有证据表明他做过这些事。或许，是他吸收信息，将其织入戏剧并出色呈现的能力骗了我们，让我们误以为他对生活有着比实际更详尽的认知和更丰富的体验。不过，有两个主题无疑是他的专长，也是他有切身体会的，那就是伊丽莎白一世（Elizabethan Ⅰ）和詹姆士一世时期（Jacobean）英格兰的生与死。

莎士比亚对死亡的理解与今天很不一样。在这位剧作家生活的时代，生命通常短暂，死亡是一个社会事件。他也许对死亡过程缺乏科学理解，但他知道死亡看起来、听起来和闻起来是什么样。今天，死亡被净化、被遮掩，极少被谈及。

---

* 悲剧《安东尼和克莉奥佩特拉》（*Antony and Cleopatra*）。
** 如历史剧《亨利五世》（*The Life of King Henry Ⅴ*）。
*** 喜剧《暴风雨》（*The Tempest*）。

死亡的细节往往被完全隐去。而生活在16、17世纪的人会去看望生病和生命垂危之人,还会亲自照料即将离世的亲友。他们目睹公开处决,围观街头斗殴,一直活在对瘟疫降临的恐惧之中。

因为缺乏有效的医疗,哪怕是最轻微的疾病和感染也能致死,人们会近距离接触死亡,详尽了解死亡的残酷事实。死亡在日常生活中司空见惯——"死跟活一样,都很平常"*(《爱德华三世》)——莎士比亚并不回避它。在他对生命百态的精彩描写中,死亡是其中的一部分。绚烂的死、高贵的死、悲惨的死,甚至是平凡的死,都囊括在他的剧作中,有时写得特别详细。对此,本书将逐一探索。

---

* 译文引自孙法理译《爱德华三世》,第四幕,第四场。卷4,p.504。

第一章
我们那鄙陋的剧作者 *

---

* 译文引自孙法理译《亨利四世下篇》,尾声。卷4,p.211。

莎士比亚笔下的 N 种死亡方式

一个人的一生中要扮演好多角色[*]
——《皆大欢喜》，第二幕，第七场

莎士比亚为我们留下了大量文字，却鲜少有关于他自己的材料。他的生平经历很不明晰，就连出生日期都有争议。威廉·莎士比亚生于 4 月 21、22 或 23 日，人们通常在 4 月 23 日纪念他的诞辰，与英格兰主保圣人圣乔治的纪念日在同一天，莎士比亚也是在 52 年后的这个日期去世。可以确定的是，他的一生从埃文河畔的斯特拉福德镇（Stratford）开始，1564 年 4 月 26 日是他的受洗日。

威廉的父母约翰和玛丽生了八个孩子，其中只有五个长大成人（按照出生顺序，依次是约翰、威廉、吉尔伯特、理查德和埃德蒙）。威廉比其他兄弟都活得久，这在当时可是个了不起的成就。自打他出生，死亡便不离左右。

1564 年 7 月 11 日，我们的剧作家出生还不到三个月，斯特拉福德圣三一教堂（Holy Trinity Church）的教区记事簿中记载了一句不祥的话："这里兴起瘟疫。"这次瘟疫爆发夺走了斯特拉福德六分之一的人口，至少两百人丧命，死亡率

---

[*] 译文引自朱生豪译《皆大欢喜》。卷 2，p.127。

第一章 我们那鄙陋的剧作者

是正常情况下的十倍。死者包括该镇当年三分之二的新生人口。莎士比亚是幸运儿之一。早早地暴露在疾病环境中，也许反而给了他一种保护，让他在以后的人生中免遭感染，有助于他在16世纪和17世纪早期伦敦周期性爆发的瘟疫中生存下来。1564年的这场瘟疫，孩子和老人尤其容易感染，但每个人都非常恐惧。8月，镇议会举行了一次紧急会议，商讨如何救助感染者，与会者坐在教堂花园的开阔处，尽量降低染病的可能。

16世纪末，英格兰总共只有约四百万*人。伊丽莎白一世统治时期，尽管困难重重，人口增长率达到了每年1%。这多亏了极高的出生率，能赶超相当高的死亡率。

都铎王朝时期，人们的平均预期寿命仅38岁，新生儿头几年最危险。婴儿出生对于母亲和孩子来说都是一场冒险。当时，助产是妇女的专职，尽管许多助产士都有很丰富的经验，但那时没有这方面的专业训练。虽然助产士学徒很普遍，但没人会为了取得助产士许可证，费心前往宗教法庭（Church Court）登记注册，即便不需要考试或测验。在简单的分娩过程中，助产士的经验非常宝贵，但若有任何超出常规的事情发生，就算很轻微，助产士也会束手无策。大出血、

---

* 所有的人口数量都是概数，并且是推测的结果。文艺复兴时期的英格兰没有官方的人口普查，出生和死亡记录不完备。——原书注

臀位分娩、胎儿难以从产道挤出*，以及产后感染，都足以致命。**

即使孩子出生时活着，也有 9% 的可能活不过第一周，11% 的可能在满月前死去。当时能活到一岁的孩子还不到 80%，无论以何种标准来看，这个概率都相当低，尤其是与今天相比——如今，全世界接近 97% 的孩子能活到一周岁（尽管全球各地存在很大差异）。但是，活到一岁危险也没有结束：当时 1/3 的孩子死亡时不满十岁。所以，能成年就是一项成就。遗传因素会增加部分婴儿的生存机会，但出生在一个富裕的家庭明显有助于他们存活下来。莎士比亚可能很幸运，两样都具备。

虽然儿童的死亡率惊人，英格兰却是一个年轻人的国家，半数人口不到 25 岁。一位日记作者认为，40 岁是"开启老年第一阶段"的年纪。活得越久，就越有可能长寿。能活到 30 岁的人，就有望活到 60 岁。莎士比亚刚好活到 53 岁的第一天，这在当时算相当高寿了。

然而，他在这 52 年的大多数时间里做了什么，我们所知

---

* 直到 18 世纪中期，英格兰才出现产钳。——原书注

** 莎剧中，有几位母亲就是这么死的，《仲夏夜之梦》（*A Midsummer Night's Dream*）里讲到，提泰妮娅（Titania）和奥布朗（Oberon）争夺换子（changeling boy），这孩子的母亲就是死于分娩。——原书注

传说中仙子常在夜间偷走美丽的小孩，换之以愚蠢的妖童，故称换子。提泰妮娅是仙后，奥布朗是仙王。

第一章　我们那鄙陋的剧作者

道的就很少了。*

莎士比亚早年很可能生活在斯特拉福德,先是进了当地的文法学校,之后忙父亲的生意(他父亲很可能是手套商)。有件事可以肯定:威廉·莎士比亚18岁时,娶了26岁的安妮·哈瑟维(Anne Hathaway)。婚礼似乎安排得很仓促,很可能因为安妮当时已经有孕在身。

莎士比亚和安妮一共有三个孩子,分别是生于1583年的苏珊娜(Susanna),以及生于1585年的双胞胎朱迪思(Judith)和哈姆内特(Hamnet)。哈姆内特离世时年仅11岁,死因不明,但莎士比亚的两个女儿都很长寿,苏珊娜享年66岁,朱迪思77岁。三个孩子都在斯特拉福德出生,莎士比亚想必参加了在当地教堂为孩子们举行的洗礼。但是,双胞胎出生后的七年里,莎士比亚的行踪完全成谜。对于这段缺失的岁月,人们有许多看法和推测。接下来我们能确定的是,到1592年,莎士比亚已经在伦敦立足,成了一名剧作家。

* * *

莎士比亚可能年少时就体验过戏剧生活。早在莎士比亚

---

* 因为信息匮乏,有人认为通常归在莎士比亚名下的作品并非他本人所写。其实我们对莎士比亚生平的了解,已经比对他同时代的其他剧作家多了(本·琼森[Ben Jonson]是个例外,他做了很多工作来保存自己的遗产)。——原书注

投身戏剧舞台之前，舞台表演就是一种流行于英格兰的娱乐形式。节庆期间会有业余的表演，在大一些的城镇，如约克郡和林肯郡，还会上演加长版的舞台作品，或被称为神秘剧（mystery play）的系列演出，表演《圣经》中的情节，吸引大量当地民众参与。年轻的莎士比亚也许就是在其中一场盛会的演出中，尝到了舞台的滋味。不过，在他出生时，神秘剧已经在衰落了。*

也有专业的表演剧团在全国巡回演出，条件允许的话，他们随时随地都能表演。这些剧团来到镇子里，找个可用的地方——通常在当地贵族的宅院或城堡里，搭建起舞台，就像《哈姆莱特》（Hamlet）里写到的那样。这份工作很辛苦。从服装、道具再到乐器，每一件物品他们都要带着。因为场地差异很大，台词和演出形式都要进行相应的改变。剧团没什么时间排练，收入也很不稳定。

为市长或其他当地官员免费表演（以获得批准）之后，剧团会为付费的观众表演更多剧目。1582年在诺威奇（Norwich），因为一个男人拒绝在观看演出之前支付票钱，几位演员和数名观众打了起来，其中一人被剑刺伤，流血至死。对巡回艺人来说，路途上的生与死都很艰难。然而，在莎士比亚一生中，及至他死后，表演剧团一直在做巡回演出，尤其是夏天，

---

* 这些史诗般的宗教戏剧受到伊丽莎白女王新教当局镇压，因为它们更像天主教的表演。——原书注

以及当他们因为瘟疫被迫离开伦敦时。

从热闹的集镇生活到伦敦的名利场，莎士比亚如何实现这一转变，这是个谜。一种说法是，1587年，女王剧团（Queen's Men）*在斯特拉福德逗留期间，缺一名演员，于是二十多岁的莎士比亚加入了他们。因为剧团之前在牛津郡的泰姆（Thame）停留时，成员威廉·尼尔（William Knell）和约翰·汤（John Towne）打了起来。尼尔的脖子被刺伤，不治身亡，剧团出现空缺。

问题是，没人知道剧团巡演的路线，所以没人知道他们到达斯特拉福德是在尼尔被刺死之前还是之后。莎士比亚和女王剧团之间并不存在已知的职业上的联系，后者也不大可能会在半路上招募演员。

* * *

在当时，如果想成为演员或剧作家，想在戏剧界出名，毫无疑问，你应该去伦敦。但这要冒风险，众所周知，住在英格兰的首都，不利于身体健康。英格兰的平均预期寿命大约是38岁，但全国各地差别很大，住在乡村的人比住在城市的人更有可能享受到老年生活。在伦敦最好的区域，平均预

---

* 表演剧团受富裕贵族赞助，各剧团都以赞助者的名字命名。——原书注

期寿命是35岁，而在更差的一些区域，平均预期寿命勉强能超过25岁。伊丽莎白一世统治时期，英格兰人的生命受到各种各样的威胁。要生存下来，你必须既小心又幸运。

伦敦的死亡率始终高于出生率，但人口却持续增长，因为不断有人从乡村蜂拥而至，也有欧洲大陆的难民在码头登岸。16世纪90年代，伦敦是欧洲最大的城市之一，仅次于法国巴黎和意大利那不勒斯。16世纪初，大概有5万人居住在伦敦，一个世纪之后，这个数字翻了两番，达到约20万人。城里的条条街道充满生气。

但同时，包括威斯敏斯特和萨瑟克区（Southwark）在内的大伦敦（Greater London）仅向外延伸了几平方英里[*]，市中心的空间增长受到极大限制，所以每一寸可用的土地都盖上了房子。街道越来越窄，房屋越来越密地挤压在一起，光线和新鲜空气消失无踪。教堂为了获利，将庭院[**]租出去建小公寓。结果许多教区不得不将死者埋葬在圣保罗大教堂的庭院内。棺材一个摞一个，挤占每一处空间。若你挥铲挖土，想要辟一小块新地，往往会砸破棺盖，因为棺材就躺在浅浅的地表之下。圣保罗大教堂的庭院还是一个市场和新兴的出版业中心。总之，到处都很拥挤。

城市建筑本身就会危及生命。建设没有章法，没有最低

---

[*] 1平方英里约等于2.589平方千米。
[**] 常用作墓地。

建筑标准，也没有安全规则。大部分建筑是木制的，很容易被明火点燃。

出了房屋，狭窄的街道上有人们倾倒的垃圾。住在屋里的人本应让街面保持干净、整洁，违者会被罚款，但许多人都忽略了这道指令，也无视罚款。在斯特拉福德的亨利街（Henley Street），威廉·莎士比亚的父亲约翰就曾因"未经批准乱倒垃圾"被判有罪。他原本应将废弃物倒在远处的公共垃圾堆。不过他至少缴纳了罚款。

成堆的生活垃圾、动物粪便和人类排泄物淤积在街上。屠宰场的血污和内脏堵塞排水沟，喂饱了乌鸦和流浪猫狗。垃圾也吸引了老鼠，随之而来的是疾病。人们指望雨水能将这些残余物冲入沟渠和河流，但即便英格兰多雨，倾盆大雨也冲不干净街道。

在伦敦，污物通过弗利特沟（Fleet Ditch）和穆尔沟（Moor Ditch）排入泰晤士河，但它们时不时会堵住，搞得臭气熏天，需要派游手好闲的人和流浪汉去清理。死狗漂浮在泰晤士河上，它身旁是从阳沟冲入河里的废弃物，这副景象不足为奇。

许多伦敦人的饮用水都来自泰晤士河，人们也贩卖和食用河里的鱼。环绕城墙的市内沟渠中曾经有鱼，此时则只有细菌和寄生虫在污水中畅游。伤寒经常爆发，但当时的人不认为这是一种病。伤寒无视那个时代的社交礼节，无差别地杀死富人和穷人。1612 年，年轻的亨利王子（Prince Henry）就死于伤寒，他是国王詹姆士一世的儿子，也是呼声最高的王位继承人。

不仅吃当地的鱼、喝当地的水会得病。当时没有食品法规，食物只要没有明显腐坏，就可以售卖，这对卖方没什么影响，但消费者食物中毒的风险很大。

伦敦也是一个重要的港口，轮船从这里起航远行，来自世界各地的货物和旅客在这里上岸。当地人染上新疾病的机会很多。人们不清楚传染源，通常认为疾病是由恶劣的气味引起的。鉴于街上臭味熏天，居民健康状况普遍欠佳，的确容易产生这样的联想，即便这并不正确。在伊丽莎白一世时期，基于上述联系，人们认为清洁卫生与芬芳的空气有关。为了防止传染病，他们喷香水、抹头油，嗅闻用香草制成的香丸或填充丁香的橘子。用煮沸的醋或燃烧沥青为房间、宅院（有时甚至是街道）消毒。但这些做法自然是没用的。

更糟糕的是，当时的人普遍不讲个人卫生。他们不怎么换衣服，很少洗澡，沐浴通常只是用来治疗痛风、风湿或"在冬天改善老寒腿"。人们用粗布擦身，代替洗澡。只有双手和脸受到特别关照，至少每天都洗。在伊丽莎白一世时期的英格兰，人们有大把机会死于传染病。也难怪莎剧中总会出现这样或那样的疾病。

第一章　我们那鄙陋的剧作者

*　*　*

二十多岁的莎士比亚来到这样不利于健康的环境，开始努力在戏剧舞台上博得名声。当他抵达时，伦敦已经聚集了许多著名的剧作家，如克里斯托弗·马洛（Christopher Marlowe）、罗伯特·格林（Robert Greene）、托马斯·纳什（Thomas Nashe）。要在这个人才济济、久负盛名的领域出人头地谈何容易，但他做到了。如果罗伯特·格林的尖刻评价可以引以为据，这位新人的成功的确在资深的戏剧专业人士中引起了一丝恐慌。"暴发户乌鸦"* 这个绝妙的说法就是从格林这里来的，虽然他没有指名道姓，但人们猜测是在抨击莎士比亚。这段恶意满满的评论如下：

> 是的，不要相信他们，因为他们中有一只暴发户乌鸦，用我们的羽毛装点自己，在一个戏子的皮囊下裹着他的老虎心**，他以为写出一首浮夸的无韵诗，就可以与你们中的佼佼者相提并论：他就是一个干杂活儿的，却自认为是举国上下唯一的"震撼

---
*　upstart crow，常译为"新贵"，此处采用直译。
**　莎剧《亨利六世》中的一句台词是"一个女人的皮囊里裹着一颗老虎心"。

舞台之人"（Shake-scene）[*]。

在格林看来，莎士比亚有很多问题。他从其他剧作家那里拿来材料（但当时没有剽窃的概念，借鉴别人的想法很普遍，人们通常也接受）；他是演员兼剧作家；来自乡村。而除了莎士比亚，格林和大部分剧作家都上过大学。一直有人质疑莎翁的受教育程度是不是真的像传说中那么低，因为他们不相信，一个毕业于斯特拉福德文法学校的人，可以写出如今归于他名下的那些戏剧。所谓的教育匮乏也让他受到同时代其他剧作家轻视，本·琼森嘲笑莎士比亚"几乎不用拉丁语，希腊语用得少"。但是，一所16世纪的文法学校会教拉丁语和希腊语，甚至比现代高校在这两门语言上提供的教育要好。当时，文法学校的课程聚焦于希腊和罗马的戏剧、演讲术与修辞学。对于一个剧作家而言，这是极好的训练。

格林是知名作家，主要以写浪漫小说著称，也写戏剧。他非常高产，为了维持奢侈的生活，他也必须高产。和同时代许多人一样，他极力挥霍人生，享受伦敦的声色犬马。他抛弃妻子，与情妇埃姆（Em）交往，埃姆的兄弟是臭名昭著的窃贼和杀人凶手，绰号"切球"（Cutting Ball），因罪被吊死在泰伯恩刑场（Tyburn）。

---

[*] 莎士比亚的名字Shakespeare拆分开是Shake-speare，这里的Shake-scene有含沙射影之嫌。

第一章　我们那鄙陋的剧作者

格林挣钱不多，在穿衣和娱乐上又挥霍无度。穷奢极欲的生活方式很可能导致了他的败落。当时传闻，格林认为自己之所以患上致命疾病，是因为与好友们出去吃饭时，吃了太多他爱吃的腌鲱鱼，喝了太多莱茵葡萄酒*。在那场盛宴之后，他勉强支撑了一个月，朋友们纷纷抛弃他，只有成群结队的虱子和可怜他的女房东陪伴他。他最终很可能因为三期梅毒，死于1592年9月3日，年仅34岁。

关于格林之死，还有一些别的说法。其中一种来自卡思伯特·伯比（Cuthbert Burby）提供的医疗报告。报告称，格林抱怨腹部疼痛。他的下腹和面部肿胀，像是由肝硬化引起的水肿；或许是莱茵葡萄酒让他慢性醇中毒。不管是什么原因，格林在悲惨、穷困、孤独中死去。他在临终时刻薄地攻击另一位剧作家，并不令人吃惊。

各种疾病都有可能杀死格林以及其他居住在那种不健康环境中的伦敦人，但其中最可怕的是瘟疫。所以还有一种说法是，格林死后没几天就爆发了瘟疫，他正是早期的受害者。这场瘟疫从1592年持续到1593年，疫病爆发伊始，正是莎士比亚努力在戏剧界立足之时，这让他的事业还没真正开始就面临结束。瘟疫让剧院关门大吉，让戏剧行业面临经济压力。

---

*　产自莱茵河流域的葡萄酒。

莎士比亚笔下的N种死亡方式

* * *

伦敦很少彻底摆脱瘟疫，而在莎士比亚时期，有几次非常严重。瘟疫不仅威胁伦敦人的生命，还让演员和剧作家的收入大幅减少。为了防止人群密集引起疾病传播，剧院被迫关闭。1574年，政府禁止"在公祷（common prayer）时间和大瘟疫时期"演出。到1584年，有明文规定，瘟疫感染人数连续三周降至50人以下，剧院才可以开门营业。1604年，枢密院又将数字下调至30人。尽管人们并不总是严格遵守，但这些规定对戏剧业造成了严重影响。

1592年至1593年的瘟疫至少夺走了1万个伦敦人的性命，实际很可能还要多得多（根据死亡统计表，死亡人数达1.8万）。所有剧院关停了一年多，只有极少数短暂重新开业。这个时期，表演剧团挣扎求生。当剧院关闭时，他们会外出巡演，竭力维持生活，直到瘟疫退散。1593年至1594年的圣诞季，瘟疫有所减弱，剧院得以再次开放，但是要到1594年秋天，伦敦才能恢复正常的生活秩序。

莎士比亚也许不是出于主动选择，而是迫不得已才开启一场新的冒险，即成为一位诗人。这项替代性的事业，让他幸运地在艺术和财富上都获得了巨大成功，补充了巡演带来的微薄收入。莎士比亚就是在这一时期创作了叙事诗

《维纳斯与阿多尼斯》(Venus and Adonis)，其中有一段热情洋溢的献词，献给南安普顿（Southampton）伯爵三世亨利·里奥谢思利（Henry Wriothesley）。若莎士比亚在当时因瘟疫倒下，后世之人会认为，他是个写了一首著名长诗的二流剧作家。他的戏剧作品会被同时代的马洛、琼森和格林完全遮蔽。但他活了下来。莎士比亚的作品渗透了我们的语言和文化，我们完全无法想象，没有他，现代世界会是什么样。

因为瘟疫，各个剧团的演员流动很大。他们要么病死，要么离开戏剧行业，去谋一份收入更可靠的差事。有些富裕的赞助者也死了，剧团就需要找新的赞助者，再改个新名字。

阻碍表演剧团取得成功的因素不只有瘟疫。斯特兰奇勋爵（Lord Strange）费迪南多（Ferdinando），即后来的德比伯爵，是德比伯爵剧团（The Earl Derby's Men）的赞助者，他于1594年神秘去世后，剧团就解散了。一年前，斯特兰奇曾收到理查德·赫斯基思（Richard Hesketh）的一封信，请他领头密谋推翻女王。斯特兰奇没有接受提议，反而向当局告发了赫斯基思。故事到此还没结束。第二年，斯特兰奇突然死去后，谣言四起，说他可能死于巫术，或者是中毒身亡。而剧团因此没了赞助者，留下的成员陆续加入了海军大臣剧团（Lord Admiral's Men）。表演剧团的压力会非常大。有时候压力太大，许多表演剧团干脆就解散了。

1592 年到 1593 年的瘟疫对表演剧团的打击太大，以至于瘟疫结束后，伦敦的剧院重新开张时，只剩下两个主要的剧团。其中一个是海军大臣剧团，但剧团成员也经历了大的调整。他们由演员、地产所有者、妓院管理人兼剧团经理人爱德华·阿莱恩（Edward Alleyn）领导。

另一个剧团由宫务大臣（Lord Chamberlain）亨利·凯里（Henry Carey）组织，所以被称为宫务大臣剧团。作为英国皇室内廷的一位长官，凯里的职责之一是安排女王的娱乐活动。于是该剧团成了被召去为皇室演出的首选剧团，他们由演员、剧院老板，爱德华·阿莱恩的劲敌理查德·伯比奇（Richard Burbage）领导。这是莎士比亚所在的剧团，他只在这个剧团演出过，而且只为他们写剧本。

没有别的剧作家像莎士比亚这样，专为一个剧团写剧本。许多人是谁出钱就卖给谁。有的剧作家会和特定剧团订立契约，在规定的年限写出一定数量的剧本。契约到期，或者不能履约时，剧作家可以转去别的剧团。集体创作很普遍，写作者根据自己的贡献分得酬劳。剧作家的产出通常很高，收入却相对较低，甚至就连这些小额报酬，也要在戏剧上演后实行分期付款。剧团经理不能指望剧作家稳定地创作出新内容。许多因素需要考虑：生病、入狱、突然离世，这些还只是剧作家不能按时交稿的部分原因。

第一章 我们那鄙陋的剧作者

以说出"暴发户乌鸦"知名的罗伯特·格林不是唯一英年早逝的剧作家。克里斯托弗·马洛死于1594年,比格林晚一年。他的死更暴力,但鉴于马洛暴烈的一生,这一点儿也不意外。

1589年9月18日,马洛卷入一场致命的剑斗。他和客栈老板的儿子威廉·布拉德利(William Bradley)发生争执。争吵原因不明。他俩斗得正酣时,马洛的朋友,诗人托马斯·沃森(Thomas Watson)碰巧撞见,拔剑分开二者。马洛收手,但布拉德利看到沃森和他抽出的剑,便"扑向"他。布拉德利把沃森逼到墙角,诗人反击,将剑刺进布拉德利的胸膛6英寸*深,杀死了他。沃森和马洛被送到新门(Newgate)监狱,被控谋杀。**他们在监狱里关了两个星期后,出现在老贝利(Old Bailey)***。人们相信他们是出于自卫,因此判定二人无罪。马洛当庭释放,沃森则在监狱里又待了五个月,直到获得女王的赦免。

几年以后,马洛再次触犯法律。这一次是1592年5月,他在肖迪奇(Shoreditch)涉及几起具体细节不明的暴力犯罪,被勒令到邻近的刑事法庭出庭。同年9月,马洛在他的家乡

---

* 1英寸约等于2.5厘米。
** 一些历史学家称,他们实际上被送到了芬斯伯里监狱,而非新门监狱。——原书注
*** 英国最古老的法院。

坎特伯雷（Canterbury）和一位裁缝打架，再次被扭送到法官跟前。

1593年5月20日，马洛又被逮捕了，这次倒不是因为他的暴力行为。托马斯·基德（Thomas Kyd）也是位剧作家，曾经和马洛做过室友，他（在酷刑折磨或酷刑威胁下）给出了一份证词，证明在他那里找到的一些争议性文件实际上属于马洛。马洛被拽到法院受审，但又被释放，等待下一个审判日。

十天以后，马洛来到德特福德（Deptford）的一所公寓，与三个十分可疑的人会面，他们分别是英格拉姆·弗里尔（Ingram Frizer）、尼古拉斯·希尔思（Nicholas Sheres）和罗伯特·波利（Robert Poley）。见面原因不得而知。他们一整天都在一起用餐、散步，至少在吃完晚饭之前还相处愉快。后来，他们为谁来付账的问题吵起来。马洛突然伸手从弗里尔的后兜抽出一把匕首，袭击弗里尔，伤了他的头部，但不致命。在接下来的扭打中，弗里尔似乎从马洛手中夺回了匕首，并刺向马洛的头部，刺到眼睛上方一点的位置，立刻要了他的命。

至少这是官方的说法。马洛可能是皇家间谍，有人推测，他实际上是被暗杀的——他的前室友托马斯·基德的证词只不过是抓住马洛的手段。*36岁的基德也在一年后去世，也许

---

* 更有可能的似乎是他们在喝了一天酒之后，失控打了起来。——原书注

第一章　我们那鄙陋的剧作者

是受酷刑影响。不管马洛是怎么死的，又是为什么死，最终结果都一样。在度过了险象环生的短暂人生后，伦敦最有前途的剧作家之一，《帖木儿大帝》(*Tamburlaine*)、《浮士德博士》(*Doctor Faustus*)*和《爱德华二世》(*Edward II*)的作者，在29岁时死去。

莎士比亚无疑很仰慕马洛，二人可能合作写了《亨利四世上篇》(*Henry IV, Part I*)。**马洛去世很久后，仍然影响着莎士比亚。他公然从马洛的作品中盗取了许多台词，甚至将《马耳他岛的犹太人》(*The Jew of Malta*)的大部分情节用到了《威尼斯商人》(*The Merchant of Venice*)里。他甚至可能以马洛为原型创作了迈丘西奥（Mercutio）这个人物——《罗密欧与朱丽叶》(*Romeo and Juliet*)里的迈丘西奥是罗密欧的朋友，他机智风趣、脾气火暴。马洛去世几年之后，有人认为莎士比亚在《皆大欢喜》中提到了他被谋杀一事："那比之小客栈里开出一张大账单来还要命。"***

马洛的死是英国戏剧界的重大损失，对于马洛的缺席，他的剧作家同行们一定感触更深。遗憾的是，不久之后，他

---

*　全名是 *The Tragical History of Doctor Faustus*，《浮士德博士的悲剧》。

**　有观点认为，那些通常署名威廉·莎士比亚的戏剧实际上是克里斯托弗·马洛写的，这种说法毫无根据。如果这一说法成立，那么马洛必须假死，并在随后20年从大众视野消失，这样他才能给自己的作品冠上"莎士比亚"这个名字。——原书注

***　译文引自朱生豪译《皆大欢喜》，第三幕，第三场。卷2，p.144。

们中的另一位也退场了。16世纪80年代和90年代，乔治·皮尔（George Peele）在伦敦取得一些成功。人们认为他与莎士比亚合作了《泰特斯·安德洛尼克斯》（*Titus Andronicus*），这是莎士比亚戏剧真作全集中最血腥的一部。剧中流血的场面极多，这常常被归结为是受皮尔影响。皮尔还写过特别血腥的《阿尔卡萨之战》（*The Battle of Alcazar*，见本书第二章）。尽管人们普遍认可《泰特斯·安德洛尼克斯》第一幕全部以及第二幕和第四幕的前几场由莎士比亚写作，但他可能从头到尾都与皮尔有密切合作。

除了戏剧创作上的合作，皮尔和格林、马洛、纳什还是好朋友。皮尔似乎跟他们一样纵情享乐。他40岁时死于出痘（梅毒），在1596年11月9日下葬。在皮尔的同时代人中，莎士比亚因为长寿显得不同寻常。

与其他剧作家相比，莎士比亚的性情算得上非常冷静。他和他的表演剧团在戏剧界显然很专业——他们可靠，不会酒后闹事。但凡事皆有例外。1596年，威廉·韦特（William Wayte）声称自己在天鹅剧院（Swan Theatre）外受到四名攻击者袭击。在英国高等法院，他发誓说自己"怕得要命"。他控告的其中一人就是威廉·莎士比亚。我们的剧作家或许只是在错误的时间出现在了错误的地点，恰巧赶上韦特和另外三名被告的争吵走向失控。不过，另外几个卷入这次事件的人都和戏剧界有关，所以莎士比亚也有可能不是无辜的旁

第一章　我们那鄙陋的剧作者

观者。法院命令几名被告缴纳保证金（类似保释金），如果他们再次扰乱治安，就罚没这笔钱。*

这不是莎士比亚唯一一次触犯法律。1601年，埃塞克斯伯爵（Earl of Essex）企图推翻女王。在他与同谋者朝宫廷进发的前一天下午，为了赚得他们承诺的高额报酬，宫务大臣剧团根据特殊要求，为他们表演了《理查二世》（*Richard II*），这是一出讲述推翻和谋杀一位君王的戏剧。**埃塞克斯和其他几个人被捕，并判处叛国罪，但剧团的人似乎一点事也没有。

* * *

16世纪晚期的英格兰，特点之一是暴力和政治动荡。人人暴躁易怒，绝大多数男人随身携带武器。所有绅士都流行佩剑，几乎每个成年男性至少有一把匕首。就像《罗密欧与朱丽叶》里的故事一样，一群男人突然卷入致命剑斗，这不只是一个方便的情节设置，而是经常出现在伦敦街头的实景。

---

*　莎士比亚可能在《温莎的风流娘儿们》（*The Merry Wives of Windsor*）中对这次事件进行了戏仿，剧中角色斯兰德（Slender）可能就是以韦特为基础，但支持这个观点的证据就像角色的名字一样弱（slender有纤细、微薄之意）。——原书注

**　在伊丽莎白一世的一生之中，她常常被人拿来和理查二世做比较，和一个虚弱、不负责任的国王联系起来，她肯定很恼火。——原书注

犯罪活动最显著的波峰出现在16世纪90年代，这个十年，伦敦时局紧张，其中1595年又尤其乱，动乱的原因之一是食物匮乏。

乔伊斯·尤因斯（Joyce Younings）写道，在16世纪晚期，"有的地区，大量人口活活饿死，在都铎时期的英格兰，很可能是第一次出现这种情况"。气候恶劣、人口增长，食物经常供不应求。伦敦的人口增长率不断攀升，要喂饱持续增加的居民，相当困难。1581年到1602年，食物短缺，加上其他不满，引起了大约35场暴动。

1595年，事情发展到一个顶点。光是那一年的6月，就有13起暴动。奇普赛街（Cheapside）的颈手枷（pillory）全部被拆毁，市长的楼外立起了临时的绞刑架。6月29日，1000名学徒开赴塔丘（Tower Hill），伦敦的枪支制造商店就在那里。后来，社会秩序逐渐恢复，违法犯罪者受到了严惩——五个领头的学徒被判绞刑加四马分尸*。全城戒严，包括关闭剧院，就像瘟疫流行的年头。

即便在相对富足的时期，许多穷人也营养不良。相比之下，富人很可能因饮食过于丰盛，消耗了太多红肉和葡萄酒而消化不良。伦敦的街面一直有疾病流行和卫生条件差的问题，所以大多数人在大多数时候都感觉不适，每个人的心情都不好。

---

* 完整的描述为吊死、掏出肚肠并裂解四肢（hanged, drawn and quartered），为求行文简洁，简化为"绞刑加四马分尸"，该刑罚类似中国古代的车裂。

第一章 我们那鄙陋的剧作者

还有一个因素是战争。16世纪90年代，英格兰持续发生对外冲突，人们期望借此转移街头暴力分子。这些人可以应征入伍，拿着军饷去实施暴力行为；而在其他情况下，他们会因此被吊死——"没有哪一位国王……一旦要凭刀剑来解决问题，他也不能靠着完全清白无瑕的士兵为他打出一个结果来。有些士兵也许曾经犯过预谋策划杀人的罪。"*（《亨利五世》）

部队从国外回来后，麻烦就来了。士兵参战时，并不总能马上得到军饷，而一旦他们回归平民生活，军饷就会停发。当工作机会少，流浪者多时，那些在战争中受过伤的人就更不可能找到有薪水的工作了，许多人为了养家糊口，被迫犯罪。对于在战争中遭受损害和创伤的人，当时没有相应的扶助机制。

军队开赴港口登船时也会出问题。17世纪20年代也是犯罪活动激增的十年，埃塞克斯郡长频繁收到对不守纪律的部队、掉队者和逃兵的投诉。情况一度很糟，甚至需要军官全副武装驻守十字路口，监督队伍通过。

尽管有上述不满和潜在的暴力行为，在伦敦，死于意外伤害的人竟然比惨遭杀害的人多。不过，观看莎剧的观众可能会非常熟悉剧中暴力和死亡的场面，无论是意外的，还是蓄意的。而在这段动荡不安的时期，另一个脾气暴躁、招致争议的剧作家登场了，他就是本·琼森。

---

* 译文引自刘炳善译《亨利五世》，第四幕，第一场。卷4，p.286。

莎士比亚笔下的 N 种死亡方式

* * *

琼森出生在一个普通家庭，由母亲和继父抚养长大，继父是个砖匠。这样的开始可能不算顺遂，但在家里一个朋友的资助下，得益于卓越的古典教育和大量阅读，琼森成为当时最富学养的人之一。他没有上大学，而是做起了砖匠学徒，但他后来放弃了这个职业，志愿参军。他尤其引以为豪的是，他曾在两军之间的无人区和一个西班牙士兵单挑，并且杀死了对方。16世纪80年代，他离开欧洲大陆战场，结束军旅生涯，回到英格兰，成为一名演员。1597年，他已经在海军大臣剧团，但很快他就显现出，他的天赋在于写作，而非表演。

琼森的写作事业，起步有点曲折。1597年，他和托马斯·纳什合作，创作了戏剧《犬之岛》（*The Isle of Dogs*），讽刺宫廷。无论该剧在文学上有什么优点，它都因为内容大逆不道，不为当局所容。纳什眼见惹上麻烦，一早就逃了，琼森因为"下流和反动的行为"被捕。他和剧中的两名演员罗伯特·肖（Robert Shaw）、加布里埃尔·斯潘塞（Gabriel Spencer）一起，被监禁在马夏尔西监狱（Marshalsea prison）。这部剧立刻遭到打压，剧本没有留下来。肖和斯潘塞几乎立刻就被释放了，但琼森还要再等几个月才能获得自由。

这个早期的意外事件显然一点儿也没有打乱琼森的写作

事业。第二年，他独立创作出第一部大获成功的作品《个性互异》(*Every Man in His Humour*)，后来又创作了更多戏剧。但在 1598 年 9 月，他再次陷入法律纠纷，这一次严重得多：他被指控谋杀。

琼森和加布里埃尔·斯潘塞起了争执，后者就是前一年和他一起进监狱的一名演员。争吵原因不明，但局面很快升级，最终二人在霍克斯顿广场（Hoxton Fields）决斗。琼森后来埋怨斯潘塞用比他长 10 英寸的剑，弄伤了他的手臂。于是他反击并杀了斯潘塞，因此被捕。这件事让海军大臣剧团极其悲恸。演员兼剧院经理菲利普·亨斯洛（Philip Henslowe）抱怨道："我损失了一名剧团成员，这太让我痛心了；他是加布里埃尔，在霍格斯顿（Hogsdon，即霍克斯顿）广场死于砖匠本杰明·琼森之手。"相比失去一名演员，剧团似乎并不那么关心可能会失去一位剧作家。

琼森承认犯下杀人罪，被判处绞刑，但是他利用"神职人员特权"(benefit of clergy) 的法律漏洞，逃脱了死刑。该特权指，如果罪犯证明自己可以阅读——通常是读《圣经》中的《诗篇》(*Psalms*)——他就可以自称神职人员，在教会法庭受审，那里没有死刑。

但神职人员特权不是一张"无条件免死金牌"。琼森的所有财产都被没收，大拇指上还烙了字母 T，代表泰伯恩刑场，被打上永久的标签。并且如果他再次犯案，将不能再逃避刑罚。

琼森显然喜欢争议，1605年，他的戏剧《向东方呀!》（*Eastward Ho!*）再次让当局惊愕，该剧是他与乔治·查普曼（George Chapman）、约翰·马斯顿（John Marston）合写的。当苏格兰朝臣詹姆士·默里（James Murray）爵士向国王詹姆士一世投诉琼森写了"一些反对苏格兰人的东西"后，这部剧遇到了麻烦。琼森与他的合作者被投入监狱，受到割耳朵和割鼻子的威胁。琼森在监狱里写了一封又一封雄辩的求饶信，最终让他们三人得到宽恕。

鉴于琼森爱惹麻烦，他能度过漫长的一生，并备受推崇，真是很不寻常。他为国王詹姆士一世的皇室内廷写戏剧、诗歌和假面剧——戏剧表演的一种形式，包含舞蹈和表演，由戴面具的演员完成。1628年，琼森生病瘫痪，余生受限家中。1637年，他以65岁高龄去世。

* * *

在格林、马洛和皮尔接连去世后，莎士比亚短暂地享受了几年没有竞争对手的日子。1598年，琼森出现在戏剧舞台上，开启一个新的群星闪耀的时代。16世纪末17世纪初，琼森、托马斯·德克尔（Thomas Dekker）、托马斯·米德尔顿（Thomas Middleton）和约翰·韦伯斯特（John Webster）全都开始出名。

但在那个时候,莎士比亚的声望已经牢牢确立。马洛以悲剧著称,琼森是喜剧,而在这两个领域,莎士比亚都有出色的作品,另外,他还写了优秀的历史剧。在戏剧写作的广度上,同时代没人可以与他匹敌。但从其他方面看,他的写作又显得相当狭窄,仅限于戏剧和诗歌。其他作家不仅写戏剧、诗歌,也写假面剧和散文。

在莎士比亚的壮年时期,他作为作家和商人都很成功。他有表演剧团的股份,并且回斯特拉福德用作品带来的收益投资房地产。他无疑相信自己很成功,还去申请"绅士"头衔*,因此遭到其他剧作家嘲笑。这项申请最初由他父亲约翰·莎士比亚提出,但随着约翰的荣光消散而搁置一旁。威廉·莎士比亚重拾这项伟大的事业,通过各种渠道推进,最终获得了绅士头衔和一个盾形纹章。金色(或黄色)的盾形纹章上有带银枪的黑旗,表明莎士比亚可能有点调侃的意味。有人认为,《第十二夜》(*Twelfth Night*)里,自大浮夸的马伏里奥(Malvolio)用黄袜子和黑色的"十字交叉"袜带装扮起来的样子,**就是指涉莎士比亚的盾形纹章,这也显示出,他可能没把自己太当回事儿。

尽管成为绅士有种种好处,写戏剧仍然是个不稳定的职业。莎士比亚的剧团过去享有在宫廷表演的特权,由此获得

---

* "绅士"在当时是一个社会阶层,地位仅次于贵族。
** 朱生豪译《第十二夜》,第二幕,第五场。卷 2,p.224。

相应的经济收益，但在 1603 年 2 月 2 日这天，宫务大臣剧团最后一次为伊丽莎白女王演出。不久之后，女王病倒，并于 3 月 24 日去世，享年 69 岁（考虑到她每天往脸上涂大量毒铅，如此长寿实属不凡——见本书第八章）。

伊丽莎白女王的继任者是苏格兰国王詹姆士六世，他在英格兰被称为詹姆士一世。女王去世，宫务大臣剧团失去赞助者和剧团名字。幸运的是，新的统治者接收了他们，从那时起，莎士比亚就成了国王剧团（King's Men）的一员。新改名的剧团要过一阵子才能公开演出。

新国王和新一轮瘟疫几乎同时抵达伦敦。因为瘟疫来势太凶猛，甚至没有公众参与詹姆士一世的加冕仪式。庆典和游行全都推迟到了第二年（1604 年）的 3 月，那时候，感染率已经降得足够低，打消了人们对公共集会的恐惧。当大游行最终举行时，盛大而华丽的庆祝不仅标志着新君王登基，也是在纪念瘟疫结束，或者至少是这次爆发得到平息。

1603 年的疾病大流行是六十年来最严重的一次，甚至超过了 1592 年到 1593 年的那次。整个炎热的夏季，伦敦的死亡数量飙升至每周两千多人。总共有 1/5 左右（人数估计在 25 000 人到 38 000 人）的城中居民死于这场瘟疫。莎士比亚的环球剧院所在的萨瑟克区尤其受到重创，据估计，仅仅六个月，该教区就损失了 2500 人。死者中有两名是莎士比亚剧团的演员，分别是威廉·肯普（William Kemp）和托马斯·蒲柏（Thomas Pope）。

瘟疫导致各个剧院在接下来的七年歇业关张，只偶尔短暂重开。国王剧团很幸运；他们是詹姆士一世皇室内廷的保留成员，没有表演也得到几笔报酬，这才熬了过来。

死亡的威胁不容人们有丝毫喘息。一种危险似乎消退时，另一种危险很快就会出现。1608年又发生食物短缺，同年，莎士比亚写出了《科利奥兰纳斯》（*Coriolanus*）的开场，描绘了愤怒的市民因缺少食物发出抗议。他的灵感必定源自现实生活。之后，瘟疫再次来袭，剧院在夏季和秋季都关了，演员们又回到路上。

* * *

莎士比亚可以退隐斯特拉福德，避开瘟疫最严重的时期。作为一个成功的剧作家、诗人和房地产业主，他的收入也能让他度过食物最匮乏的时期。但是暴力威胁仍然很普遍。即便到了晚年，莎士比亚仍与那个时代更多喜怒无常的剧作家来往。

大约在这段时间，他和乔治·威尔金斯（George Wilkins）合作了剧本《配力克里斯》（*Pericles*）。关于威尔金斯的生活，我们知道得极少，除了短暂的戏剧家生涯，以及屡次触犯法律，其中一次还牵扯到莎士比亚。威尔金斯为人所知的作品，创作时间只覆盖 1606 年到 1608 年。在那之后，他结束了戏剧生涯，在伦敦开了家小酒馆，兼做妓院。

威尔金斯很暴力，尤其是对女人。1611 年，他被控"踢一个孕妇的肚子"，一年以后，据说他"凶残地揍一个叫朱迪思·沃尔顿（Judith Walton）的女人，用脚踩她，最后她是被人用椅子抬回家的"。他还和莎士比亚一起出现在法庭上，虽然这一次两人都没有卷入暴力犯罪，而是为一份出了差错的结婚协议做证人。莎士比亚早前在协议婚事时帮了忙，但在婚礼因为金钱出现纷争后，他看到新婚夫妇离家出走，寄宿在威尔金斯那里。

在职业生涯的最后十年，莎士比亚经常合作的人不只有乔治·威尔金斯，还有托马斯·米德尔顿（《量罪记》和《雅典的泰门》）、托马斯·德克尔（《托马斯·莫尔爵士》[*]）和约翰·弗莱彻（《卡登尼欧》《亨利八世》和《两个高贵的亲戚》[**]）。他在某种程度上或许扮演着教师的角色，或者说正慢慢将舞台交给新一代的剧作家。

除了威尔金斯，年轻一代的剧作家似乎过着比前辈们更传统、更安静的生活，他们尽量避免过于暴力。托马斯·米

---

[*] 这部戏剧通常没有收入莎士比亚作品全集中，因为莎士比亚的贡献较小。——原书注

[**] 《卡登尼欧》明显是以《堂吉诃德》为基础的剧本，业已失传。《两个高贵的亲戚》近年来才收入莎士比亚作品集中，莎士比亚最初的作品集没有包含该剧，很可能是因为作品集出版时弗莱彻还活着。——原书注

德尔顿相对生活得无忧无虑，47岁时在伦敦的家中去世。德克尔一辈子都有债务问题，不止一次因欠债坐牢。1612年，他因欠下40英镑入狱，被关七年。他在狱中仍笔耕不辍，直到重获自由。弗莱彻独立创作和与他人共同创作的产量都很高。他主要的合作伙伴是弗朗西斯·博蒙特（Francis Beaumont），他不仅与后者分享作品带来的声望，还分享自己的家、衣物和情妇，共度假期。*博蒙特结婚后就搬了出去，但弗莱彻直到46岁死于瘟疫都是单身。

* * *

莎士比亚的创作量从来不像一些同时代的剧作家那样可观，从1610年更是开始减弱，到1613年，似乎已经完全停滞。也许是厌倦了伦敦的生活，莎翁退隐乡村，回到故乡斯特拉福德。健康状况不佳可能也是莎翁产量下降的原因，并促使他回到英格兰的乡野，在更健康的环境中生活。

莎士比亚的戏剧和诗歌中写到许多死亡，但他自己的死，就像他大部分的人生一样，笼罩在神秘之中。1616年1月，他明显感到不适，所以请来律师弗朗西斯·柯林斯（Francis Collins），让他为自己起草遗嘱。他一定是短暂康复了，因

---

* 确切的生活、居住情况不详。——原书注

为这份遗嘱没写完。但是，3月25日，柯林斯再次出现，写完遗嘱，莎士比亚亲自用颤抖的手在每一页上签名。一个月之后，4月23日，莎士比亚去世，这一天他可能刚过完52岁生日。

莎士比亚真正的死因不得而知，但这阻止不了人们的猜测。约翰·瓦尔德（John Ward）的日记提出了一种可能性："莎士比亚、德雷顿（Drayton）和本·琼森愉快会面，他们似乎喝得太猛，因为莎士比亚就是那时候染上高烧去世的。"瓦尔德在事情发生50年后写下这段轶事，可能不太准确。另一个不大可靠的报告称："一些老朋友来看望他，他生着病还从床上起来，因此死亡。"其他关于他死因的说法包括梅毒、酗酒、伤寒和流行感冒。

前一年冬天倒是爆发了流行感冒。伤寒的说法也有些可信，这在一定程度上是因为有位17世纪医生记录了发热现象"在斯特拉福德特别普遍，1616年是个特别不健康的年份"。莎翁的家——新居（New Place）外有小河流，后来证明，这些溪流中有伤寒病菌。从莎士比亚签署遗嘱到去世，中间有四个星期，刚好符合伤寒发热的病程。莎士比亚的遗体被迅速埋葬，也暗示他可能死于某种传染病。据说他被埋在17英尺*深的地下，即便是担心疾病蔓延，这么深也太夸张了。

---

* 1英尺约等于0.3048米。

第一章　我们那鄙陋的剧作者

不管莎士比亚临终前受到什么折磨，几乎可以肯定的是，约翰·霍尔（John Hall）照料过他。约翰·霍尔是位医生，1607年娶了莎士比亚的女儿苏珊娜。霍尔在斯特拉福德行医很成功，但他似乎没拿过医学学位（也可能拿过，但没有记录保存下来）。医师学会从没给他颁发过执照，主教也没有许可他行医，不过在那时，医生这一行的管理很不规范，这种情况不算特别少见。虽然霍尔明显缺乏相应资质，病人对他的评价却很高。

霍尔保留了行医记录，但可惜没包含他岳父的病情细节。最早的记录可以追溯到1611年，但全都在详述成功案例，没有病人死亡的案例。因此，即使有朝一日发现了霍尔的其他行医记录，里面也不大可能出现威廉·莎士比亚生病的细节。

1616年4月25日，威廉·莎士比亚被葬在斯特拉福德圣三一教堂的圣坛下，这也是他受洗的教堂。莎士比亚撇下妻子和两个女儿，身后留下39部戏剧、超过150首短诗和长诗，其中许多被奉为英语文学中最棒的作品。

第二章

全世界是一个舞台

莎士比亚笔下的 N 种死亡方式

> 凭着这一本戏 *
>
> ——《哈姆莱特》，第二幕，第二场

　　莎士比亚很可能是在 16 世纪 80 年代末来到伦敦，那时，戏剧正开启一个新时代，戏剧表演比以往更接近我们今天所熟知的艺术形式。伦敦正在兴建专门的剧场，剧团的演出也越来越专业。新的类型、场地和表演风格，正在接受渴求娱乐的观众检验。

　　在文艺复兴时期的伦敦，戏迷不会羞于表达自己的看法。戏剧可以吸引大量观众，但只有观众人数居高不下，剧目才会重复上演。大量戏剧往往上演一次就永远消失了。这是个实验阶段，但剧作家很快就学会给观众写他们想看的——精彩的故事、打斗场景和流血死亡。那是个和今天非常不同的世界，但就是那样的环境，造就了一些有史以来最伟大的戏剧作品。

* * *

　　莎士比亚的第一个戏剧主场，是名字引人联想的"剧院

---

*　朱生豪译《哈姆莱特》，第二幕，第二场。卷 5，p.327。

（Theatre）"，这是第二个专门为戏剧表演而建的剧场。1576年，"剧院"建在肖迪奇，正好在伦敦的城墙外，不属于伦敦的管辖范围。但因为和地主在租约上有争执，这个场地关闭了。对"剧院"所有者、演员管理人詹姆斯·伯比奇（James Burbage）来说，幸好租约只适用于土地。1599年，协商失败后，伯比奇将土地上的建筑拆除，移至泰晤士河南边的萨瑟克区，以"环球剧院（Globe）"之名复兴。

在伊丽莎白一世时期，泰晤士河以南仍在伦敦市的管辖之外，是伦敦人找乐子的地方。各个剧院通常位于萨瑟克区，处在公共花园、逗熊场和酒馆之间。这里还有一百多家妓院，也就是人们所说的"养蚝场"。*

这些名声不好的场所和旁边的剧院有密切联系。玫瑰剧院（Rose Theatre）就建在一家妓院的旧址上，剧院名字在当时的俚语里就指妓女。玫瑰剧院属于阿莱恩（Alleyn）和亨斯洛（Henslowe）这对生意伙伴，他们在这一区域还拥有若干妓院。也因此，文艺复兴时期的戏剧会频繁提及萨瑟克区的逗熊场、妓院，以及分别与二者有关的动物袭击和性病。有一条法令要求摆渡者在晚上将船停靠在泰晤士河北岸，以防

---

* brothel（妓院）被称作 stews（养蚝场），有两种解释。一种可能是因为这些妓院靠近鱼塘，养殖常用来食用的鱼类；另一种可能与罗马的澡堂（常有妓女）有关，澡堂中有一间蒸汽室（有点像今天的桑拿房），所以会有炉子，在诺曼时期的法语中，炉子被称为"estues"或者"estuwes"。——原书注

1616年,克拉斯·扬斯·维舍尔(Claes Jansz Visscher)绘制的伦敦全景,左下角展示了环球剧院和熊园(Bear Garden),右下角伦敦桥南侧的大石门上,有叛国者的头颅。

将"小偷和其他图谋不轨之人"带到萨瑟克区的妓院和酒馆里。

四百年前,人们对娱乐的概念与今天很不同。比如早晨,许多伦敦人会去泰伯恩刑场,或者伦敦城里和周围的若干刑场观看绞刑。然后,他们会走过当时泰晤士河上唯一的桥梁——伦敦桥,来到萨瑟克区。在桥的最南端,他们会从大石门(Great Stone Gate)底下穿过,罪犯或叛国者被砍下的头就插在门上的长矛上展示(1592年,一个去伦敦的观光客数了数,他看到了34颗)。下午,他们会在剧院看类似的场景上演,剧中角色会被拖下去处死,假头则被拿到台上,表明已执行死刑。

* * *

16世纪90年代,戏剧迅速流行起来,此时的莎士比亚刚开始在这个领域露头。伦敦周围一开始有少量专门修建的剧院争夺观众,随后的数十年间,更多剧院建起来。至于这些建筑修成什么样,剧院如何经营,我们可以从各种各样的资料中拼凑出来。资料来源有考古发掘证据、当时人的信件和日记,以及素描和地图;从剧本中也能发现一些线索。在《亨利五世》的开场,莎士比亚将周围环境描述为"木头圈"*,并恳请观众把场景想象成阿金库尔战役**,而非伦敦郊区的破舞台。演员第一次在观众面前说出以上台词,要么是在肖迪奇的帷幕剧院(Curtain Theatre),要么是在南岸的环球剧院。

这些早期的剧院是用木头建成的多边形,就建筑材料和当时的建筑技术而言,已经尽量近似圆形了。建筑中央的场地是露天的,部分观众(称为"地面观众")就站在这里看表演,在他们前面是抬升的舞台。舞台上方搭着金碧辉煌、五彩斑斓的顶棚***,"这一个点缀着金黄色的火球的庄严的屋宇"(《哈姆莱特》****)。环绕露天场地的是三层回廊,上面有屋顶遮蔽。

---

* 即用木头建成的环形剧场,"木头圈"及解释引自外研社出版的中文重译本《亨利五世》开场诗。
** 1415年10月25日,英法百年战争中的著名战役,在亨利五世率领下,英军以少胜多。
*** 顶棚由两根巨大的柱子支撑,指涉"天堂",与之相对,舞台下面则是"地狱",可由舞台中央的活板门进入。——原书注
**** 第二幕,第二场。卷5,p.317。

这些剧院吸引了社会各阶层的观众，从最富裕的到最穷困的都有。在剧院的围墙内，贵族与游手好闲者并肩为伍。妓女和扒手在拥挤推搡的人群中"揽活"（尽管这两种职业在附近酒馆中更容易谋生）。票价极其便宜：只需花一便士，谁都可以站在露天场地中观看表演。*回廊上的座位，票价更贵，且座位越舒适，离舞台越近，价格越高。

除了在大斋节**期间关闭37天，以及在夏季外出巡演八周，圆形剧场全年开放。不受瘟疫影响的话，演出会从秋季持续到冬季。只有那些有决心又能吃苦的观众，才能在天寒地冻和瓢泼大雨中，一连站几个小时看完演出。

16、17世纪之交，英格兰的气候经历了剧变。莎士比亚多次提及暴风雨（《配力克里斯》《第十二夜》，当然还有《暴风雨》），他似乎充分利用了变幻莫测的天气和户外演出的条件。他的观众可以站在倾盆大雨中聆听《裘力斯·恺撒》（*Julius Caesar*）的台词，"好，现在狂风已经在吹起，波涛已经在澎湃，船就要在风浪中颠簸了！一切都要听从不可知的命运的安排"***。当哈姆莱特抱怨"风吹得人怪痛的，这天气真冷"****时，他不只是在引入场景，而是真的冷极了。欧洲

---

* 当时的1便士可以买一块面包。演员和工匠在学徒期满之后，每天可以挣1先令（12便士）。——原书注

** 基督教的斋戒节期。

*** 朱生豪译《裘力斯·恺撒》，第五幕，第一场。卷5，p.263。

**** 朱生豪译《哈姆莱特》，第一幕，第四场。卷5，p.295。

天鹅剧院内景素描图,约翰内斯·德·维特(Johannes De Witt)绘于 1595 年。

和北美当时正处在"小冰河期"*的中期。17世纪是公元第二个千年中最冷的时期,《哈姆莱特》很可能于1601年首演,那又是该世纪最冷的一年。

但恶劣的天气阻止不了人们。剧院常常能吸引来数千名观众。1598年,荷兰学者约翰内斯·德·维特访问伦敦,据他估计,天鹅剧院可以容纳3000人。附近重建的环球剧院,据1624年去过的西班牙大使说,至少能容纳3000人;还有人估计环球剧院能容纳3300人。即便按照更小的数字看,也已经很拥挤了。或许,与另外3299个人挤在一起能取暖。**

去一趟剧院简直是在摧残五感。被污染的河流的臭味,逗熊场及其周围的啤酒厂、制革厂(统称为"臭买卖")的恶臭,全都混到一起,弥漫在空气中。剧院内,小贩穿梭在人群中,出售坚果、肉食和贝类。几千名下层观众挤在没有卫生设施的空间内,口臭和体味形成了莎士比亚在《哈姆莱特》里所写的"一大堆污浊的瘴气的集合"***。男人们可以找根柱子或一堵墙方便;女人们甚至不用动,可以利用长长的裙子就地解决。这都不是什么稀罕事儿。

---

* 小冰河期始于13世纪,17世纪达到巅峰,并于两百年前有所减缓。
** 1997年,在莎士比亚1599年的那座剧院旧址附近,新的环球剧院开业,出于卫生和安全考虑,容纳人数减少过半,为1500人。——原书注
*** 朱生豪译《哈姆莱特》,第二幕,第二场。卷5,p.317。

令人惊讶的是，尿液因尿素含量高（新鲜尿液的尿素含量在5%左右），倒成了值钱的商品。尿素会随时间发生化学变化，转化成氨水，碱性极强，可以分解有机物。制革工人会将兽皮浸在不新鲜的尿液中，让兽皮软化。氨通过硝化反应，可以用来制造硝石，这是火药的关键成分，甚至有位火药制造商获准去伊利大教堂（Ely cathedral）刮女人们做礼拜时站过的地面。1989年，玫瑰剧院被发掘出来时，并没有做尿素检测，但既然女人们在宗教场所都不受限制，在剧院里也不大可能会约束自己。《第十二夜》中，当奥西诺公爵（Duke Orsino）说女性观众"缺少含忍的能力"*时，他大概是对的。环球等剧院虽然没有屋顶，冬天可能会寒冷刺骨，但至少通风良好。

再有就是声响。在圆形剧场演出，声音必须大，才能穿透开阔的空间。喇叭声响起预示着战斗打响，密集的烟花爆竹被用来表现炮火和雷雨，但明显会有火花掉落到密集的人群中和易燃场所的危险。声响还不仅来自舞台。在伊丽莎白一世和詹姆士一世时期，观演时可以发出声音，事实上演员也期待观众这么做。

---

* 朱生豪译《第十二夜》，第二幕，第四场。卷2，p.218。

莎士比亚笔下的N种死亡方式

*　*　*

在莎士比亚那个年代,人们首要关心的并不是卫生和安全;去剧院可能相当危险。1613年6月29日,在《亨利八世》(当时名为《都是真的》[*All is True*])的一次演出中,环球剧院被烧得精光。考虑到当时那栋建筑里可能挤了不少人,一个人都没死简直是奇迹。* 根据英国作家、外交家亨利·沃顿爵士(Sir Henry Wotton)对这次事件的描述,可以看出他们有多幸运:

> 现在,将国家大事放到一边吧,我要用这个星期发生在泰晤士河畔的事供你消遣。国王剧团排了一出新戏,名叫《都是真的》,描绘了亨利八世王朝的一些主要片段,呈现了许多不同凡响的荣耀盛景和皇家排场,包括舞台上的垫子都很华丽;骑士团带着他们的圣乔治旗(Georges)和嘉德勋章;卫兵穿着刺绣的衣服,等等:短时间内就足以营造出一种恢宏的场面,假使不荒谬的话。现在,亨利国王戴着假面具去红衣主教乌尔西(Cardinal Wolsey)

---

* 也许是因为害怕《亨利八世》这段熊熊燃烧的历史重演,新的环球剧院开业13年后,才敢上演这部戏剧。——原书注

的住处参加舞会,在他走进去时,有几发礼炮发射,*一片纸或其他东西落在了茅草屋顶上,一开始,人们认为冒出的烟没有影响,视线更被台上的演出吸引,但火从内部着了起来,火苗像行进的队列一样东突西窜,不到一个小时就吞噬了整座剧院,将其夷为平地。这是那栋端正的建筑毁灭的时刻,然而,除了其中的木头、稻草和少量被遗弃的披风,其他什么都没被烧毁;观众里只有一个男人的袖管着火,如果不是他有先见之明,用瓶装麦芽酒将火扑灭,他可能就被烤熟了。

但观众并不总是这么走运。1583年1月13日,一大群人聚集在萨瑟克区的巴黎园(Paris Garden)观看逗熊。人群挤在摇摇晃晃的架子上,建筑突然倒塌,导致两三百名观众受伤,有的伤势严重,还有七人死亡。这种事本身不新鲜,或者说不会特别让人意外,以前也有过类似的致命倒塌。但这次事故之所以更令人震惊,是因为它发生在周日。保守者认为,这是来自上帝的惩罚,并以这次意外为由,反对一切不道德的娱乐形式。

劣质建筑会威胁观众的人身安全;戏剧表演有时也会造

---

* 朱生豪译《亨利八世》,第一幕,第四场。卷4,pp.358—359。

成危险。1587年，海军大臣剧团在伦敦——很可能是"剧院"——演出，一位演员被绑在柱子上，一杆莫名其妙被装上弹药的毛瑟枪朝他开火。子弹"没有打中目标，杀了一个孩子，一个女人立刻因为孩子激动起来，非常愤怒地打了另一个男人的头"。海军大臣剧团策略性地暂时退出了舞台，接下来一年多都没有关于它的记录。

* * *

不难理解伦敦当局和清教徒为何如此轻视剧院。当莎士比亚的剧团试图将演出扩展到泰晤士河北岸的一个室内剧院时，遭到了多年抵制。最终，1608年，他们获准在黑衣修士（Blackfriars）*室内剧院表演。这可以视为戏剧界往前迈了一步，因为剧院位于泰晤士河以北，更受人尊敬；观众全都有座位，人数少得多，票价也高很多。但是剧团没有放弃环球剧院。在寒冷的冬天，他们会以室内场地为中心；在夏季，则会返回南岸的主场。

黑衣修士的场地比环球剧院小太多，戏剧作品不得不根据新的空间进行调整。喇叭声在封闭的室内震耳欲聋，遭到弃用，代之以更安静的工具。在屋里大量使用烟火会呛到观

---

* 从历史上来看，黑衣修士剧院是更重要的演出场地，因为它是之后所有室内剧院的基础。——原书注

众，观众隔着烟雾也很难看清舞台。高高的天花板附近有小小的窗户，光线从中投射进来，气味和烟味大概也能散出去，此外还有蜡烛补光。

在更加幽闭的环境里，表演也需要调整，有的戏剧相对来说更适合在室内演。比如《麦克白》的场景多设定在夜晚，剧中有女巫、鬼魂和谋杀，与环球剧院的开阔敞亮相比，黑衣修士狭小昏暗的空间会带来极为不同的体验，能让更私密的场景和精心设计的特殊效果融入剧中。不过，为了适应较小的舞台，战争场面不得不缩小规模。当时的演员是用真剑打斗，观众甚至可以坐到舞台上，近距离观看。1622年，在室内的红牛剧院（Red Bull Theatre）有一场激烈的剑术表演，一个毛毡制品学徒就因为靠得太近，被演员理查德·巴克斯特（Richard Baxter）意外伤到。对于某些观众来说，非常真实的受伤风险必定也是令他们兴奋的体验。

黑衣修士的观众理应更文雅，但也会有闹剧发生。有一次，一个爱尔兰的勋爵挡住了埃塞克斯女伯爵的视线。随后，勋爵和女伯爵的守卫争执起来，并且很快发展成一场决斗。17世纪晚些时候，一次，黑衣修士剧院上演《麦克白》，一位坐在舞台边的贵族认出了从另一侧进入剧院的熟人，他站起来，穿过正在演出的舞台去迎接朋友。一名演员斥责这位贵族，结果为自己的莽撞挨了耳光，观众起了骚乱。

莎士比亚笔下的 N 种死亡方式

* * *

在莎士比亚时代去剧院，感受和今天虽然很不一样——那时的剧院更拥挤、更嘈杂，也更臭、更危险——但也阻挡不了观众的热情。尽管当时演出场地少，但是据估计，在 1595 年，每周约有 15 000 人去看戏。人们对新剧的胃口很难得到满足。

为了保持观众的兴趣，剧本换得很快，除非是特别受欢迎的作品，否则不会重复上演。比如，1594 年到 1595 年的演出季，海军大臣剧团在玫瑰剧院一连演出 49 周，其间只被大斋节和剧院的基础维修打断。那段时间，他们演了 273 场，共计 38 出戏，其中 21 出是全新的。只有 8 部戏剧继续在下一个演出季表演。剧作家们炮制新剧目的速度惊人，排练时间极为有限。伊丽莎白时期的演员学习新台词、记台词并逐渐积累剧目的能力必定都很强。

现代观众容易错失各部戏剧之间的关联，因为我们通常单独观看这些剧目。而在伊丽莎白时期，观众频繁造访剧院，加之剧目更替迅速，他们更能发现不同剧目间的联系，以及戏剧对其他剧作家作品的巧妙借鉴。莎士比亚等作家还能用几部剧来展开叙事，比如《亨利六世》的上篇、中篇、下篇可以较快地接连上演。

不过，当时的剧作家受到的一些限制，是今天所没有的。根据市政当局的命令，演出从下午两点开始，仅限"两个小时的一出戏剧"*（《罗密欧与朱丽叶》），但人们似乎没有严格执行这项规定。饶是如此，露天剧院的表演也必须在天黑之前结束（夏天还好，但在冬天的英国，最迟下午四点就要结束）。包括最后的吉格舞在内，大多数演出时长都在两到三个小时。

剧作家可能交出一个精雕细琢、辞藻优美的剧本，写满了诗意的演说和机智的对话，但实际表演时，改动在所难免。剧本手稿上会标注舞台指示，并且通过编辑、调整，将一切控制在规定时间内。舞台表演注重的是演，要尽量用最少的解释让观众理解剧情。比如，《亨利五世》中有许多激动人心的演讲很受现代观众喜爱，但很可能都没出现在当时的舞台上。

从流传下来的不同版本的莎剧中，我们或许能领略到，为了适应表演，人们是如何编辑剧本的，为了给老剧本注入新生命，历年来又做出了怎样的修改。仍以《亨利五世》为例，它初次被搬上舞台后不久，就印了一个四开本**的版本，使用

---

* 《罗密欧与朱丽叶》的开场诗。

** 在莎士比亚生前，他的剧本有一半左右都以四开本的形式单独出版过。之所以叫四开本，是因为一张印刷用纸折两次，形成了四页。——原书注

的文本很可能是某次表演的文字记录。它比对开本*那一版短了许多，后者最有可能来自原始手稿，保留了莎士比亚对这部戏剧的所有诗意想象。今天读起来，完整的文本比舞台删节版更让人享受。

对戏剧的品位，也是今昔有别。比如，今天基本不会再演《配力克里斯》了，但这出戏在莎士比亚时期非常受观众欢迎。《泰特斯·安德洛尼克斯》在几百年内也逐渐失宠，因为这部剧十分暴力，但它在当时受欢迎的程度，让本·琼森在该剧首演二十年后仍有忌妒之辞。相比之下，《安东尼和克莉奥佩特拉》远没有今天这么流行，要不是收入了第一对开本，怕是已经永久遗失。不过，总的来说，文艺复兴时期的观众看过的莎剧，在四百多年后，仍然吸引着大量观众。这引出一个问题：不同时期的表演有何不同？

其一是风格不同，以现代的眼光来看，那时的表演可能太过正式和呆板。在伊丽莎白一世时期，大体上来说，观众都期待演员站得笔挺，说台词时要用特定的手势表达感情和情绪。但当时的表演者正逐渐使用更生动的风格，这常常受到评论家表扬。莎士比亚的剧团显然也在朝着更自然的风格转变，让舞台上的形象更灵动。莎翁甚至会取笑那些风格仍

---

* 莎士比亚去世后，莎士比亚所属剧团的两名演员，约翰·海明斯（John Hemings）和亨利·康德尔（Henry Condell）收集了莎士比亚的原稿或剧团的手稿，将他所有的作品编辑成一卷，这就是第一对开本（First Folio）。——原书注

然非常正式的演员,在《哈姆莱特》里,一群演员刚抵达艾尔西诺城堡(Elsinore Castle),年轻的王子在和他们交谈时说:

> 请你念这段剧词的时候,要照我刚才读给你听的那样子,一个字一个字打舌头上很轻快地吐出来;要是你也像多数的伶人们一样,只会拉开了喉咙嘶叫,那么我宁愿叫那传宣告示的公差念我这几行词句。也不要老是把你的手在空中这么摇挥;一切动作都要温文,因为就是在洪水暴风一样的感情激发之中,你也必须取得一种节制,免得流于过火。*

其二是布景设计不同。当时在进行复杂的布景变动时,没有幕布遮挡。会用皇冠等非常简单的道具代表场景是宫殿。在门上放置标志,可以表示那是谁的家,或是哪个酒馆,挂上黑色帘子就可以让人辨别出上演的是一出悲剧。在露天剧院,光线无法控制,因此演员会举火把或灯笼,表明是晚上。开场白或开场诗通常用于设定场景,描述场景的突然变化。舞台大多数时候很空,就像哈姆莱特说的,是"一个不毛的荒岬"**,但这丝毫无损于观众的体验。伊丽莎白时期的观众与其说是去看戏,不如说是听戏,并且,虽然没什么布景,

---

* 朱生豪译《哈姆莱特》,第三幕,第二场。卷5,p.333。
** 朱生豪译《哈姆莱特》,第二幕,第二场。卷5,p.317。

也不代表舞台上没有有趣的看点。

钱不会花在布景上,但会大量投资在演员的戏服上。社会上层人士——主要是骑士和贵族——习惯将自己的衣服赏赐给仆人。可是在伊丽莎白时期的英格兰,谁可以穿什么,有严格规定,仆人不能穿这些衣服,所以他们会把衣服卖给表演剧团。于是,演员可以穿上低价买来的精致服饰表演。由于宗教改革,剧团甚至能轻松获得制作精良的牧师服装。

戏服的选择似乎取决于外观的呈现,而非准确性。一幅绘制于1595年的素描展现了《泰特斯·安德洛尼克斯》的演出场景,其中一半演员身着罗马服饰,其余演员穿着伊丽莎白时期的服装。这恐怕不是因为受置办服装的预算所限,而是刻意为之。

伊丽莎白时期的戏剧无关乎现实、忠实复现历史事件或者道德教训——它与娱乐有关。真实的历史只是次要的考虑因素,莎士比亚笔下的年表特别不准确。他可以在几行台词之内跳过数年,甚至在进入下一个场景时,让时光倒流。在历史剧中,如果能满足自己的需要,这位吟游诗人十分乐意篡改历史,省略某些角色,或者引入新的虚构角色。

在今天看来,莎士比亚戏剧中的许多内容似乎有年代错误。钟表在本不该有钟表的时代响起来。克莉奥佩特拉玩的桌球等,实际上几个世纪后才发明出来。麦克白谈论用一元银币付款,但这种货币当时并不存在。总之,剧中有大量艺

第二章　全世界是一个舞台

这张图由亨利·皮查姆（Henry Peacham）绘制于 1595 年，显然描绘了《泰特斯·安德洛尼克斯》里的场景。画中表现了塔摩拉（Tamora）在恳求泰特斯。塔摩拉身后，被绑住双手的是她的两个儿子，站在他们后面的是艾伦（Aaron）。

术发挥。

　　一出戏的戏剧性和场面是剧作家首要考虑的因素，但舞台实际的呈现也至关重要。在剧院里演出后，表演剧团可能要到小得多的场地，为有钱的赞助者进行私人表演。为了便于运输，道具、戏服和表演都会尽量精简。根据可用空间，剧团会迅速调整演出。比如，倘若没有活板门，可能就会砍掉《哈姆莱特》中掘墓人那场戏。

　　在环球剧院这样的大舞台上演出，剧作家可以专门根据现场能用的设施写作。不过，即便空间很大，道具就存放在近旁，莎士比亚也会一切从简。书信和戒指一类的小道具对剧情来说必不可少，可是据估计，他为环球剧院创作的场景，

80%都没有任何道具要求。但为了迎合当时观众的口味，他也会破例使用大量身体组织、鲜血，制造出更血腥的场景。

* * *

莎士比亚用"这么一个破戏台"（《亨利五世》）^{*}描述舞台，不仅是谦虚，也是在和行刑之地作比较。莎士比亚和他的剧作家同行要设法吸引那些花同样的价钱可以去看逗熊、击剑的观众，他们还要记住，公众可以免费围观鞭打、肢解和处决罪犯。就场面而言，戏剧表演必须让观众觉得物有所值。在莎士比亚的戏剧中，从头到尾穿插着大量暴力、流血和受伤的场景。他笔下的角色用剑打斗，有的被刺伤、斩首，还有人被砍下手、割掉舌头、剜掉眼睛。

莎士比亚写出的最经典画面，或许也是最令人毛骨悚然的画面，是哈姆莱特拿着一个人的头骨。要买通人从存放尸骨的地方偷个头骨大概不是什么难事，但就算在伊丽莎白时期，人们对死亡和插在长钉上的头颅习以为常，在戏剧表演中使用真正的人类遗骸也会被视为大不敬。然而，《哈姆莱特》有几场演出的确使用了真正的头骨。1982年，钢琴家安德烈·柴可夫斯基（André Tchaikowsky）去世后，将头骨遗赠给皇

---

* 刘炳善译《亨利五世》开场白。卷4，p.221。原文用的是 scaffold，有绞刑台之意。

家莎士比亚剧团（Royal Shakespeare Company），用于表现《哈姆莱特》的墓园场景。尽管演员们经常用这个头骨排练，仍深感不安，所以在2008年之前，一直没有在现场表演中用过。

或许在现代观众看来，莎士比亚的品位着实骇人，但他在同时代人中绝不是例外。和约翰·韦伯斯特的《马尔菲公爵夫人》（*The Duchess of Malfi*）或乔治·皮尔的《阿尔卡萨之战》（这部剧中有一场"血腥宴会"，重头戏是"盘中的死人头"，以及之后三名演员在台上表演被取出内脏）相比，莎士比亚对血腥、暴力场景的描写已经很克制了。

在文艺复兴时期的舞台上，流血和受伤是常有的事，当时超过150部戏剧中有各种关于角色受伤的舞台指示。当时的观众几乎每天都会目睹暴力和死亡，因此轻易不会感到震惊。他们甚至能够判断许多鲜血淋淋的道具是否用得准确，譬如《泰特斯·安德洛尼克斯》里砍掉的手和舌头，以及几部历史剧里的断头——仅《亨利六世中篇》就出现了三次！而现实中，人们在剧院外不远处就可以看到插在长钉上的头颅。

舞台妆容和道具有是有，但逼真程度就不好说了。剧作家努力营造的效果也是如此。韦伯斯特的《马尔菲公爵夫人》表明了当时舞台上使用的身体部件道具是怎么制作的。在剧中，有人将断手呈给公爵夫人，但那是个诡计。正如费迪南

莎士比亚笔下的 N 种死亡方式

德解释说：

> 好极了，正如我所愿；她正被这个诡计深深地折磨着。
> 那只是蜡做的人形，
> 全靠文森修·劳瑞奥拉（Vincentio Lauriola）神奇的手艺，
> 她完全把这当成了真正的尸体。*

在 16 世纪和 17 世纪，人们有时会为刚去世的贵族制作蜡像。死于 1612 年 11 月 6 日的亨利王子蜡像特别有名，曾被人拉着巡游伦敦的大街小巷——正是那一年，《马尔菲公爵夫人》在黑衣修士剧院首演。蜡像的脸和手做工特别细致，以尽可能像王子。精心制作的葬礼雕像非常逼真——亨利王子的蜡像可以坐和站。按惯例要指出是哪位艺术家制作了那些引人瞩目的雕像，韦伯斯特也遵循传统，点出文森修·劳瑞奥拉的名字，不过没人知道是否真有这样一个人存在。在《冬天的故事》（The Winter's Tale）里，莎士比亚让演员将赫美温妮（Hermione）的塑像拿上舞台，以纪念剧中这个死去的角色。观众被告知，这个逼真得惊人的雕像由意大利文艺复

---

* 译文引自廖晓伟译《马尔菲公爵夫人》，第十五章（英文原著为第四幕，第一场）。中信出版社，2014 年。

兴时期的艺术家朱利奥·罗马诺（Julio Romano）新近制作。

除了剧本和舞台指示中会提到各种身体部件，海军大臣剧团还留下一份道具和戏服清单。他们的资产包括"马赫梅特斯（Mahemetes）头"*，"阿罗戈斯（Arogosse）头""三个土耳其人头"，还有许多四肢和一条木腿。

也许，比砍下的头更可怕的，是偶尔需要展示给观众的一只只眼睛。今天，如果演员要在舞台上表演眼球被挖出，常常使用荔枝，它的大小、颜色、质地都让它成为绝佳的替代物。荔枝原产于中国，早在2000多年前就有记载，但在西方第一次提起它是1646年，那时莎士比亚已经去世很久了。不过，伊丽莎白时期的人可能无须劳神费事地制作假眼球，因为很容易就能从附近的屠宰场得到真眼球。

另一个难题是血。莎翁时代的戏剧多涉及血，当时用过好几种效果不错的鲜血替代品。譬如可以将红醋和红酒储存在膀胱中或吸入海绵，藏在演员身上。然后，在关键时刻，演员刺破膀胱或挤压海绵，让"血液"流出。醋或酒在舞台上形成的血泊很令人信服，但问题是不能牢牢地附着在皮肤上。若要涂抹在演员身上或道具上，需要更黏稠、颜色更浓烈的物质。

朱砂是一种硫化汞矿物，能够用来制作鲜亮的红色颜料。

---

* 可能是指《阿尔卡萨之战》中 Muly Mahamet 的断头。

1528年到1529年的坎特伯雷政府支出中就提到过朱砂，显然是用在一出以圣托马斯·贝克特*为主题的戏剧中，大概是在演绎这位圣徒殉道时用来充当鲜血。**朱砂的红非常独特，但不是很像血。在某些情境下，朱砂醒目的颜色能让观众一看就明白那是血，但有的时候，朱砂还不够好，就需要用真血。

猪、牛或绵羊等动物的血相对容易从附近的角斗场或屠宰场获得，但不同动物的血液效果不尽相同。当血管受损，血液暴露在空气中，或者血流停止，开始淤积时，就会出现凝血。凝血由血小板和名为血纤蛋白的长纤维网状物形成。血纤蛋白聚在一起形成一个网，网住更多的血小板和血液中的其他细胞。凝血对防止血液流失、阻止细菌及其他感染物进入伤口至关重要，这也意味着暴露在空气中的血液不会维持液体状态，至少血量小时是这样（短时间内就会凝结）。血量大时，则需要较长时间，甚至数小时才能完全凝结。相比于人血，牛血凝结得更慢，在变成黏稠、不能流动的果冻状物质之前，牛血保持液体状态的时间较长。羊血凝结需要的时间甚至比牛血更长。

若使用羊血，就有更充裕的时间从附近的屠宰场收集血

---

* 坎特伯雷大主教，1161年4月18日—1170年12月29日在位。

** 朱砂（也叫辰砂）是一种用途广泛的颜料，可以用作绘画颜料、墨水甚至腮红。——原书注

液，并储存在膀胱里。演出中，到了需要刺破膀胱、让血液流出的时刻，羊血最有可能仍是液体。伊丽莎白时期的演员、艺人很清楚这一点，尽管他们对凝血的科学原理一无所知。

1584年，雷金纳德·斯科特（Reginald Scot）在他的《发现魔法》（*The Discoverie of Witchcraft*）一书中，描述了一出恶作剧，可以让人看起来像自己刺伤了自己。这个恶作剧需要用到"一包用肠子或膀胱装着的血"，放在一个"板子"和"假的肚子"之间，"一定要用小牛或绵羊的血；不能用公牛或奶牛的血，因为这两种血太黏"。斯科特提到了血液的黏稠度，但实际上，绵羊血并不比奶牛血"稀薄"；二者（在健康的动物体内）的红细胞数量一样。所以斯科特在这里可能是指血液停止流动或者说凝结的速度，只不过他没有可以用来描述这一现象的科学词汇。

因此，在伊丽莎白时期的剧院中，一袋袋绵羊血是十分标准的道具。但有时候，即便是真正的血也表现不出鲜血淋淋的场面，反倒是舞台指示更加形象。有部戏剧的剧本中就简单写着需要"生肉"。皮尔的《阿尔卡萨之战》中，页面边缘的注解详细叙述了三个角色如何在观众面前表现内脏被取出。上面记录着需要"三瓶血和一个绵羊收集袋（gather）"。收集袋是一个装着羊肝、羊心和羊肺的囊袋。三位演员各有一小瓶血，他们要在适当的时候突然打开瓶子。

各种血液和血液替代品一旦弄到戏服上，就会污染戏服。服装是一个表演剧团最有价值的财产，悲剧中的华丽戏服更用到了精美易损的材料，洗起来会很困难，尤其考虑到当时的清洁材料有限。一种选择是肥皂，它对于去除油污很有效，但是，从肥皂的成分来看，要去除血污可能不好使。

另一种选择是碱液，可以用阔叶树的木灰制备而成。这些树木在生长过程中积累了钾，钾不会燃烧，会浓缩在树木燃烧后的灰烬中。钾与水混合形成氢氧化钾溶液，类似烧碱溶液，这种腐蚀性液体能破坏血液等有机物质。但要是混合物的效力过强，可能会腐蚀面料，损伤洗衣人的手。*

还有一种腐蚀性稍弱的方法，但可能更让人难受，那就是用不新鲜的尿液。尿素产生的氨也可以分解形成血渍的有机物，但它的腐蚀性比碱液弱很多，所以不那么容易损坏衣服面料。

不过，在伊丽莎白时期，用于给布料上色的染料不是非常持久，反复洗涤会让戏服褪色，所以要尽量少洗，在舞台上使用血液时，要万分小心。

《那不勒斯起义》（*The Rebellion of Naples*）是 1649 年的一出戏剧，我们只知道作者是 T.B.。剧本要求在舞台上表演斩首，甚至给出了具体如何操作的建议。"他伸出头，他

---

* 碱液的腐蚀性可以很强，甚至在谋杀案中被用来溶解受害者的身体。——原书注

们砍掉一颗用装满血液的膀胱做的假头。"血液当然会不受控制地溅满整个舞台,洗衣服的账单可能会让戏剧制作者一筹莫展。但那是1649年,因为清教徒的关系,剧院纷纷关闭,已经停业七年,所以这部戏剧很可能只是案头剧(仅供阅读,不会演出),这些注解仅仅是建议,不是实际演出的细节指示。

当死亡的场面难以在舞台上呈现时,可以放到台下进行。待角色返回台上,再次出现在观众面前时,身上和/或道具上已经染上鲜血。若要在台上表演受伤或给人杀死,剧本中的舞台指示往往十分详细。比如,国王剧团于1637年左右上演的《公主殿下》(The Princess)中写道:"布拉加丁(Bragadine)射击,维吉尔(Virgil)把手放到眼睛上,手拿浸血的海绵,让血往下流。"

莎士比亚的《裘力斯·恺撒》要求八位反叛者在台上杀死恺撒。* 剧本中提到了要流血,还详细说明有33处刺伤,可能搞得一团糟,不过这些都可以仔细排演。

袭击发生时,反叛者将恺撒团团围住;这样既充满戏剧性,又能挡住观众,不让他们看清楚究竟发生了什么。观众只要看到许多剑掉落,恺撒倒在地板上,就会明白他被刺了很多下。然后再在舞台上弄出一摊血,用一件事先染上血的斗篷盖住

---

* 莎士比亚写这部戏剧参考了普鲁塔克(Plutarch)的《希腊罗马名人传》(Lives of the Noble Greeks and Romans),反叛者挤到一起,急于刺向裘力斯·恺撒,结果刺伤了彼此。——原书注

恺撒。每一步都可以控制，以免毁掉恺撒和反叛者的戏服。

在实施谋杀后，布鲁图（Brutus）号召他的同谋者"弯下身去，罗马人，弯下身去；让我们把手浸在恺撒的血里，一直到我们的肘上；让我们用他的血抹我们的剑"[*]。小心翼翼地用地板上的血涂抹手肘和剑，一方面是为了尽量不污染戏服。且就情节而言，这么做也很重要，因为当马克·安东尼（Mark Antony）登场和反叛者一一握手时，鲜血也染红了他的双手，象征着他也参与了谋杀恺撒（恺撒一死，他得到了巨大好处，成为罗马的统治者）。这场戏的重点可能不在于写实地描写恺撒之死，而在于阐明这次事件，并以戏剧性的方式让人注意到涉事者的罪行，他们的手上真的染满鲜血。

将血涂抹在演员身上是个问题，而要在下一场戏之前把血洗掉，也是个挑战。在舞台上如何做到呢？1599年海军大臣剧团演出的《看看你周围》（*Look About You*）中就有个例子。剧中，骗子斯金科（Skinke）通过一系列变装来逃避抓捕。其中一场戏，他伪装成约翰王子，穿着王子的披风，佩带王子的长剑进入舞台。随后，斯金科迅速舍弃这身装扮，和一个仆人换衣服，并从一个方便碟里沾血涂在脸上。不过几句台词的工夫，演员就要完成这一切，然后"真正的"约翰王子上场。王子把斯金科当成遭人打骂的仆人，放他走了。

---

[*] 朱生豪译《裘力斯·恺撒》，第三幕，第一场。卷5，p.230。

斯金科离开之前告诉观众,他将从泰晤士河游到布莱克希思(Blackheath),暗示他将洗掉血污;在250句台词之后,斯金科再次出现,脸上没有血迹,这次他伪装成了一位隐士。清除血迹显然比涂抹血液更不容易,所以演员需要更长时间来洗掉血污,完成新的伪装。

在《裘力斯·恺撒》中,莎士比亚留给演员清洗的时间要少得多。当安东尼对着恺撒的遗体哀悼,和恺撒的仆人商量计划时,布鲁图只有43行台词的时间洗掉手上和臂上的血。而当布鲁图在恺撒的葬礼上向群众致辞时,安东尼只有34行台词的时间。演出节奏没有耽搁,但演员洗净血迹的时间仍是够的——这是莎士比亚高超舞台技术的例证。

在伊丽莎白时期的剧院里,无论表演特效受到何种期待和限制,都不妨碍吟游诗人为他笔下的角色设定各式各样的死法。

第三章

您愿意医好您的病吗?[*]

---

[*] 朱生豪译《终成眷属》,第二幕,第一场。卷2,p.409。

莎士比亚笔下的 N 种死亡方式

> 一个人死了还是活着，我是知道的。[*]
>
> ——《李尔王》，第五幕，第三场

莎士比亚的戏剧中不乏角色死亡，无论是在舞台上还是舞台下。剧中也有对死亡的讨论，以及杀人威胁。[**]悲剧和历史剧有人丧命不意外，但就算是喜剧也潜藏死亡，在通常与欢笑和浪漫爱情有关的剧中，竟也有人受到死刑威胁（《错误的喜剧》《量罪记》），或穿着丧服出现在舞台上（《第十二夜》）。《爱的徒劳》（*Love's Labour's Lost*）充满轻松、幽默的对话，却在死亡的噩耗中戛然而止。

相比生活在莎士比亚时代的人，医学的进步大大延长了我们停留在世上的平均时间，但人类仍然躲不过死亡。无论我们多么努力地推迟或逃避终将到来的那天，"活着的人谁都要死去，从生存的空间踏进永久的宁静"[***]（《哈姆莱特》）。

---

[*] 朱生豪译《李尔王》，第五幕，第三场。卷 6，p.107。

[**] 在莎士比亚所有的戏剧中，只有《温莎的风流娘儿们》里既没发生过，也没提到过死亡事件（但卡厄斯大夫的确也威胁说要割断一个人的喉咙，福德太太则开玩笑说有人要被跳蚤咬死了）。如果把莎士比亚所有的十四行诗合看作一部作品，其中只有《情女怨》（*A Lover's Complaint*）这一首没提死亡。——原书注

[***] 朱生豪译《哈姆莱特》，第一幕，第二场。卷 5，p.286。

第三章 您愿意医好您的病吗？

然而，今天的死亡方式和16世纪人们对死亡的体验，可能有天壤之别。

如今，我们多半会在医院或护理机构度过生命的最后时刻，身边是训练有素的医务人员。16世纪的伦敦只有三所医院：圣巴塞洛缪医院（St Bartholomew's）、圣托马斯医院（St Thomas's）和治疗精神疾病的贝特莱姆医院（Bethlem hospital）。这些机构专为穷人设立，进去的人很少有望离开。莎士比亚塑造的角色中，只有皮斯托（Pistol）心爱的陶（Doll）去了一家"医院"，她在那里死于"法国病"（梅毒）。*陶的死亡出现在《亨利五世》中，同一部戏里，莎士比亚重要的喜剧人物福斯塔夫（Falstaff）也死了，他在朋友的围绕下，在家中去世，这是当时更典型的死亡场景。

16世纪及之后相当长的时间内，人们在家里出生，在家里死去，身边环绕着朋友、家人和当地的八卦，而不是像今天这样受到专业的医疗护理。只有患上最可耻的疾病，如梅毒，或是传染性的疾病，如瘟疫，才没有人来探望。生活在那个时代的人，免不了要近距离目睹死亡。

除了死于谋杀、自杀或巫术，死亡本身被视为自然的事。但是，突然死亡、孤独地死去或者死于肮脏的环境，会被认

---

* 在有的版本中，不用陶（Doll），用的是内尔（Nell，皮斯托的妻子）。另见本书第七章。——原书注

为是不得善终。把死亡看得很自然，不代表伊丽莎白时期的人不在乎死亡，在面对死亡时无所作为。正如莎剧所表现的，人们会进行各种各样的治疗，外科医生会处理伤口，还有人试图让明显已死之人复活。

* * *

人体的复杂性意味着人身上有许多脆弱之处，可能导致生命终结。大多数时候，我们的身体一直在完成复杂而必要的工作，只是我们没有去关注。但当身体不能正常运转时，我们很快就会注意到，并通过求医问药让自己好转，防止病情恶化甚至死亡。在重视身体和寻求治疗方面，伊丽莎白时期的人和今天的人没什么区别，只不过得到的帮助非常不同。

在莎士比亚时代，病人有许多求医的选项，最终的选择受制于支付能力，而非医学知识。从备受尊重、接受过高等教育、要价昂贵的内科医生，到离自己最近、便宜得多的女巫，都在病人的选择范围内。然而，费用和行医者的教育程度更高并不会提升康复的可能性。治疗造成的危害，甚至会超过专业知识或高价带来的好处。

在 16 世纪及以前，女性是医疗的中坚力量，肩负着卫生保健的重担。女性医疗服务者包括提供基本照料的亲戚朋友，

第三章　您愿意医好您的病吗？

救治、疗愈病人的女巫，以及协助分娩的助产士。助产士的技艺备受重视，除非在极端情况下，否则没有产妇会考虑让男性医者介入分娩过程。尽管如此，助产士明显处在专业医疗体系的底层。

处于顶层的是获得许可的内科医生，这些人在牛津或剑桥接受过教育，被称为博士[*]。内科医生学习拉丁文著作，诊断病情，治疗体内小病，给病人开药，但不会破开人体。需要开刀、涉及流血的都归属外科医生，他们在医疗体系中处于次一层级。

外科医生不仅会给病人放血——这是当时常见的治疗方法（见后），还会做取结石、截肢、开孔（在头骨上钻孔）和缝合伤口等小手术。江湖医生（barber-surgeon[**]）既剪发又切肉，所以理发店的传统标志是红白条纹立柱，代表他们职业中的鲜血和绷带。药剂师和江湖医生的社会地位相似，他们制作和售卖药物，可能还进行一些私人诊断。

除了受到认可的专业医务人员，处在医疗体系底层的，是各类没获得许可的治疗者（healer）。江湖医术很盛行，但一个治疗者没得到许可，不代表这人就是江湖骗子。许多廉价的治疗可能是由没经过正式培训的人提供的，他们经验丰

---

[*] 在英文里，获得许可的 physician 是 doctor，此处为作区分，也为了呼应后一句解释，使用"博士"称谓。但按照现在通行的称谓，后文仍译作"医生"。

[**] 这个英文单词即是理发师和外科医生的组合。

富，治疗有时也奏效。

所有类型的医护人员，莎士比亚的戏剧中都描绘过，或者至少提到过。譬如药剂师在舞台上售卖毒药；决斗之后，外科医生被请去医治伤者；女巫接受咨询。剧中描绘的医生，既有真实人物，也有虚构角色。在戏剧中描写医学、使用医学术语方面，莎士比亚比同时代人更深入。他的作品有成百上千次直白或隐晦地提及医学，表明他比当时的其他剧作家更了解卫生保健和解剖学。

莎士比亚医学知识深厚的一个例子，是他明显提到过血液循环理论。该理论通常归功于威廉·哈维（William Harvey），1616年，他在一场演讲中首次讲述血液循环理论（直到1628年才正式发表，此时我们的剧作家已经去世）。不过，在1616年以前，欧洲大陆的少数医务人员肯定已经知道这一理论，莎士比亚在几部戏剧中也对它有所暗示，比英国医疗机构接受该理论早了数十年。"你是我忠贞的妻子，正像滋润我的悲哀的心的鲜红的血液一样宝贵"[*]（《裘力斯·恺撒》），以及"到目前为止，我血液的潮水一直在虚荣之中横流放肆"[**]（《亨利四世下篇》），这些台词反映出，莎士比亚意识到了血液的流动，虽然他没有明说血液是在连续的

---

[*] 朱生豪译《裘力斯·恺撒》，第二幕，第一场。卷5，p.218。
[**] 孙法理译《亨利四世下篇》，第五幕，第二场。卷4，p.199。

第三章 您愿意医好您的病吗？

回路中流动。*

几百年里，人们一直在猜测，莎士比亚是如何获得这些知识的。有人主张，他私下里肯定认识威廉·哈维，所以能洞悉后者的理论。但没有证据表明他们相熟。当时没有汇编起来的医学课本供莎士比亚研究，但他可以查阅很多有关疑难杂症和医学理论的论文。直接询问医务人员也是一种办法。他至少认识约翰·霍尔医生，后者于1607年娶了他的女儿苏珊娜。在女儿女婿结婚后，莎士比亚戏剧中包含的医学内容无疑更详细了。

莎士比亚常常打趣医疗实践、医学知识和可怕的治疗方法，但是他对医生本身是崇敬的，只有一个著名的例外。《温莎的风流娘儿们》中，卡厄斯医生是个喜欢炫耀、妄自尊大的家伙，周围人对他极尽嘲讽，该角色的原型可能是法国有名的内科医生西奥多·德梅耶恩博士（Dr Theodore de Mayerne），他治疗过法国和英国的几位君主。德梅耶恩是内科医学会（College of Physician）的主席，表现得非常有学问，非常自信；也许他是一个适合拿来开涮的人物。**

---

* 常有人以这类复杂的知识为由，怀疑莎士比亚名下的许多戏剧和诗歌另有作者。有人主张，以莎士比亚所处的地位和接受的教育，他很难获得这类知识。这些人提到，一位可能的作者是牛津伯爵（Earl of Oxford），他的确能获得这些知识，但他1604年就去世了，而莎士比亚继续写了十年戏剧。——原书注

** 莎士比亚描绘的另一个现实中的医生是《亨利八世》中的巴茨医生，他是国王的内科医生，显然比卡厄斯医生受欢迎。——原书注

莎士比亚描写的医生、江湖郎中和药剂师里，最著名的是《终成眷属》（*All is Well That Ends Well*）中虚构的女性医者海伦娜（Helena），在所有男性内科医生都失败后，是她成功治好了法国国王。实际上，那些男医生反而让法国国王的病情恶化了。海伦娜的医学知识据说来自她的父亲，内科医生吉拉·德·拿滂（Gerard De Narbon）。官方禁止女性学医，但医务人员经常和女性在信中分享医学知识。《终成眷属》的故事和这个角色不是莎士比亚原创的，他从薄伽丘（Boccaccio）的《十日谈》（*Decameron*）里改编了这个故事。两个版本都阐述了许多女性如何因为自己的医学知识受到尊重，她们通过非正式的途径学习和分享，加上亲身替人治病，获得了这些知识。

对当时各种常见的女性医者形象，莎士比亚都有所刻画。《第十二夜》和《温莎的风流娘儿们》提到了女巫，但她们没有出现在舞台上。《第十二夜》和另外几部戏剧中，还讲到一种在16世纪用来诊断疾病和预测病患命运的奇怪方法——验尿。病人的尿液会被收集在长颈瓶中，送到医生或女巫那里去检查，就像福斯塔夫在《亨利四世下篇》中所做的：

> 福斯塔夫：小子，你这个"巨人"，医生说我的尿怎么样？

第三章　您愿意医好您的病吗？

> 侍童：他说，爵爷，这尿是好尿，健康尿，只是撒尿的人未必好，说不定得了他自己也不知道的什么病。*

在医疗体系中处于上层的人对验尿嗤之以鼻，但这种方法一直风行。人们认为检查尿液的颜色、清澈度和气味，能够找到有关病人健康状况和性情的线索。有人精心制作了用来比对尿液颜色的色轮（colourwheels），协助诊断。就像史比特（Speed）在《维洛那二绅士》（*Two Gentlemen of Verona*）中说的："这种愚蠢在您的里面，透过您的身体照出来，像小便池里的尿一样，无论谁一眼见了你，都像医生见了尿一样，诊断得出您的病症来。"**

实际上，这类检查只能得出最粗略的猜想，尿液中有血表明肾有严重的问题，尿液的甜味可能是由糖尿病引起的，尿液呈蓝色或暗色可能是卟啉症或其他疾病，但这些远非精确的科学。验尿当然不值得许多人对它的信任。今天，尿液检测可以揭示关于病人健康状况的重要信息，但在现代分析技术出现之前，这是做不到的。

而内科医学推荐测试脉搏，以及用手背感受病人前额来判断是否发烧。在没有听诊器和体温计的情况下，这两种方

---

* 孙法理译《亨利四世下篇》，第一幕，第二场。卷4，p.115。
** 朱生豪译《维洛那二绅士》，第二幕，第一场。卷1，p.162。

法的效果也很差。一名内科医生真正可以依靠的，是通过目测、嗅闻、尝味及倾听来观察和了解病人。

诊断之后就要给出治疗方案，不同医生接受了不同的医学理念，疗法也会大相径庭。在16世纪，有两种相互竞争的医学理论。一种是古老而传统的盖伦体液系统（Galenic system of humours）：身体健康的人，体内有四种体液——黑胆汁、黄胆汁、黏液和血液——维持着平衡。*体液失衡就会生病，因此内科医生会向病人推荐特定饮食、暴晒、出汗、清洗（呕吐和排泄）、放血，以期患者的体液恢复平衡。到17世纪晚期，体液系统差不多已经遭到弃用，尽管在那之后很久，病人继续在接受放血疗法。在现代英语中，我们仍能发现体液系统的踪影，我们用好脾气（good humours）和坏脾气（bad humours）来形容一个人的性情。在莎士比亚时代，这类措辞更具有字面上的意义。

另一种争夺人们注意力的卫生保健方法，是帕拉塞尔苏斯（瑞士内科医生，莎士比亚的同时代人）的新理论，该理论基于观察，以及将万事万物都归于化学过程的信念（但他所谓的化学和现代科学意义上的化学很不同）。帕拉塞尔苏斯是将化学合成物和矿物用作药物的先驱。

莎士比亚对这两种理论都很了解，在《终成眷属》中讥

---

* 与四体液相关的四种元素是土、气、火和水。——原书注

第三章　您愿意医好您的病吗？

讽了两者的竞争，"大人这一番高论，真是不可多得的至理名言"*。但是，除了少数著名的例外，如鸦片酒**，当时的各种疗法都没什么用，有的甚至对病人极其有害。正如雅典的泰门对窃贼说："不要相信医生的话，他的医方上都是毒药，他杀死的比你们偷盗的还多。"***

在《终成眷属》中，海伦娜声称自己对国王的治疗是完全无害的，并且保证国王的瘘管（胸腔中的一个脓疮）两天内就能痊愈。不管这种无害的疗法究竟是什么，它都很快大获成功，这完全不是当时真实的医疗状况。无论是用盖伦体系，还是帕拉塞尔苏斯体系，治疗针对的都是病症，而不是症状背后的疾病。那时候，人们还没有把疾病当成独立的实体。例如，发烧被看作一种病，而不是许多疾病都会表现出的症状。

病人不指望治疗者和药物可以治好他们，也不认为吃药可以让自己好转。实际上，大多数药物都会让病人非常不舒服。他们大可以听从麦克白的建议，"把医药丢给狗子吧"****。

---

*　朱生豪译《终成眷属》，第二幕，第三场。卷2，p.415。这句话出现在拉佛和帕洛的对话中，拉佛批评人们在"应当为一种不知名的恐惧而战栗的时候，我们却用谬妄的知识作为护身符"，即盖伦和帕拉塞尔苏斯都束手无策。

**　鸦片酒由帕拉塞尔苏斯发明，混合了鸦片和酒精。两者结合对缓解疼痛有奇效，在几百年中，成为主要的医疗手段。——原书注

***　朱生豪译《雅典的泰门》，第四幕，第三场。卷6，p.492。这里的医生是内科医生。

****　朱生豪译《麦克白》，第五幕，第三场。卷6，p.182。

尽管药物明显不起作用，还经常让病人感觉更糟，甚至病人常常在治疗过程中死亡，但治疗者极少因此受到指责。他们总能为不好的结果找到解释，要么是因为病得太严重，治不了，要么是病人没有遵照通常非常复杂的医嘱。外科医生特里斯特拉姆·莱德（Tristram Lyde）为几个染上梅毒的妇女开出水银疗法的处方，结果她们死了，莱德上了罗切斯特法庭（Rochester court）。他为自己辩护说，那几位妇女已经病入膏肓，并且没有恰当地遵从他的指示。法官接受了莱德的说法，将他无罪释放。

直到17世纪微生物理论发展起来，人们才猜测，医务人员实际上正是许多疾病的元凶，所以根本不可能治好病人。另外，生理学和药物学的知识空白，也严重阻碍了医疗进步。

在18世纪之前，尽管医学专业人士做出了最大努力，他们对自己治疗的对象却没起多少正面作用。死亡的脚步从未停止，甚至没有放缓。我们将看到，当出现死亡时，就连鉴别死亡都很棘手。

* * *

绝大多数情况下，死亡容易得到确认——因为见得多了，人们易于识别死亡过程。在16世纪之前的英格兰，死亡多半是个人的事，死后有家人和朋友为他们哀悼。国家不

第三章 您愿意医好您的病吗？

关心公民的死。但随着人口增长和安葬空间减少，情况发生了变化，尤其是在首都伦敦。从1538年起，英格兰的各个教区就需要记录婚礼、洗礼和葬礼，但这些记录都保存在本地，没有形成更广泛的联系。瘟疫期间，葬礼变得很受国家关注。

1592年瘟疫大爆发时，伦敦当局每周都将各个教区的葬礼记录整理为"死亡统计表"。这种做法持续到了1597年瘟疫减轻。1603年，伦敦再次出现鼠疫，当局重新开始统计，自那以后，这项记录从未中断，一直延续下来。1611年，国王詹姆士一世把每年的死亡统计任务交给了虔诚的教区牧师团（Worshipful Company of Parish Clerks）。1625年，他们得到一台印刷机，可以印出每周的死亡统计表，让死亡的规模和数字更加广为人知。但是，死亡统计表只关注伦敦城墙内的96个教区和墙外的13个教区。

随着时间的推移，记录中加入了更多细节，譬如死者的年龄和死亡原因。确定死因是巡逻者（searcher）的工作，每当有人死亡，教区就会雇用女性去死者家检查遗体，收集信息，并报告给教区牧师。根据她们在17世纪早期的报告，天花、瘟疫、年迈、悲伤、精神失常和"牙齿"*等各种小病都可以致死。巡逻者没有接受过医学训练，后来许多历史学家质疑她们的

---

* 对此我也一头雾水。你可以自己去猜测。——原书注

专业水平，因此不相信统计表中的信息。但是，我们已经看到，在医学知识方面，女性很受尊重，况且，许多病人死前都找治疗者看过病。死者家属很可能已经知道死因，巡逻者不过是从他们那里收集信息罢了。巡逻者的主要工作是找出瘟疫导致的死亡，查出某人可能并非自然死亡的迹象。

尽管死亡统计表有所局限，但从那时起，对研究者而言，它们是很好、很有用的资源。今天，政府有详尽的数据统计，死亡及死亡原因也由专业人员鉴定。医生和病理学家要接受艰苦的训练，这也从侧面反映出，他们的工作有时会非常困难和复杂。

* * *

尽管死亡是全人类的普遍经验，人类目睹过无数死亡，对死亡的科学研究也有数百年了，但要准确定义什么是死亡却出奇地难。正如作家克里斯蒂娜·奎格利（Christine Quigley）最近所说，"死者与我们大体相似，只是没了生命"。从技术的观点来看，死亡即身体内部至关重要的生命过程完全停止，但是，一个人被认定死亡后，许多过程一般还会持续很长时间。各种细胞以不同的速度死去；神经元（神经细胞）最容易受损，几分钟内就会死掉，但成纤维细胞（结缔组织细胞）等就能存活好几天。死亡是一个过程，不是单一的事件，根据不同情况，这个过程可能会耗费较长时间。通常而言，没必要等到身体的所有机能都停止，才宣布一个人死亡。

心脏和大脑是决定死亡的两个关键器官。当心脏停止跳动，富含氧的血液无法泵入大脑，大脑缺氧，就会停止工作。反过来，如果大脑，尤其是最重要的脑干受到损伤，身体不再能接收到呼吸的指令，导致体内循环的血液缺乏氧气供应，心脏就会骤停。这两种情况的结果都是大脑受损，并且以目前的医疗水平，无法逆转损伤。

得益于20世纪的医学进步，如果大脑受损，可以重启心脏，支持呼吸。即便大脑已经不再运转，心脏只要能持续获得含氧血，就能继续跳动。生与死的界线开始变得模糊，所以医学上需要进一步准确定义，一个人在什么时候算真正的死亡。如今，许多国家将死亡定义为大脑停止活动，但是在过去，人们普遍将心脏停止跳动作为死亡的节点。

在心脏停止活动和脑死亡之间的时期，术语上称为"临床死亡"。这期间可以尝试用心肺复苏术（cardio pulmonary resuscitation，CPR）来恢复心脏跳动，挽救生命。若不加干预，在大脑因为缺氧受到不可逆的损伤之前，"临床死亡"只会持续几分钟。心电图仪和脑电图仪等现代仪器可以用于检测这些器官内微弱的电信号和活动，探寻生命的迹象，但莎士比亚时代当然没有这些设备。

不能再为病人做什么，死亡已然不可避免的临界点，在16世纪与今天非常不同。这倒不是说，那时的病人不可能好转，而是说当时没有心肺复苏术这类标准程序，可以用来拯救生命垂危的人。但这当然不妨碍伊丽莎白时期的人努力救人性命。假如负担得起费用，人们会将受外伤的人送去最近的外科医生那里。如果怀疑某人失去了意识，人们会为他暖身，或者将药灌进他的喉咙，设法让他苏醒。那是一个没有心肺复苏术、输血和除颤仪的世界，也没有能加强心跳或减弱心跳的现代药物，但他们有时能成功。

在莎士比亚时代，死而复生就已经不是新观念了。莎士比亚可能读过古罗马作家、自然哲学家老普林尼（Pliny the Elder）的著作《博物志》（*Natural History*），老普林尼在书中写到几个案例，运送至葬礼的死者竟然复活了。有一次，因为火的温度太高，原本被推定死亡的人活了过来，却又被熊熊火焰吞噬。

《配力克里斯》里就有角色死后遭抛弃，后来又复活。她能复活，不是靠咒语或者火葬时的高温，而是得益于一名内科医生的医术和知识。剧中人物泰莎（Thaisa）和丈夫配力克里斯乘船旅行，并在暴风雨中诞下女儿。照料泰莎的保姆认为，泰莎已经在生产过程中死去，配力克里斯不加怀疑地接受了这个可怕的消息。

船上水手迷信在航行中不宜携带尸体，希望在暴风雨毁

第三章 您愿意医好您的病吗？

灭所有人之前，把死者交付给海浪。配力克里斯同意了。人们将泰莎的身体清洗干净，给她穿上最华丽的衣服，将她放入一个箱子中，为防止进水，箱子经过仔细处理，密封完好。后来，塞利蒙（Lord Cerimon）发现被冲上以弗所海岸的箱子，他说，"他们把她丢在海里，真太鲁莽了"。*

打开箱子后，塞利蒙等人发现了泰莎，但是没看到非常明显和确定的死亡迹象——腐烂。人死之后，很快就会开始分解，尸胺和腐胺等成分具有恶臭气味，早早地就能让人明确无误地察觉到。腐败过程中产生的这些化学物质具有强烈的刺激性，令人难以忽视。但据说箱子中泰莎的身体却散发着芬芳的气味。

本应是具遗体，却没有腐烂的气味，塞利蒙感到很吃惊，于是更仔细地检查泰莎，寻找生命迹象。他说他知道有埃及人死了9个小时后又苏醒过来的情况，检查完之后，他确信泰莎昏迷的时间不到5个小时。在温暖的火焰和塞利蒙的药物帮助下，泰莎醒了过来。这是个奇幻故事，但至少有些方面是有科学依据的。

泰莎的死一点儿也不令人惊讶，因为在伊丽莎白时期，

---

* 塞利蒙可能也是莎士比亚以现实中的内科医生为基础写的角色，原型可能是德比伯爵（Earl of Derby）爱德华·斯坦利（Edward Stanley），他是一位业余的内科医生，"以外科、正骨和殷勤好客著称"。另一个可能的原型是拉姆利勋爵（Lord Lumley），他于1582年在内科医学会开办了外科讲座。——原书注

死于分娩太常见了。她看起来像死了，后来又苏醒，尽管有些牵强，但也不是不可能。一种解释是，泰莎分娩时因失血引起了心室纤维颤动。当装着她的箱子被抛入海浪中时，冲击力让她的心脏受到猛烈震动，于是再次开始正常跳动。问题是，如果不输血，泰莎不大可能活很久。

另一种解释是，为了尽量维持和延续生命，在遭遇极端压力或物理创伤时，人体的反应是"停机"。这或许是泰莎在海上漂流时幸存下来的原理。冰冷的水也能让人体进入静止状态，让有的人在之后苏醒过来。病人体温如果降至32摄氏度以下，根据降低的程度，会出现丧失所有脑干反射、心率减慢（非常慢），以及心脏停止跳动等状况。这就导出一个原理，即一个人在温暖中死去，才是真死。这种现象有据可查，但可能不适用于泰莎，因为她是被人用沥青封在箱子里，自船上投入地中海温暖的海水中。

在箱子里还涉及空气，或者说缺少空气的问题。普通棺材能容纳的空气通常只够一个人呼吸二十分钟。所以，泰莎的箱子必须非常宽敞，或者顶部有小孔，才可以为她提供充足的氧气，支撑她抵达岸边，并被人发现。

不管怎样，泰莎坚持了足够长的时间，等到人发现她，并且幸运的是，发现她的人拥有救醒她的专业知识。塞利蒙救她的方法也是有科学依据的。如果她是因为体温过低昏死过去，温暖的火可以让她苏醒。此外，在塞利蒙的药箱中，

第三章 您愿意医好您的病吗？

可能有加速心脏跳动、增强心脏肌肉收缩的药物。颠茄入药在当时已经有几百年的历史了。它出现在各种药方中，当然大多数时候是用来治疗炎症和减轻痛苦。从颠茄和其他几种常见的欧洲植物中能够提取出阿托品，今天在急救中会用来增强心脏收缩，但这是较晚近的医学发现了。莎士比亚很可能并不了解颠茄的潜在作用，所以塞利蒙也不会知道。

这部戏剧结局美满，泰莎在历经磨难和痛苦之后，终于和家人重聚。她在这些日子里的惨痛经历原本足以让律师介入进来，起诉那些错误地宣告她死亡、将她扔到海里的人。但是，剧中的保姆和水手没有受到谴责，毕竟每个人都相信泰莎死了。17世纪的一个特殊案例反映出，对莎士比亚的观众而言，泰莎的故事可信度极高。1645年，一位法国官员的女儿弗朗索瓦兹·多比涅（Françoise d'Aubigé）在海上被认定死亡。她被缝入一个麻布袋中，正当人们准备将她从船上扔下海时，从麻布袋里传来一声猫叫。原来在袋口被缝起来之前，女孩的宠物猫钻了进去，当他们重新打开袋子放出那只猫时，发现那个女孩还活着。所以说，要确定一个人是否死亡真的很困难。

* * *

伊丽莎白时期的观众非常了解分娩的风险，所以不会为泰莎的死感到吃惊。但若是没有明显的原因，没有生病或受伤的迹象，要判断一个人是不是真的死了，可就难多了。在《冬天的故事》中，赫米温妮伤心而死（更多内容见本书第十章），宝琳娜（Paulina）唤人设法救活她，但是没有用，"要是你们能够叫她的嘴唇泛出血色，叫她的眼睛露出光芒，叫她身上发出温热，叫她的喉头透出呼吸"*。这番简短的话中，有四个死亡迹象：面色苍白、两眼无光、体温流失、没有呼吸。尽管赫米温妮没有被治好，但故事还没结束。这部戏的结尾，在赫米温妮死去几十年后，她的雕像复活，她又和丈夫、女儿团聚了。这当然是幻想，现代急诊医学只能努力在人死后的极短时间内挽救生命。

赫米温妮复活依靠的是咒语和魔法，这或许更接近弗兰肯斯坦让无生命物活过来的实验。她的情况只不过是想象，能在演出中给运用特效、添加舞台魔术找到理由。不过，《冬天的故事》里提到的死亡迹象并非没有道理，但人活着时也可能有同样的表现。比如，由非致命疾病导致的面色苍白。死者的身体可能不是冰凉的，而生者的身体也可能不那么温热，这取决于周围环境。

最明显的死亡迹象是没有呼吸、脉搏和身体活动。但紧张症（一种麻木或无应答的状态）患者即使活着也一副僵化

---

* 朱生豪译《冬天的故事》，第三幕，第二场。卷7，p.246。

第三章 您愿意医好您的病吗？

不动的样子，会被误认为是死后僵直，反过来，死者并不总会出现死后僵直。还有一种可能是，当大脑释放出内啡肽来应对极端疼痛时，常常会让人产生不活动、昏迷的症状。昏迷的人虽然四肢不能动，神经却可能发生抽搐，并且维持着浅浅的呼吸，但是，在没有接受过医学训练的人眼中，他们一定就像死了一样。浅呼吸很难察觉，需要将听诊器放在气管和肺部的位置，持续听一段时间。

听诊器要到19世纪才会有，但莎士比亚详细描述了16世纪几种粗浅的替代方法。比如，李尔王固执地认为女儿科迪利娅（Cordelia）还活着，他要来一面镜子，想看女儿的呼吸会不会让镜面起雾。他还将一根羽毛放到女儿的嘴巴和鼻子前，认为自己看到了柔软的羽毛被气流吹乱，但不幸的是，他弄错了。在莎士比亚时代，还有一种测试方法，那就是把一个盛满水的碗放到胸口之上，观察水面的细微扰动。

要是将手指按压在皮肤上测不到脉搏，还有其他方法。比如，可以用细绳系紧指尖，如果被测试者仍然有脉搏，即便很弱，绳子靠近指尖一侧的组织也会肿胀、变色。一种更准确但会令人不适的方法，是割开一根血管，看看是否有血液流出，但要确保血液不是因为重力流出。

虽然没有精良的技术，通过测试某些本能反应，也可能粗略检查大脑的基本功能。比方说，用亮光照射眼睛时，正常情况下，瞳孔会自动缩小。还可以对眼睛做"头眼反射"

测试，也叫"洋娃娃头部反射"测试，方法是让眼睛保持睁开，快速将头从一侧转到另一侧，如果发生了反射，眼睛的运动方向将和头部运动方向相反，如果眼睛一直保持在中线上，就是脑死亡的迹象。这类测试已经有几百年历史了，不过现代技术能够判断出更细微的眼球运动。

人死之后，因为肌肉松弛，眼球很快就不再呈圆球形，明显变得平坦，瞳孔会放大。眼球表面会失去光泽，出现一层暗淡的薄膜。这些是最早的分解迹象，当莎士比亚说赫米温妮两眼无光时，大概指的就是这个。

在莎士比亚时代，要判断一个人肯定是死了，而非深度昏迷，万无一失的选项只有一个，那就是等待尸体腐败。* 鉴于当时确定死亡的难度，莎士比亚的几个角色被错误地判定死亡，以及假死能让人信服，也就不意外了。

* * *

在《辛白林》（*Cymbeline*）中，伊摩琴（Imogen）装扮成名叫斐苔尔（Fidele）的男子，因为身体有些不舒服，她吃

---

* 在19世纪的德国，因为担心过早埋葬未死之人，催生了停尸房。人们将系着铃铛的细绳绑在死者手指上，如果有人复活（没人复活过），就能发出信号。在16世纪的英格兰，大概很少有埋太早的错误了，等待遗体分解十分令人痛苦，所以人们会在遗体严重腐烂之前将其埋葬。——原书注

了药,希望能康复。但由于一系列的机缘巧合(见本书第八章),她吞下的实际上是用来制造死亡假象的药。她没有反应的样子像极了死亡,于是被埋葬,但后续剧情是她恢复了健康,和丈夫、家人团圆。这个设定和莎士比亚笔下最著名的假死——《罗密欧与朱丽叶》中朱丽叶的假死类似,但结局显然更圆满。

朱丽叶的情况和莎剧中的其他情形稍有不同,因为她是故意装死,不是意外。神父给朱丽叶的药不会毒死她,而是会让她在服药后的 42 个小时里看上去像死了。当时的剧作家经常在情节设计中使用假死,不只莎士比亚这么做。由此我们可以判断,通过巧妙的方式缓和毒药的毒性,用来让人接近死亡,却不至于毒死,这种想法很常见。

《罗密欧与朱丽叶》不是莎士比亚原创的故事。该剧和他的大多数戏剧一样,借鉴和改编自已有的作品。16 世纪时,关于一对出生仇家的不幸恋人的故事,流传着多个版本。在伊丽莎白时期被搬上舞台的,也并非只有莎士比亚的版本,但它是唯一保存下来的。

有人声称这个故事确有其事,或者至少有真实事件作为基础。吉罗拉莫·达拉·科尔特(Girolamo Dalla Corte)的《维罗纳史》(*History of Verona*)出版于 1594 年到 1596 年,他在书中将事情发生的时间确定为 1303 年,当时维罗纳的确有两个相互竞争的家族。但是没有证据表明,这个来自两个敌对家庭的恋人故事是真的。故事的每个新版本都经过润色修饰，会增加新的角色，添些新的细节。这对恋人的死法也有变化。比如，在某个版本中，朱丽叶在发现罗密欧中毒身亡后，不是刺死自己，而是屏住呼吸直至断气，当然这种死法不现实。朱丽叶失去意识的时间也从 16 小时到两天不等。但是，她故意伪造自己的死亡，这个主意始终没有变过。

在各版故事中，朱丽叶用到的毒物在细节上也有所不同。有的版本中，她得到的是能溶于水的粉末，另一些版本中，是添加到酒里的液体，或者不经稀释可直接吞服的混合物。遗憾的是，不管这种可以让人假死的物质是真的还是想象的，没有一个版本提到过它的名字。不知道名字，我们就只能通过症状猜测那是什么。

莎士比亚的版本大部分取材于阿瑟·布鲁克（Arthur Brooke）的诗歌，诗中的许多细节未见于别处。*即便如此，莎士比亚自有其独特之处，比如在凯普莱特（Capulet）的坟墓外，巴里斯（Paris）死在了罗密欧手上。

在莎士比亚的戏剧中，假死计划是神父想出来的，他给了朱丽叶一小瓶"蒸馏药水"，向她描述了将会出现的症状：

会有一阵昏昏沉沉的寒气通过你全身的血管，

---

* 布鲁克的诗歌基于意大利人马泰奥·班戴洛（Matteo Bandello）写作的该故事的法语译本。

第三章 您愿意医好您的病吗？

接着脉搏就会停止跳动；没有一丝热气和呼吸可以证明你还活着；你的嘴唇和颊上的红色都会变成灰白；你的眼睑闭下，就像死神的手关闭了生命的白昼；你身上的每一部分失去了灵活的控制，都像死一样僵硬寒冷；在这种与死无异的状态中，你必须经过四十二小时，然后你就仿佛从一场酣睡中醒了过来。*

从症状看，她就像被施了一剂强力的镇静剂。使用控制剂量的巴比妥酸盐，可以引起和维持昏迷，但这要等到20世纪。莎士比亚时代及之后很长时间内使用的一种镇静剂，是用曼陀罗（mandragora）的根制备而成。莎士比亚非常了解这种植物，因为他在《奥赛罗》（Othello）和《安东尼和克莉奥佩特拉》中，都提到过它能让人昏睡："给我喝一些曼陀罗汁。我的安东尼去了，让我把这一段长长的时间昏睡过去吧。"**

朱丽叶自言自语地说，"听到曼陀罗被拔时的惨叫声"***。她在这里提到一种谬见，认为曼陀罗是动植物之间活的连接（在绿色的叶片之下，根分成了两部分，活像一双腿），当

---

* 朱生豪译《罗密欧与朱丽叶》，第四幕，第一场。卷5，p.164。
** 朱生豪译《安东尼和克莉奥佩特拉》，第一幕，第五场。卷6，p.212。
*** 外研社·中文重译本《罗密欧与朱丽叶》，第四幕，第三场。朱生豪译本没有译出曼陀罗。

它们被连根拔起时，会发出尖叫。*

人们利用曼陀罗的根来让人意识不清，已有几千年历史；甚至《圣经》中也提到过。这种植物中的活性成分包括阿托品、东莨菪碱和莨菪碱，三者的作用相似，即阻断传递到中枢神经和副交感神经系统的化学信号。曼陀罗有助于镇静，与鸦片等一起使用时效果尤其明显，它还能导致瞳孔放大，这是人死之后会出现的情况。但在其他方面，它不太能模拟死人的状态。曼陀罗会让朱丽叶心跳加速，她更有可能脸红和发热，而不是苍白和冰凉。

鸦片也有镇静和减缓呼吸的作用，但它会导致瞳孔收缩，效力在 8 小时左右，不是剧中的 42 小时，即使加大剂量也不能延长人失去意识的时间。若过量服用，可以让人停止呼吸。

莎剧和一些其他的资料都显示出，正常会致命的毒药，通过某种方法减缓毒性后，就不会置人于死地。如今，我们可以利用化学反应，改变从植物中提取的成分的结构，减轻毒性，降低副作用。但在 16 世纪，人们连植物中的活性物质是什么都不知道，更别说将它们分离出来并修改。

不过，当时人们知道有一种成分可以造成逼真的死亡表象，那就是河豚毒素。人类摄入河豚毒素，被认定死亡，之

---

* 人们认为曼陀罗的叫声非常可怕，足以杀死人，或者像莎士比亚在《亨利六世中篇》中所写，"要是咒骂能像曼陀罗的呻吟一样置人于死地"。——原书注

后又苏醒过来，这样的情况比比皆是。河豚毒素能够阻止神经脉冲沿神经纤维传输到肌肉，包括膈，肌肉没接收到神经信号，就不会收缩，导致呼吸麻痹和死亡。呼吸和心跳减缓到让人难以察觉的程度，但又不至于完全停止，这之间的间隙非常窄。中毒者的大脑可能还在运转，他们会清醒地意识到正在发生什么，却不能传递出自己的痛苦。只有当体内的毒素慢慢分解，神经功能恢复正常，人才能复苏。

河豚毒素是一种由细菌产生的耐热神经毒素。接触到这种细菌的部分动物会故意积聚毒素，如蓝圈章鱼、蝾螈目的一些种和加州蝾螈，这些动物将河豚毒素用作防御，或者用来麻痹猎物，这样它们能更容易地抓住和吃掉猎物。人类受河豚毒素毒害，最常见的原因是吃了处理不当的河豚。河豚将毒素聚集在肝、卵巢和皮肤中。制作河豚寿司需要高超的技艺和经年累月的训练，以防渗入鱼肉中的河豚毒素超标，造成危险。日本的餐厅若要售卖河豚寿司，必须有特殊执照。但是，不管多么小心谨慎，还是会出错，通常发生在渔夫打算吃些捕获物，或者超市标错出售的鱼类时。在治疗河豚中毒方面，日本人很有经验，方法是在体内毒素完全清除之前，人工支持患者呼吸。现在，河豚中毒的存活率已经很高了，但四百年前的情况可不一样。

河豚毒素是朱丽叶假死毒药的有力候选，但它败在了一个关键点上——在18世纪库克的环球航行之前，西方人并不知道河豚。有一种极小的可能性是，很早之前，在欧洲与东南亚的贸易中，欧洲人得知了关于河豚毒素的知识或者传闻，启发了假死毒药的故事。

* * *

在莎剧中，假死或误判死亡是例外，不是常规。绝大多数情况下，死亡显而易见。当老板娘快嫂（Quickly）看到病榻上的福斯塔夫时，她说，"我就知道他只有走那一条路了"*（《亨利五世》）。莎士比亚作品中的几例死亡表明，他了解死亡的复杂性，他将死亡看作一个过程，而不是单一事件。他不止一次描述角色慢慢走向死亡，他们的身体一点一点地"关停"。

譬如福斯塔夫，在《亨利五世》中，老板娘快嫂向观众讲述了他最后的时日。他神志不清，双脚冰冷，寒意扩散至全身，因为他的心脏已经不能让血液有效地循环了。她还说，"我看见他一会儿摸摸被单，玩弄被单上的花朵，一会儿又对着他自己的指头尖儿微笑"**。拉拽、抓拿小件物品的现象，有个专门的说法，叫"捉空摸床"（carphologia），这是精疲力竭或濒临死亡的征兆。

---

* 刘炳善译《亨利五世》，第二幕，第三场。卷4，p.248。
** 刘炳善译《亨利五世》，第二幕，第三场。卷4，p.247。

第三章 您愿意医好您的病吗？

这位胖骑士在莎士比亚的三部戏剧*中起到了重要作用，相比于他鲜活的一生，这样的结局实属平淡。《亨利四世下篇》的结尾已经向观众预告了福斯塔夫将流汗而死，这或许是指一种会出汗的疾病，甚至是瘟疫。

福斯塔夫以喜欢女人和好酒贪杯著称**，生活方式断然不会很健康，梅毒、酗酒、糖尿病，还有中世纪英格兰常见的各种危险，都有可能威胁到他。但是剧中没有给出具体死因，让我们在今天可以理解。老板娘快嫂说，福斯塔夫遭受了"日发热（quotidian）、间日热（tertian）"***之苦。放在16世纪，这已经是非常明确的诊断和描述了，并且结合了两种在当时很危险的发热（或者发冷）。福斯塔夫的发热症状可能是由出汗疾病引起的，也可能是疟疾（见本书第七章）。还有一种看法是伤寒发作。

无论是什么原因，福斯塔夫放纵的生活方式肯定对他不利。剧中还暗示，亨利五世（《亨利四世》中的哈尔王子）也促成了福斯塔夫的死，因为他在登上王位那一刻，就无情地终止了与这位骑士的友谊，伤了福斯塔夫的心。

莎士比亚还事无巨细地描绘了亨利四世之死，这又是一

---

* 《亨利四世》的上下篇和《温莎的风流娘儿们》。福斯塔夫并没有真正在《亨利五世》中登场。——原书注

** 他喜欢喝一种从西班牙引进、添加了白兰地的白葡萄酒。——原书注

*** 《亨利五世》，第二幕，第一场。因为在当时还不能称疟疾，所以用日发热、间日热，而非日发疟、间日疟。

宗漫长的死亡。不过至少这是位现实人物，我们可以参考历史记录，尝试弄清真相。但是，亨利四世的确切死因尚不为人知，历来都是学者推测的。唯一可以确定的是，亨利四世死于某种自然原因。

亨利四世一生中得过几次大病，包括身心疾病。1408年，这位国王轻微中风后，健康状况每况愈下。他受晕厥和某种心脏疾病折磨，偶尔会严重到不能行走。亨利四世显然身负重压；他的王位坐得不稳，认为他是篡位者的人不断抨击他，这些都有害他的身心健康。有人说他得了麻风病，因为他的皮肤出疹。据说他变得奇丑无比，甚至没人敢看他。法国人相信，他的脚趾和手指都掉了，这是麻风病的另一个症状。这些说法表面上还有些可信。其他说法就更荒谬了——苏格兰人说他缩成了孩子那样小。

1831年，亨利四世的遗体被发掘出来时，人们检查了他的死亡面罩和保存完好的脸，证明把他描述成丑八怪是夸张的说法。一种现代医学观点认为，亨利四世得了结核性坏疽（在极罕见的情况下，肺结核会引起坏疽），与丹毒（一种皮肤传染病，典型症状是皮疹）相结合，会产生灼烧感。这至少可以解释，为什么有描述说，他痛苦地大喊自己烧起来了。

亨利四世最后一次生病是在1413年3月20日，当时他正在威斯敏斯特的圣爱德华教堂（St Edward's shrine）祈祷，他病倒得非常突然，随后被送到旁边的耶路撒冷礼拜堂

第三章 您愿意医好您的病吗？

（Jerusalem chamber）。他可能遭受了二次中风，据说他过了好一阵子才能说话。为了给他保暖，人们将他安置在一张临时搭在火边的床上，但他仍抱怨自己的胳膊和腿冰凉——人人都清楚，他命不久矣。*

在《亨利四世下篇》中，莎士比亚对亨利四世最后一场病的描绘似乎相当准确。如剧中所示，国王有几次不省人事，在一次昏迷期间，他的儿子认为他已经死了，于是进屋拿走了他的王冠。临死之前，他抱怨自己看不见，肺部虚弱——心脏不能有力地泵送含氧血，他的身体正在"停"下来。这与莎士比亚对现实中另一桩死亡的描述类似，即《亨利八世》中阿拉贡的凯瑟琳（Katherine of Aragon）之死。她在最后一刻说，"我的眼睛开始模糊了"**——由于缺氧，她的部分大脑开始衰退，死亡将近。

所有的死亡，最终原因都是氧无法送达身体的重要组织。纽约首席法医米尔顿·赫尔彭（Milton Helpern）简明扼要地指出，"死亡或许是因为各种各样的疾病和紊乱，但是在每一例死亡中，根本的生理原因都是身体的氧循环出现故障"。

不过，伊丽莎白时期的人们没有氧的概念，在莎士比亚写作戏剧的两百年之后，人们才发现氧元素。但是，将呼吸停止作为认定死亡的重要指示，这种观念当时已经建立起来

---

*　亨利四世在当天晚些时候去世。——原书注
**　刘炳善译《亨利八世》，第三幕，第二场。卷4，p.416。

了。那时的人也非常明白血液的必要性，认为血液有赋予生命的属性。"生命的血液"这一观点可以追溯到希波克拉底之前，《圣经·旧约》中就写着"肉身的生命是在血里面"[*]。至于血液如何赋予生命，人们尚不清楚细节。

人死时，在重力作用下，血液缓慢移动到更小范围内，到达身体最低点，正如莎士比亚所写，"血都跑到艰苦挣扎的心脏里去了"。死亡期间，因为血管舒张不均衡，各处颜色不同，皮肤上会出现斑驳。血压下降，让皮肤变得松弛、苍白，《亨利六世中篇》里写到"面色苍白，毫无血色"[**]。

没有新鲜的氧供应，细胞开始死亡。生命的最终时刻常伴随一阵阵粗重的喘息，为吸入氧气作最后的挣扎。个别情况下，临终者可能出现喉痉挛，发出"死亡喉音"，短暂地抽搐，胸腔、肩膀也可能会上下起伏。

所有死亡归根结底或许都是氧循环中断，但引发这种情况的方式有很多。莎士比亚在他的作品中探索了许多各不相同的死因，有的来自现实生活，有的凭借想象创造，但都有其有趣之处。

---

[*] 利未记 17:11。
[**] 索天章译《亨利六世中篇》，第三幕，第二场。卷3，p.135。

第四章

砍了他的脑袋！[*]

---

[*] 孙法理译《理查三世》,第三幕,第四场。卷3,p.337。

莎士比亚笔下的N种死亡方式

那个执行死刑之地
——《错误的喜剧》，第五幕，第一场

当众行刑在莎士比亚时代稀松平常。死刑犯人会被砍头，施以绞刑、火刑，被烹煮或挤死，全都当着围观群众的面进行。伦敦的新门、泰伯恩等地设有绞刑台，就算没有目睹行刑过程，当你在伦敦街头忙于日常事务时，也能看到阴森可怖的景象。断头俯瞰走过伦敦桥的行人；悬在绞刑架上的人体在风中摆荡。旅行者有时会去沃平（Wapping），在那里，会有吊死在低潮线上的盗窃犯，受潮汐冲刷三次。也难怪伊丽莎白时期和詹姆士一世时期的许多戏剧中，都提到了各种各样可怕的死刑。

* * *

莎剧里有数十个角色获刑而死，他们几乎都是历史上的人物。叛国者、窃贼和女巫都因为自己的罪行受到了终极惩罚。在伊丽莎白时期和詹姆士一世时期的英格兰，死刑实在太常见了，以至于莎士比亚在喜剧作品中也加入死刑。《错误的喜剧》里，叙拉古的伊勤（Aegeon of Syracuse）前往以弗所

第四章 砍了他的脑袋!

寻找失散多年的两个儿子,但当时以弗所禁止叙拉古人入城,伊勤因此被捕,依法要判处死刑,"在叙拉古生长的,涉足以弗所的港口,就要把他处死"*。搜寻失散家人的悲惨故事让伊勤得到了一天的时间宽限,他可以去找人借钱给他偿付巨额罚款,但要交不上罚款,他还是会被处死。**

罪行较轻,却判死刑,这种情况不仅限于《错误的喜剧》。第一对开本把《量罪记》也列为喜剧,它被认为是一出"问题剧",尤其是因为剧中三个男人因婚外通奸被判死刑,但只有两人获救:"有哪一个女人受过这淫棍之害的,叫她来见我,我就叫他跟她结婚;婚礼完毕之后,再把他鞭打一顿吊死。"***《量罪记》中的几个女人尽管同样有罪,她们蒙羞并被迫(有些人相对更乐意)结婚,但没有被吊死,说明莎士比亚时代的法律在实际运用时可以多不公平。包括这部戏剧在内的几部都表明,我们的吟游诗人关注的是法律程序,以及正义如何得到伸张,而不是最终的判决。

有的罪行在现代观众看来似乎很夸张,但在莎士比亚时代却并非不现实。有的罪行在今天完全不构成犯罪,惩罚自然也相当不同。如今,英国司法体系中已经没有体罚和死刑,但在四百年前,两者都很常见。我们的剧作家早在来伦敦之前,

---

* 朱生豪译《错误的喜剧》,第一幕,第一场。卷1,p.5。
** 剧透:最后一切都没事。——原书注
*** 朱生豪译《量罪记》,第五幕,第一场。卷1,p.559。

就很熟悉体罚：斯特拉福德有笞刑柱。不过，他搬到大都市之后，能见识到更多更严酷的惩罚。

莎士比亚和同时代的剧作家将死刑写入剧中，或许是在反映他们周遭真实的生活和死亡，但鲜有剧作家敢在舞台上呈现死亡。判决之后，犯罪团伙通常会被带到台下；假装行刑后再向观众简短汇报他们的死，或者在台上展示砍下的头。表演行刑的可怕场景对演员来说也有危险，而且即便使用特效，场面也比不上观众们非常熟悉的真实行刑。另外，一个受欢迎的人物在舞台上被处死，还可能惹得本来就暴躁的观众做出危险的举动。不让观众看到死亡的瞬间，可能是最简单的做法。

但托马斯·基德的《西班牙悲剧》（*The Spanish Tragedy*）是个有名的例外，剧中表演了绞刑。这部戏剧被誉为复仇悲剧的首创之作，影响深远。[*]它也极受观众欢迎，频繁上演。至于该剧如何做到既呈现绞刑，又不杀死演员，在今天引发了诸多猜测。

莎士比亚没有基德那么残忍。他没把死刑安排在舞台上执行，现代演绎的莎剧，其中的所有死刑场景都是出于艺术的加工，不是因为剧本中写了。相比于其他死亡方式，莎剧中对死刑的描写或讨论少之又少。这很可能不是因为莎士比

---

[*] 包括莎士比亚在内，许多剧作家都采用过复仇悲剧这种新的戏剧类型，《西班牙悲剧》可能是《哈姆莱特》的参考资料之一。——原书注

亚拘谨，而是因为他压根不需要向观众描述过程；他们知道死刑是什么样。

16世纪时，执行死刑的方式很多样。选择用何种方式让犯人伏法，取决于死刑犯的罪行和社会地位。莎士比亚对死刑的陈述通常很简单，甚至没有，这掩盖了当时英国死刑体系的复杂性，现代观众往往意识不到这一点，本章将补充莎士比亚和他的观众习以为常的这部分背景知识。

* * *

在16世纪和17世纪的英格兰，对罪犯的惩罚非常严酷，并且一般会当众执行，以警示其他人，防止他们犯同样的罪。刑罚的严厉程度意在与罪行的严重性相符。然而，罪罚不符的情况很多，法律漏洞也很多，致使邪恶的罪犯只受到较轻的处罚，无辜之人却惨死狱中。

莎士比亚时代的罪行可以大致分为两类：轻罪和重罪。对轻罪的惩罚有坐牢、鞭打、罚款、没收财物，或者四者结合。重罪的下场是全部财产收归国王所有，以及死刑。

从最严重的叛国罪到偷窃的价值超过1先令，都属于重罪。可以算作重罪的罪行能列出一张长长的单子，结果就是频频出现死刑。在莎士比亚的一生中，英格兰和威尔士每年执行绞刑多达一千次。所有保存下来的证据都表明，伊丽莎白时期和詹姆士一世时期的死刑比后来各个时期的都多。

死刑数量已经多得吓人，但其实有 3/4 背上重罪指控的人都躲过了死刑。一种解释是，在他们出庭之前，没人会仔细审查案件，许多人在这个阶段就被释放。当时也没有今天这样的判决准则，法官有相当的自由，可以决定庭上重罪犯的命运。

司法的另一个重要部分是慈悲，《威尼斯商人》（*The Merchant of Venice*）中详细探讨过这个概念。该剧几乎被人当成一部法庭戏，剧中的夏洛克（Shylock）放贷给巴萨尼奥（Bassanio）一大笔钱，条件是后者必须在三个月内清偿债务；如果还不上，巴萨尼奥就得割下自己的 1 磅[*]肉。巴萨尼奥筹钱失败后，夏洛克将巴萨尼奥告上法庭。法官发现二人的协议是合法的，似乎没办法阻止夏洛克按约执行，就算巴萨尼奥在这个过程中可能会死掉。扮成律师的鲍西娅（Portia）前来干预，主张要慈悲：

> 慈悲不是出于勉强，它是像甘霖一样从天上降下尘世；它不但给幸福于受施的人，也同样给幸福于施与的人。它有超乎一切的无上威力，比皇冠更足以显出一个帝王的高贵：御杖不过象征

---

[*] 1 磅约等于 0.453 千克。

着俗世的威权，使人民对于君上的尊严凛然生畏；慈悲的力量却高出于权力之上，它深藏在帝王的内心，是一种属于上帝的德性，执法的人倘能把慈悲调剂着公道，人间的权力就和上帝的神力没有差别。*

对于鲍西娅动人的请求，夏洛克充耳不闻，他下决心按照自己的意愿行事，鲍西娅要救巴萨尼奥，只能援引一个模糊的法律条款。鲍西娅虽然嘴上说得很好，但她对夏洛克也没有流露出半点慈悲，这下反过来轮到夏洛克面临死刑，除非他皈依基督教。

在法庭上，法官还要考虑一些别的因素。假使有可以减轻处罚的情节，比如打死人是出于意外或自卫，罪犯就能得到宽恕。在《罗密欧与朱丽叶》的结尾，许多人的死都是别人造成的。亲王埃斯卡勒斯（Escalus）宣布"该恕的该罚的再听宣判"**。亲王是剧中的司法裁决者，一切由他定夺，但他没有具体说会对谁网开一面。***

即使罪证确凿，不容饶恕，重罪犯仍然有办法逃脱死刑。譬如可以诉诸"神职人员特权"（见本书第一章），这个法

---

*　朱生豪译《威尼斯商人》，第四幕，第一场。卷1，p.455。
**　朱生豪译《罗密欧与朱丽叶》，第五幕，第三章。卷5，p.186。
***　剧中谁能得到宽恕的悬念是给作家们的礼物。——原书注

律漏洞是在 11 世纪到 13 世纪，教会和国家冲突斗争的产物。当神职人员犯了某些类型的重罪，有权在教会法庭而非王室法庭受审，而教会法庭没有死刑。

一个人要证明自己是神职人员，只需要在主教的代表在场时，接过递给他的《诗篇》，磕磕绊绊地读完"免罪诗"（neck verse）——之所以叫免罪诗，更多是因为它能救命，让人不被砍断脖子（neck），而不是因为诗文内容——证明自己能阅读就行。* 随后，主教的代表会宣判结果。读诗要求的文化水平不高，相对于其他严酷的刑法，这对犯人也是一种怜悯。重罪犯仍然会失去所有财产，最长可能会坐一年牢，但至少能保住性命。他的大拇指还要打上烙印，以防他再次享受该特权。

只有在教会接受过教育的人才识字，这个错误的假定已经延续了几百年，并且，对一个人的判决取决于他的阅读能力，这也极不公平。** 莎士比亚在《亨利六世中篇》里讽刺过这一点。戏剧第四幕围绕杰克·凯德（Jack Cade）对亨利六世的叛乱展开。

凯德和同谋者向伦敦进发，并在伦敦桥上展开一场激

---

* 他们通常要阅读拉丁文本《诗篇》第 51 首的前几行，内容是为过去的罪请求原谅。——原书注

** 尽管在当时，女性神职人员的想法就够好笑了，1624 年，神职人员特权竟扩展到了女性身上，这进一步凸显了法律的荒谬。——原书注

战。成功入城后，凯德自立为市长。随后，他设立法庭，判定那些被控贪污腐败的人有罪或无辜。尽管此处莎士比亚大部分忠实于历史，但为了突出反叛者的暴行，以及他们对日常秩序的威胁，他从更早的一场叛乱——民众起义（Peasants' Revolt）*——借鉴了一些细节。根据莎士比亚历史剧的主要参考资源，即拉斐尔·霍林斯赫德（Raphael Holinshed）的《英格兰、苏格兰和爱尔兰编年史》(*Chronicles of England, Scotland and Ireland*)，在这场更早的起义中，"在他们中间，一个人若给人知道自己有学问是很危险的，更危险的是让人发现身边有笔和墨水瓶：为此，他们将难逃一死"。

莎士比亚把上述危险浓缩到一个角色身上，将其推迟到一百七十多年后，成为凯德设立的非官方法庭的一部分。剧中，受审之人口袋里有一本书，成为他能识字阅读的证据。这位书吏承认，"我受到很好的教育，我能写我的名字"。凯德认为，有文化就一定"是坏蛋和叛徒"，下令"绞死他，把他的笔和墨水瓶挂在他的脖子上"。**

有的罪行不适用神职人员特权，尤其是叛国罪、蓄意谋

---

* 发生于1381年的民众起义，目的是反对理查二世统治下强征的高额税收。——原书注

** 本段引文皆引自索天章译《亨利六世中篇》，第四幕，第二场。卷3，pp.150—151。

杀和强奸等严重罪行。多年来，加到死刑清单上的罪行越来越多，不能行使神职人员特权的罪行却一直很少，在16世纪，只有鸡奸、与动物交媾、巫术、扒手和偷马贼等。

还有一种逃避死刑的方法是"子宫特权"。孕妇的死刑可以推迟到生完孩子后执行。近半数女重罪犯会声称自己怀孕，其中有38%的人能成功缓刑。等她们分娩之后，到了原定的行刑时间，很可能会得到彻底饶恕，躲过一死。在莎士比亚的《亨利六世上篇》中，圣女贞德（Joan of Arc）因为巫术被英国人判处火刑，她说自己有孕在身，死刑因此延后。九个月之后，她没有生下孩子，死刑日期重新排定。

在《冬天的故事》里，子宫特权是重要的情节设计。赫米温妮的丈夫怀疑，她怀上了其他男人的孩子，于是将她关押起来，赫米温妮在狱中生下一个女婴。为了让赫米温妮获释，宝丽娜主动提出带走孩子，"要是她敢把她的小孩托付给我，我愿把它送去给王上看，替她竭力说情"。但是狱吏不让孩子离开监狱。宝丽娜抗议说，"这孩子是娘胎里的囚人，一出了娘胎，按照法律和天理，便是一个自由的解放了的人"*——母亲犯罪，孩子无辜，不应受到同样的惩罚。**

---

* 本段引文皆引自朱生豪译《冬天的故事》，第二幕，第二场。卷7，p.233。
** 剧透：这个女婴遭到流放，但她长大成人，坠入爱河，与家人团聚，从此以后，人人都幸福地生活下去。——原书注

第四章 砍了他的脑袋！

如果罪犯没有神职人员特权或子宫特权，也没有减轻罪行的情节，等待他的往往就是死刑。判决由法官宣读，"你首先应被带回监禁的地方，然后你当从那里去刑场，你会被吊起来，直至死亡……"犯人几乎没时间设法获得缓刑，但经常有人获得同意。是否有能力发出缓刑请求，很大程度上取决于重罪犯的财富和影响力。乞丐可没这机会。莎士比亚在《量罪记》里的描写完全可信，剧中有个罪犯逃脱死刑九年，因为"他有朋友们给他奔走疏通"[*]。

* * *

16、17世纪的法律程序很让人讨厌，甚至会危及生命。那时，法庭并不固定设在一个地方，有些受到犯罪指控的人会被二轮马车载到监狱去等待审讯。季审法庭负责处理不那么严重的违法事件——法庭名字来源于它们每年开庭四次。谋杀、强奸等严重的犯罪案件由巡回法庭审理，巡回法庭会在全英国巡回审判。被告必须等法庭开庭，结果就是，在案子审理之前，他们有时要在监狱里待上好几个月。

不过，法官一来，审理就会很快进行。审讯过程很短，判决书迅速下达。莎剧中的角色在判决过后，会立刻被人从

---

[*] 朱生豪译《量罪记》，第四幕，第二场。卷2，p.535。

舞台上押下去执行死刑，这和莎士比亚时期的现实情况相差无几。被告若经审理判定无罪，会当庭释放。获得赦免的罪犯则会被送回监狱，直到赦免令颁发下来，这有时要等到几个月之后。

不同于今天，坐牢在当时不是对严重罪行的惩罚。犯了轻罪的人在宣判之前，欠债的人在还完债之前，都会被关在牢里。考虑到监狱的条件，这样的判决可不轻。在莎剧中，入狱者不对自己的恶劣处境抱任何幻想。《第十二夜》里，有人骗马伏里奥，弄得他做出精神失常的行为，他因此被锁了起来，这是对他的严厉和专横的报复。但是玩笑开过头了，马伏里奥被关进一间暗室，"备受欺侮"。在《两个高贵的亲戚》里，阿赛特（Arcite）和帕拉蒙（Palamon）输掉一场战斗。他们遭到抓捕和关押，为失去自由而绝望。他们再也见不到自己的朋友，再也不能享受以前的舒适生活。监狱之外可能是夏天，监狱之中"却永远驻着死一般的冬天"*。狱中生活不易，但阿赛特和帕拉蒙的社会地位很高，所以实际上他们的待遇很好——吃得好，有干净舒适的住所（至少以伊丽莎白时期的标准而言）。不是每个人都能如此幸运。

伊丽莎白时期的各座监狱都不利于囚犯保住性命。监狱

---

* 外研社·中文重译本《两个高贵的亲戚》，第二幕，第二场。

条件极差：拥挤、肮脏。监狱建筑破烂不堪，经常需要维修，有时实在太破，以至于让逃跑变得现实可行、令人向往。囚犯没法锻炼身体，只有最基本的食物配给。亲戚朋友来看望囚犯时，可以给他们加餐，富裕的犯人可以额外掏钱，通过监狱的栅栏，从聚集在墙外的小贩那里购买食物。即使在丰年，那些没有门路的人也会挨饿，在饥馑年月，他们更会饿得不行。

营养不良、环境不卫生、缺乏锻炼，犯人因此变得很虚弱，特别是对传染病没有抵抗力。犯人有很大可能死于"监狱热"，这是痢疾的一种形式。这种病有时非常致命，1577年有个著名事件：一些生病的犯人被带到牛津受审时，把病传染给了陪审员和法官，导致其中几人死亡。王座法庭留存下来的报告显示，1558年到1625年，仅伦敦周围各郡的监狱中，就总共有1292名犯人死亡。他们中有的人可能根本没犯罪，只是在等着出庭为自己辩护，或者等赦免令颁布下来。

《量罪记》中，"著名的海盗"拉戈静（Ragozine）遭遇了和许多囚犯一样的命运，在狱中死于"厉害的热病"。*他的死在当时很平常，所以剧中对此没作评价。更有趣的是，他长得和剧中主人公克劳狄奥（Claudio）很像。克劳狄奥被判处死刑，即将执行，在大多数人看来，这个判决是不义的。

---

* 朱生豪译《量罪记》，第四幕，第三场。卷2，p.539。

为了救他，狱吏将拉戈静的头割下来，送去给当权者，这样他们就会以为克劳狄奥已经被砍头了。我们不清楚拉戈静是在司法程序的哪个阶段死的。但是，如果他真如剧中所说，是个声名狼藉的海盗，他就不大可能活很久了。死在狱中，还是被吊死在低潮线上，哪种死法更能让正义得到伸张，是有争议的。

* * *

死刑的快速执行看似令人意外，毕竟要在短时间内组织协调诸多事宜。但因为执行死刑相对常规，尤其是在伦敦，所以很多处决死刑犯的基础设施已经到位。在乡村地区，死刑相对少见，一切安排妥当后，行刑也可能被耽搁。1655年，亨特船长（Captain Hunt）的死刑被推迟到修好绞刑台、做好长度合适的斧子（按规定是11英寸）之后执行，等时间到了，犯人早就逃跑了。

不过，因为经常重复，人们很快建立起一套模式：定罪、判决、执行死刑，遵照着一个普遍的、固定的程序。晚至1868年，大部分死刑都当众实施。在一大群人面前，在一个高台上执行死刑，有布道、演讲，最后还有激动人心的终场谢幕——非常有戏剧性。通常情况下，会有成千上万"悲伤的旁观者"聚集在刑场。挤在人群中，发现自己认识绞刑台上的囚犯，是常有的事。社会各阶层人士都会参与这项活动，就好比去剧院。贵族和学徒、扒手同时出现在围观人群中，但贵族能花钱获得更好的视野，并和其他人稍微隔开一些。

人群聚集起来后，被定罪的囚犯会组成一支队伍，被人从监狱押赴刑场。跟着会有一位牧师布道，紧接着，犯人在即将永远离开这个世界之前，通常会发表演讲。人们期待死刑犯有个"好结局"，意思是当他们面对绞刑架时，能拿出勇气，表现出忏悔和醒悟。在巨大的压力之下，绝大多数重罪犯竟然真的会这么做，着实让人佩服。人们预期许多死刑犯会趁机谩骂那些夺走他们性命的人，控诉世界的不公，但他们却往往承认自己的罪行，忏悔过去的罪孽，劝诫其他人不要学自己。人们普遍相信，这样的演讲绝对真诚。因为这些人很快就要去见造物主了，造物主会对他们进行终极审判。这种时候必须完全诚实。

在莎士比亚的《亨利八世》里，白金汉公爵（Duke of Buckingham）犯下叛国罪，事发后被处砍头。在被带下台，走向他的命运之前，他按照传统，做了激动人心的演讲，他坚称自己是无辜的，但是原谅指控他的人。白金汉的演讲有些冗长（两小节，共58行），我们的吟游诗人可能在借角色之口，炫耀他的雄辩之才，但是在受刑前说这么多话的人也不在少数。一个围观者曾抱怨说，一名重罪犯慢吞吞地讲完他一生的罪行，让所有人在雨中站了半小时。

刽子手会将砍下的头举起来，向人群展示，当遭到处决的是一个受人喜爱或尊敬的人时，人们会将手帕浸在泼洒出来的血中，做成纪念品。*当对犯人施以绞刑时，为确保其死亡，他的身体会在空中悬挂一个小时之久。家人或朋友可以拉拽所爱之人的脚，加速死亡，缩短其受苦的时间。在把死刑犯从绞刑架上放下来之前，为确定他已死，需要查看有没有肿胀、面部和双手颜色变深等迹象。重罪犯的死会写在大幅报纸上，编成歌谣唱诵，以飨那些没能亲自到场观看的人。

* * *

重罪犯总有一死，但具体罪行不同，死法也不同。一直到16世纪中期，经过仔细选择的刑罚方式，都预示地狱里有什么等着那些罪人。到了莎士比亚时代，在盛水或铅的坩埚里烹煮犯人和溺死女巫渐渐不再流行，但仍然有大量恐怖阴森的死法。一般来说，罪行越严重，罪犯受的惩罚就越痛苦。但也并不总是这样。

最恶劣的罪犯是阴谋反叛国王或女王的人。密谋推翻或

---

*　人们还认为被处死的罪犯的血有治病功效。——原书注

杀害君主是重大的叛国罪，会被处以当时最残酷的死刑。在英格兰是绞刑加四马分尸，这种刑罚于13世纪引入，到1817年才最终弃用。

首先，套着罪犯的脖子，把他们吊起来，但要趁他们还活着时割断绞索，让他们亲眼看到自己的内脏、心脏被人从腹腔挖出来，放在火上烧。在开膛破肚的过程中，他们最可能死于剧痛和失血，或者至少会因此失去意识。任何命悬一线的人在心脏被取走后，很快都会死。这之后再砍下罪犯的头，肢解他们的身体——简直就是碎尸万段。行刑人通常是专业的屠夫，靠太近的围观者会被溅一身血。叛国者的头与身体部件将插在长钉上示众，以彰显王权，警示其他妄图谋逆君王的人。有时候，如果叛国罪不是太严重，会先将罪犯绞死再实施后续步骤。

莎士比亚塑造的角色中，只有两位遭受了这种可怕的死刑。* 第一个角色来自《亨利四世上篇》。剧中，国王的军队遭遇了烈火骑士（Hotspur）率领的叛军。为了避免战争，争取和平，亨利通过信使理查·凡农爵士（Sir Richard Vernon）和第一任华斯特伯爵（Earl of Worcester）托马斯·珀西（Thomas Percy）"提出过仁厚的保证和宽大慈祥的建议"**。但是华斯

---

*　《亨利六世中篇》里杰克·凯德在被捕时已经死了，但后来他的身体被肢解并向公众展示。——原书注

**　孙法理译《亨利四世上篇》，第五幕，第五场。卷4，p.100。

特和凡农故意隐瞒消息，致使战争爆发，双方都伤亡惨重。亨利获胜，烈火骑士被杀。战争结束后，华斯特和凡农被捕，他们违背国王旨意，结果造成成千上万人无辜死亡。两人的行为实乃不忠，都犯了叛国罪，罪该当死——"把华斯特和凡农押出去处以死刑"*。但莎士比亚没有写具体是什么刑罚。

因为没必要深入细节，当时的观众都很清楚叛国者的下场。他们还明白两位死刑犯的社会阶层不同。凡农来自小康家庭，华斯特是贵族。这部戏剧是以真实的历史事件为基础，我们很容易查到两个角色在离开舞台后会发生什么。现实中的理查·凡农爵士被施以绞刑加四马分尸。华斯特伯爵因贵族出身得以被砍头——结束得快多了。

对最严重罪行施加最残酷惩罚的另一个例子来自《亨利六世中篇》。葛罗斯特公爵夫人（Duchess of Gloucester）爱丽诺（Eleanor）是护国公葛罗斯特公爵汉弗莱（Duke Humphrey）的妻子，她想知道国王什么时候会死，这样她丈夫可以得到王位，她自己能成为王后。为了找到答案，她雇来一位巫婆和一位魔法师，并说服她的几个谋士参与，作法招来一个幽灵，告诉她未来之事。涉事者有罗杰·勃令布洛克（Roger Bolingbroke）、爱丽诺的私人教士约翰·休姆

---

* 孙法理译《亨利四世上篇》，第五幕，第五场。卷4，p.101。

(John Hume)和托马斯·骚士威尔(Thomas Southwell),还有巫婆玛吉利·约登*。爱丽诺、勃令布洛克、休姆和骚士威尔全都犯了使用巫术和叛国的重罪。约登则作为女巫接受审判。

这场阴谋实际上就发生在1441年,莎士比亚可谓紧跟历史。我们的剧作家将现实中的一系列审讯压缩到了一场戏中,所有被告都被定罪并判了刑:

> 你们四个人回监狱去,再从那里去刑场。将女巫在史密斯菲尔德烧死,你们其余三个人要受绞刑。你,夫人,因为你出身高门,现在剥夺你的荣誉,游街示众三天,而后发配到马恩岛流放,由约翰·斯坦利爵士押解前往。**

和现实中一样,爱丽诺因为社会地位高,只需忏悔和终身监禁,逃过了更严厉的处罚。休姆的真实结局和莎士比亚写的不同,他得到了赦免,因为他在整件事中只是个辅助角色。骚士威尔在判决下达之前就死在了伦敦塔。勃令布洛

---

* 在历史记录中,玛吉利·约登(Margaret Jourdain)的名字在英文中有几种拼法,还包括 Margery Jourdemayne 和 Margery Jourdayn。——原书注

** 索天章译《亨利六世中篇》,第二幕,第三场。卷3,p.115。参考外研社的中文重译本,引用译文稍有改动。

克起了更重要的作用，所以被施以绞刑加四马分尸，头插在了伦敦桥上展示。约登得到了当时女巫普遍遭遇的下场——火刑。

16世纪和今天一样，只有一小部分罪犯是女性，并且女犯人不太可能实施暴力犯罪和更大胆的盗窃活动。女性若犯下谋杀罪，受害者最有可能是她的朋友或家人，犯罪现场也多半在家里，而非街头。但有些罪行和女性的关系尤为密切，比如杀婴和巫术。*1550年到1750年，艾塞克斯有219人因巫术获罪，其中男性只有23名。**詹姆士国王是出了名的沉迷巫术***，在他统治期间，女巫遭举报的概率高得惊人。

火刑也用于惩罚宗教异端。比如，圣女贞德被烧死在鲁昂（Rouen）的老市场（Vieux-Marché），就是很著名的事件，《亨利六世上篇》里写到过。但剧中没有直接刻画火刑（在木制建筑中表演太危险了），而是由其他角色口头汇报。他们说，出于慈悲，大家往柴堆里添加一桶桶燃烧的沥青，加速贞德死亡。

受诸多变数影响，烧死的体验会有很大不同。有时，死

---

* 在莎士比亚笔下，麦克白夫人可能就犯了杀婴罪。剧本里语焉不详，为人们猜测麦克白夫人的性格和杀婴动机留下许多空间。——原书注

** 巫术不仅与性别有关，还有很强的地域性。艾塞克斯的女巫问题似乎最严重，被定罪的人也远比英格兰其他地方多。——原书注

*** 沉迷不代表喜欢，詹姆士一世写过关于巫术的书，自认为是这方面的权威，但态度上是反对的。

刑犯死得较快；有时，他们痛苦的尖叫会持续很长时间，因为他们的身体正在被火焰慢慢吞噬。

高温对身体的损害不仅取决于温度，还要看身体组织暴露在高温中的时长。温度在42摄氏度以上时，人体细胞就会开始自毁。细胞死亡，尤其是脑细胞死亡，身体的重要功能就会失调。温度达到44摄氏度就能损伤皮肤，但至少需要五个小时，才会出现灼伤。而在60摄氏度的高温下，只需要三秒钟，就能造成皮肤烧伤。

人体很适于保持体内恒温。为了促进血液流动和散热，靠近皮肤表面的血管能扩张。出汗时水汽蒸发，能给皮肤降温，脂肪层就像绝缘层，对外界温度的突然变化形成缓冲。利用这些基本系统，人可以在高达90摄氏度的温度下存活几分钟。在极端情况下，温度过高，或者变化过快，身体就会无法应付。

火的温度显然很高，但死亡不一定是由高温引起的。吸入有毒气体——一氧化碳和少量的氰化物——阻断氧循环，也会致命。而在缓慢燃烧的火中，烟雾里的一氧化碳含量往往会非常高。

大火产生的二氧化碳（无毒气体）会取代空气中的氧，使人窒息。在烈火中，还会有热气进入气管和肺部，引起热损伤（灼伤）。火焰的高温会让皮肤起皱、裂开，露出下层可以燃烧的脂肪。颅内温度升高，压力也随之增加，会导致颅骨开裂。

女性身体通常比男性身体燃烧得更快，因为脂肪更多。但是所有的人体都要花很长时间才能燃烧，需要很高的温度才能烧成灰烬。现实中，圣女贞德烧剩的身体还被拿来向人群展示，证明她没有逃脱火刑。她的残骸又经过两次焚烧后，化为灰烬，撒在了塞纳河中。

* * *

16、17世纪的所有死刑方式都格外残忍，让犯人受尽折磨。和绞刑加四马分尸相比，砍头算仁慈的了，叛国贵族即受此惩罚。不过，就算是砍头，也不像许多人以为的那样迅速、没有痛苦。

砍头是用斧子砍向后脑勺。人的颈部有发达的肌肉、由颈椎保护的脊髓，还有被强韧的软骨环绕的气管；这些人体组织都能有力地对抗斧刃。技术高超的壮汉加上利刃，才能一击砍断脖子。人们常听到砍头时反复砍多次的传说。

在莎士比亚历史剧中描述的政治动荡时期，许多胆敢与国王作对的贵族都被砍掉了脑袋。大量角色最后是以一颗断头的形象出现在舞台上。莎士比亚有七部戏剧要用到人头道具，《亨利六世中篇》需要三个，其中两个属于塞伊勋爵（Lord Saye）和詹姆士·克罗默爵士（Sir James Cromer），他们被

第四章 砍了他的脑袋!

前文提到过的杰克·凯德下令砍头。*为娱乐众人,两颗断头被插在柱子上,互相亲吻。在莎士比亚和他的剧作家同行写作的时代,这类残忍的描写并不少见。当时每个表演剧团的道具柜里都堆着无数假人头。

在斩首中,死亡毫无意外是由缺氧引起的,但这要通过两种机制实现——切断往来于大脑的神经信号和快速失血。砍断脊髓会中断大脑和胸腔肌肉之间的信号联系,胸腔肌肉接收不到呼吸的信号,就无法吸入氧气,缺乏含氧血,心脏很快就会停止跳动。

颈部有人体最大的一些血管,砍断后会迅速使人大量失血。如果体内三分之一的血液流失,死因就是急性失血。大脑快速失去含氧血,人就会失去意识,继而发生脑死亡。死者生前最后一次吸进体内的氧,在大脑中循环之后,迅即耗尽。思考、意识活动这类高级功能将最先丧失。大脑更"低级"的部分,如髓质和脑干,可以维持得久一点,身体会设法对抗即将到来的死亡,尽量存活更长时间。这些"低级"区域控制着呼吸等最基本的功能,但身体和大脑已经失去连接,大脑发送给肺部的信号无法抵达目的地。

在用老鼠做的实验中,大脑内储备的氧能让老鼠在断头

---

* 莎士比亚把名字弄混了。现实中应该是詹姆士·塞伊爵士(Sir James Saye)和威廉·克罗默(William Cromer),他们被凯德率领的叛乱者处死。——原书注

之后保持约四秒钟的清醒。人类的头身分离后，大脑最多可以维持15秒的意识。四到八分钟后，彻底的脑死亡将不可避免。* 许多报告称，脑袋与身体分离后，嘴唇和眼睑还在动，多数情况下，这是条件反射或神经反射，是死者生前的最后喘息。断头扮鬼脸，或者苏格兰女王玛丽的断头在祈祷，这类情形一直让围观群众紧张不安。埃弗拉德·狄格拜爵士（Sir Everard Digby）因为参与火药阴谋（Gunpowder Plot）** 被处死，自1606年以来就流传着关于他的传说。据说行刑者首先砍掉狄格拜的头，然后挖出他的心脏，举在众人面前宣布"这是叛国贼的心脏"。"胡说。"断头传来清晰的回答。但我们可以肯定，这是编造的故事。

最臭名昭著的叛国者的头，会依次拿到几个主要城市，醒目地插在长钉上展示。这种做法既野蛮又官僚。斯克鲁普勋爵（Lord Scrope）和托马斯·格雷爵士（Sir Thomas Grey）因反叛亨利五世遭到处决，在他们的头被插到伦敦的城门上之前，曾在八个郡巡回展示，从南安普顿（Southampton）到约克（York）再到纽卡斯尔（Newcastle）。所以国王需要亲自写八封信，命令郡长让两颗头颅通过他们的辖区。莎士比

---

* 对此，医学上有不同的观点。——原书注

** 1605年，一群反叛者计划炸掉英国国会大厦，当时詹姆士一世正在那里。反叛者之一的盖伊·福克斯（Guy Fawkes）在最后调整放置在大厦下的36桶火药时，给人发现了，于是阴谋败露。——原书注

亚将斯克鲁普与格雷的阴谋和判决生动地写进了《亨利五世》，但省略了沉闷乏味的文书。

就近展示砍下的头比拿出去巡展容易得多。这就意味着，作为主要行刑地的伦敦，公开展示着许多头颅。这些断头通常插在伦敦桥南边的大石门之上。头颅数量多，需要频繁更换，当局甚至为此专门雇了一名头颅照管员，以防伦敦桥被叛国者的身体残片淹没。更早的断头会被撤走，有时交还给死者家属，但大多数时候是丢弃到桥下的泰晤士河中。

断头能在多长时间内保持完好、可辨认，取决于花多少力气保存。从断头台转移到长钉上的任何身体部件，都会被细菌和鸟类迅速解决。有时，可用盐渍、煮至半熟或浸在沥青中等方法来保存头颅等身体部件。有时，天气条件有利于保存，寒冷、干燥的冬天能抑制细菌活动，延缓分解过程，炎热、干旱的夏天有助于头颅在一定程度上变干。1537年，罗切斯特主教圣约翰·费舍尔被处死，适逢盛夏，他的断头在伦敦桥上展示了两周，没有任何明显的腐败迹象。保存完好的头颅迅速吸引人群，引发猜测，说头颅不腐象征他是无辜的。而后，这颗头被悄悄扔进了河里。

1583年，大石门上有两颗头颅可能属于莎士比亚的亲戚约翰·萨默维尔（John Somerville）和爱德华·阿登（Edward Arden），这两人因为阴谋杀害女王被处死。1582年，桥上的另一颗头颅可能属于我们这位剧作家从小就认识的人——天主教司铎托马斯·科塔姆（Thomas Cottam），他是伊丽莎白统治下遭到处决的两百位天主教徒之一。托马斯是约翰·科塔姆（John Cottam）的兄弟，后者是斯特拉福德国王新学校的男教师，可能教过莎士比亚。*不过，莎士比亚抵达伦敦时，托马斯的头应该早就扔到了河里，即便还在，也会只剩下头骨了。

* * *

绞刑是最常见的死刑方式，相比之下，绞刑加四马分尸、砍头和火刑都是少有的例外。非贵族出身的重罪犯，如果不是叛国或投毒，就适用绞刑。伊丽莎白统治时期（1558年至1603年），仅泰伯恩刑场就吊死了6160人。

莎剧里，大多数死刑是砍头，因为莎翁描写的主要是皇室和贵族的生活。但他也写了一场格外让人难忘的绞刑：《亨利五世》中巴豆夫（Bardolph）的绞刑。这是个反复出现在莎剧中的角色。第一次出现时，他还是《亨利四世上篇》中福斯塔夫小偷和逗乐者团体中的一员，年轻的亨利王子喜欢和他们厮混。在《亨利五世》中，巴豆夫被征召到国王的军队中，成为一名步兵。当军队行进到哈夫勒尔（Harfleur）和阿金库

---

* 约翰在托马斯被捕一个月后辞去了教职。——原书注

尔之间时,他禁不住诱惑,偷了教堂里的一个"圣像徽"*。他的偷盗行为被人发现,圣像徽物归原主,但是巴豆夫必须受到惩罚:

> 他偷了一个圣像徽,他就要上绞刑架了——这是一种可憎恶的死法!让绞架把狗吊死,把人放了吧,别让麻绳勒住他的喉咙、使他窒息。但是,埃克塞特已经为了区区一个圣像徽,作出了死刑判决。**

绞刑是对偷盗这类小罪的寻常惩罚措施。不过,在行经敌人领地时,指挥官经常对军队的抢劫行为视而不见。但是,若有人胆敢偷盗教堂,就会受到惩罚,以警示其他人。《亨利五世》中的这个插曲表明,国王希望他的军队纪律严明。莎士比亚援用了真实事件,但将其安插到了虚构人物巴豆夫身上。巴豆夫是亨利在任性的少年时期认识的朋友,莎士比亚借此突出,亨利在夺取王位后,行事作风发生了剧变。剧本中没有迹象表明,国王曾念及旧情,犹豫过片刻。

现实中执行绞刑,手边有什么绳索、树木,就会凑合着用。

---

* 英文是 pax、pyx 或者 pix,是一个小小的带盖匣子,用来盛放神圣的主。——原书注
** 刘炳善译《亨利五世》,第三幕,第六场。卷4,p.268。参考外研社的中文重译本,引用译文稍有改动。

即便是在英格兰的首府伦敦依照完整法律程序举行的公开处决,也没有太大差别。16世纪及之后的几个世纪,绞刑对绳索、绳结或吊绳长度的标准都没有要求。死刑的执行完全谈不上科学,导致闹剧时有发生。*

死刑犯走向绞刑架,知道死亡将近,可能会有身体反应。当肾上腺素涌向全身时,他们会颤抖,甚至会抽搐、瘫软、昏倒,他们还会大汗淋漓,增加行刑难度。在炎热的月份,人体出汗多,如果绳结没有系好,死刑犯真有可能从套索中溜下来。

1892年以前,所有绞刑都采用"短程抛落"(short drop)的方法。意思是在给死刑犯的脖子套上绳圈时,让他站在运货马车或梯子上,之后再移走,让犯人悬空。罪犯悬挂在绳子末端,直到死去。整个过程要花多长时间,因人而异。在自身重量和地心引力的作用下,死刑犯会慢慢死去,可能还会有亲戚朋友帮忙拉拽他们的双脚。另外,温度、绳子长度、绳结类型和打结位置也有很大影响。比如,绳结通常系在耳朵之后,但它经常滑开,要不就是系在喉头之前,以防止死刑犯大喊大叫,但这会延长死亡过程。

极端情况下,如吊住脖子引发疼痛,大脑可以向全身释放化学物质,有效关闭痛感,设法保住性命。悬挂着的身体

---

* 16世纪50年代早期,一个男人在被吊死的过程中,因为太重,将绳子扯断了。人们取来另一根绳子,再次尝试吊死他,但绳子又断了。于是,这个男人逃过一死,没有第三次上绞刑架。——原书注

可能会停止抽搐和痉挛，但人不一定就死了。

采取短程抛落的绞刑，死因看似很明显：肺部缺氧。但实际上，造成死亡的因素有好几个。挤压气管其实非常困难，因为它被坚韧的软骨环绕。不过，仍然有其他方式可以阻止空气进入肺部。比如拉紧脖子上的绳索，促使舌根上移，阻塞气管入口。

不仅空气能否进入肺部会有影响，脑部供血的变化也能致命。脖子上主要的静脉，如颈静脉，比动脉更靠近表皮。静脉血压更低，也更容易受到压迫。*在极端的压力之下，心脏会跳得很快，将血泵入大脑，维持大脑运转。而静脉一旦阻塞，血液就不能排出，只能在大脑中淤积起来。颅内压力可以增高到使大脑碎成浆状。颅骨内发生的情况可以清楚地反映在脸上，让人们看到被吊死者脸色变深，面部充血肿胀。此外，他们的眼睛可能会鼓出来，舌头可能会伸出来。根据当时的医学观点，罪犯此时仍然活着，因为心脏还在跳动，但谢天谢地，因为大脑损伤，他们很可能已经神志不清了。

尽管多数罪犯在绞刑台上就断了气，但有证据表明，也有大量罪犯不是。根据19世纪30年代威廉·克利夫（William Cliff）的解剖记录，在35个绞刑案例中，有10个罪犯在被人从绞刑台上放下来之后，心脏仍在跳动。在伊丽莎白时期

---

* 压迫颈静脉需要的压力是每平方英寸4磅到5磅，压迫颈动脉需要每平方英寸9磅到11磅，脊椎动脉是每平方英寸66磅。——原书注

的英格兰，执行死刑的专业技术不会比19世纪更成熟，所以我们可以推测，在莎士比亚时代，受绞刑的人并不都是吊在绳子上时就死了。

为确保从绞刑台上放下来的是死尸，而不是活人，可以查看受刑人的脸和手颜色是否变深、眼角膜是否浑浊、有没有呼吸或知觉。但并非所有绞刑都会有这些典型迹象。某些情况下，在颅内压力增加到能产生上述效果之前，犯人的心跳早已停止。

绳子压迫颈部迷走神经，很快就会引起心脏骤停。这些神经末梢受到刺激，可以触发"迷走神经反射"，有时称为"迷走神经抑止""血管迷走神经休克"或者"反射心脏骤停"。心脏功能迅速停止，意味着大脑没时间产生积血，所以面部不会呈现出颜色变深和肿胀。不过，相比用绳子吊死，这种反射效应在用手扼死时更为常见（见本书第五章）。当然，死亡可以是多种因素在不同程度上共同作用的结果。

在死亡的最后阶段，自主神经系统被激活，人体会排出臭烘烘的粪便。受刑者被吊了一阵之后，躯干会很苍白，但双手、双腿和双脚的颜色会非常深，几乎呈紫色，因为地心引力使得血液往下流，淤积在肢体末端。当亨利五世的军队走过时，巴豆夫的身体就悬挂在眼前，恐怖、发臭，警示着他们。

第四章 砍了他的脑袋!

*　*　*

如果绞刑还不够可怕,不能恫吓民众端正自己的行为,还有更严厉的惩罚。对于更恶劣的重罪,比如蓄意杀人,或者轰动一时的抢劫,可以将罪犯吊在铁链上或绞架上。重罪犯会被吊在犯罪现场附近的铁链上,活活饿死、渐渐腐烂,"我要把你活活吊在最近的一棵树上,让你饥饿而死"*(《麦克白》)。如果法官宽宏大量,会准许用绳子勒死罪犯,将尸首留在链条上示众。冬天,寒冷的气候条件会加速犯人的死亡。铁链搭得像个笼子,托住罪犯的遗骸,使其保持站立姿势。为了防止散架,罪犯的身体可能会被绑住,或者浸到沥青里,以保存得更久。

在《安东尼和克莉奥佩特拉》中,莎士比亚用绞架来表现埃及女王宁愿走向终结,也不愿意屈从于罗马的统治:"我宁愿铁链套在我的颈上,让高高的金字塔作为我的绞架。"**

许多吊在绞架上的罪犯是被饿死的,更可能是在几天后脱水而死。脱水的意思是,体内缺乏维持正常新陈代谢所需要的水分。一个人若失去水分,估计十天内就会死亡,如果外界气温很高,时间会更短。如果有水,但没有食物,人会饥饿而死。

---

　*　朱生豪译《麦克白》,第五幕,第五场。卷6,p.185。
　**　朱生豪译《安东尼和克莉奥佩特拉》,第五幕,第二场。卷6,p.298。

一个人饿多长时间会死,取决于这个人的健康状况和胖瘦程度,但只要水分充足,可能支撑50天到60天。

活活饿死似乎特别残忍,但不管是在现实中,还是虚构的世界里,都有人将它用作死刑方式。1300年,亨利四世从理查二世手中夺得王位,将后者囚禁起来。只要理查还活着,亨利就会一直受到叛乱的威胁,所以亨利四世希望这位废王死。

根据莎士比亚在《理查二世》(*Richard II*)中对这一事件的描绘,皮厄斯·艾克斯顿爵士(Sir Piers Exton)无意中听到国王亨利问:"我有没有朋友愿除去我这一块心病?"*艾克斯顿将这句话解读为国王希望有人可以替他杀了理查,所以他和两位谋杀者前往关押理查的庞弗莱特城堡(Pomfret Castle),袭击理查。理查在打斗中杀死了两名对手,但艾克斯顿最终用斧头击中理查的头部,后者倒地身亡。莎士比亚的版本以霍林斯赫德在《编年史》中的叙述为基础,尽管充满戏剧性,但是完全弄错了。

17世纪时,人们检查理查的头骨,没有发现击打的痕迹或伤口。理查同时代的一位法国编年史作家曾写道,理查饥肠辘辘,他实在太饿了,甚至"用牙齿从自己的手臂和双手上撕扯下肉块,咽了下去"。有人说理查是被迫忍饥挨饿,有人说他是自行绝食。不过,人们普遍认同,理查是在庞弗

---

* 孙法理译《理查二世》,第五幕,第四场。卷3,p.573。

莱特慢慢饿死的，但不清楚是不是亨利下的命令。

莎士比亚的确用过饿死这一刑罚：在残忍血腥的戏剧《泰特斯·安德洛尼克斯》里，用在一个虚构的人物身上。剧中的艾伦老谋深算、善于操纵别人，他参与谋划了几起谋杀和一起强奸，被判处埋至胸膛并饿死。但早在他饿死之前，周围的沙或土壤对胸膛的压迫就足以致命。胸膛需要外扩几英寸，才能让空气涌进肺部。发生在建筑工地上的意外事故已经证明，土壤压在胸膛上产生的重量，可以迅速将人杀死。当胸膛被固定起来后，露在土壤外的身体会变色严重，因为血液通过动脉从心脏泵到上部后，不容易再通过受压迫的静脉回流，于是血液会从耳朵、鼻子汩汩流出。这是缓慢扼死的夸张形式。剧中没有交代艾伦被带下台后发生了什么，我们不知道他是在饿了很长时间后死去，还是迅速被压死。

* * *

挤死或压死也是16、17世纪用到的死刑方式。对重罪犯，通常不仅会执行死刑，使其家人失去骨肉至亲，还会没收财产，致使其妻小陷入穷困。但重罪犯至少有一种办法为身后之人保住财产，那就是在受审时拒绝为自己辩解。没有抗辩，审判无法继续，也就不能给出判决。这么做可以逃脱经济处罚，但不能保住性命。被告要为自己的沉默受到惩罚，即"la peine forte et dure"*，这是"用重物压死"的法律术语。受刑者要在地上伸展四肢，胸口放一块木板，木板上再堆积重物，直至死亡。

1692年，在英属美国殖民地，人们发现，一个健康的人，若呼吸时胸腔承受了180千克的重量，在累倒之前，可以维持两天。当时，贾尔斯·科里（Giles Corey）被控使用巫术，被判处在胸口放上180千克的石头压死。他两天后才死去，据说他最后说的话是"加重点"。

在伊丽莎白时期的英格兰，选择这种死法是有胆量的表现。因此，人们会帮忙加速死亡，最大限度地减轻受刑者的痛苦。方法是在死刑犯的后背放一块尖利的石头或一个木块，让它压碎脊椎，阻止神经信号传递到肺部。这种惩罚方式可能比人们想象得更常见。1603年到1621年，仅在米德尔塞克斯（Middlesex），就至少有41位男性和3位女性被压死。

莎剧中没有角色受此惩罚，但提到过几次。比如《理查二世》中，女王说："啊，再不说话我就要被压迫致死了！"**

当剧中涉及处死角色，尤其是在舞台上处死时，莎士比

---

* 法语，对应的英文是 hard and forceful punishment，意为严厉的惩罚。——原书注

** 外研社·中文重译本《理查二世》，第三幕，第四场。

亚相对克制。但是他会运用自己对死刑的了解，利用观众在现实中的经验，制造最佳表演效果。巧妙地提及，旁白，甚至是用绞刑台制造幽默，都比模拟或详细描绘可怕的死刑更有效，毕竟观众们太熟悉各种死刑了。

第五章

谋杀，谋杀！

莎士比亚笔下的 N 种死亡方式

啊，奇事！杀了人这么容易就发觉了！[*]

——《泰特斯·安德洛尼克斯》，第二幕，第三场

人人都爱精彩的谋杀故事。我们渴望看到、读到和听到命案的所有骇人细节，似乎永不餍足。电视上的犯罪片常年受到观众喜爱，新媒体急于报道最近的凶杀案详情，这情形并不新鲜。当莎士比亚创作出舞台上那些著名的反派角色，用戏剧化的方式呈现后来常被照搬甚至拙劣模仿的杀人时刻时，他知道什么能吸引观众。

莎士比亚的悲剧和历史剧里，充满了各种惨遭杀害的角色，他们要么妨碍了别人实现雄心抱负，要么让他人感觉受到了侮辱。奥瑟罗（Othello）认为苔丝狄蒙娜（Desdemona）对他不忠，故意让她窒息而死。麦克白杀死了所有阻挡他的人，为登上王位扫清道路。他还精心栽赃嫁祸他人，掩盖自己的行径。莎士比亚描写了金雀花王朝的各个国王为保住王位，以惊人的速度干掉彼此（就像现实中一样），当然，这些脏活儿，他们通常会找人替自己做。

如果莎士比亚和他的剧作家同行不能满足观众嗜血的

---

[*] 朱生豪译《泰特斯·安德洛尼克斯》，第二幕，第三场。卷 5，p.35。

第五章 谋杀，谋杀！

胃口，还有许多其他途径会提供关于谋杀和杀人凶手的故事。从伊丽莎白统治早期开始，讲述著名罪犯生活和结局的小册子、歌谣，会源源不断地供应给大众。它们不是经过仔细调查、基于事实的报告文学。"这些散文和诗歌大部分千篇一律，其中的插图完全不可信。"一位修习通俗文学的学者说。

谋杀的范围非常广，可以包括暴力争端或战争造成的死亡。有人会利用战场的混乱对敌人实施报复，比如在1460年的北安普顿战役（battle of Northampton）中，约翰·斯塔福德（John Stafford）找到威廉·卢西爵士（Sir William Lucy），并杀了后者，因为他与卢西的妻子有染。* 死刑也能看作精心安排的谋杀，但行刑前通常至少有相应的司法程序，赋予了这类故意杀害不一样的法律地位。本章稍微缩小范围，看一看莎士比亚笔下由他人刻意制造的死亡，即蓄意谋杀，以及凶手的罪行如何败露。投毒将单用一个章节来讲。

* * *

莎士比亚写到的一些谋杀案之所以有名，是因为尝试了用法医鉴定推断死因。还有些死亡事件之所以有意思，是因

---

* 斯塔福德勋爵在《亨利六世下篇》中出现过，但没有台词，据报告，他被亨利六世的士兵杀死。——原书注

为莎士比亚乐于将罪状归给特定的人物，即便在历史上，事件的真实性还存疑。莎士比亚此举可能损害了几位历史人物的名誉。《亨利六世中篇》里，萨福克公爵谋害葛罗斯特公爵汉弗莱就是一例，其中不仅有许多情节与历史事实不符，而且包含十分详尽的法医鉴定。

剧中，汉弗莱公爵被人发现死在了自己的床上。为了确定是自然死亡还是谋杀，尸体经过了仔细检查。部分是法医鉴定，部分是侦探推理，一切都在短短几个片段中表演出来。调查、怀疑、控告，几乎是标准的警匪剧或侦探剧，但这不是莎士比亚式谋杀迷案。莎士比亚从来不隐藏谁该对死亡负责；即使剧中角色不知道，观众也已心知肚明。而在19世纪出现的侦探剧中，读者或观众也不知道罪犯是谁，他们可以参与到剧情中，看自己能不能在剧中角色觉察之前猜出来。不过，对汉弗莱公爵遗体的调查和现代侦探剧相去不远，都有专业法医和侦探簇拥在死者周围，寻找能揭示死因和凶手的证据。

涉及指纹识别、毒物学之类的法医学到19世纪晚期才发展起来，但不代表在那之前人们没有想法子确定死因，或者寻找谋杀证据。1194年，英格兰就已经有验尸官一职，这份工作的职责很多，但主要的一项是确定可疑死亡的原因。自13世纪以来，英格兰就有法医负责解剖尸体。莎士比亚对这类检查很了解，因为他父亲在做斯特拉福德的议员时，职责

第五章 谋杀，谋杀！

之一就是参与验尸。

观众知道，剧中的汉弗莱爵士系人为杀害。当华列克（Warwick）发现尸体时，立刻怀疑是谋杀："我相信这位名扬四海的公爵遭了毒手。"* 萨福克假装怀疑，心里却很清楚，公爵是被谋杀的，凶手正是依照他非常具体、细致的指令作案。他显然希望通过精心安排，让公爵看起来像是自然死亡，让自己可以逃脱罪责。但是，要么是凶手没做好，要么是华列克的双眼太敏锐，他识破了萨福克的计谋。**

华列克首先注意到汉弗莱公爵面部的颜色。面色苍白可以揭示出尸体的很多情况。死人和活人的身体颜色很不一样，但不同尸体，甚至同一尸体不同部位的颜色，都会有很大差别。比如，荧光黄表明肝功能衰竭，粉色强烈暗示一氧化碳中毒，极其苍白是因为大出血，蓝色是由发绀***引起的。通过检查深浅不一的尸斑，可以看出尸体是否被移动过。

华列克将汉弗莱公爵的脸色和正常死亡应有的苍白加以对比，"我常见正常死亡的人，面色苍白，毫无血色，因为血都跑到艰苦挣扎的心脏里去了……血在心脏里变凉了，

---

* 索天章译《亨利六世中篇》，第三幕，第二场。卷3，p.135。
** 萨福克罪有应得：他后来遭到流放，但是在前往法国的途中被海盗抓获并斩首。——原书注
*** 发绀是指血液中含有过量的血红蛋白，使皮肤和黏膜呈青紫色，也可称紫绀。

再不能回来使面孔红润好看啦"。* 正如华列克指出，心脏停止将血液泵送到全身之后，重力会让血液汇集到最低点。躺在床上的尸首，面色理应是苍白的，后背、臀部和大腿后侧则因血液聚集而发紫（呈铁青色）。皮肤受压迫的位置，组织中的血液被挤走，会呈现出苍白的斑块。血液和血浆慢慢往下流动、沉淀，所以身体更高的部位就会变得扁平或干瘪。

华列克进一步指出，"请看，他的面孔漆黑而且充血，他的眼睛比生前突出，瞪得可怕，像个被勒死的人"。** 他确信公爵是被勒死的，还罗列出他认为可以作为证据的迹象。眼睛突出，"血凝结在他的脸上"，表明有什么东西阻止血液往下流。颈部受到挤压可以使静脉闭合，阻止血液从大脑中流出。

人力扼死是三种让人窒息的方式之一。*** 但是，真正的死因并非人们以为的气管受到压迫，导致氧气无法吸入肺部。因为要压迫气管至其完全阻塞，压力需要达到每平方英寸33磅，这就好比徒手压扁一个充满气的轮胎。实际上，压迫静脉致使大脑内血液淤积，刺激颈部迷走神经，引发心脏骤停，或者这些因素相结合（见本书第四章），才是死亡原因。

---

* 索天章译《亨利六世中篇》，第三幕，第二场。卷3，p.135。
** 索天章译《亨利六世中篇》，第三幕，第二场。卷3，p.135。引用译文稍有改动。
*** 窒息的英文asphyxia，词源是希腊语，意思是without pulse，即没有脉搏，现代英语里，这个词的意思成了without oxygen，即缺氧。——原书注

第五章 谋杀，谋杀！

还有几个线索可以印证华列克的看法。"请看，他的面孔漆黑而且充血"，可能也指出了被人力扼死的另一个常见现象——出血点（petechiae）。这是一些小小的红色或紫色斑点（0.1毫米至2毫米），靠近皮肤表面的毛细血管管壁很薄，破裂后就会形成这样的出血点；尤其常见于松弛或者缺乏支撑的身体组织，如眼睑、前额和耳后。出血严重时，血液无法在皮下止住，就会从鼻子或耳朵溢出。但是，不仅扼死会造成出血点，猛地打个喷嚏也能立刻让出血点现身，所以，即便有出血点，也不能确定是扼死，需要结合其他证据，寻求进一步解释。

按照以上证据所示，如果公爵是被扼死的，却没人去查看公爵的脖子，这就很奇怪。公爵的脖颈处应该有绳索留下的勒痕，或者人手造成的挫伤，又或者是受害者挣扎时产生的抓痕，但这些痕迹并不总是很明显。自然的死后变化（post-mortem change）也会影响尸体的颜色，尸体越晚被人发现，越有可能出现死后变化。在现代法庭上，如果死者的面部或脖颈没有挫伤，单凭脸的颜色不能作为谋杀的决定性证据。如果观察到死者面部颜色有变，推测是受攻击时造成的挫伤，就应该有别的打斗证据支持这个猜想。

"他的双手前伸，像是做过搏斗，后来被强力压制住了"[*]，

---

[*] 索天章译《亨利六世中篇》，第三幕，第二场。卷3，p.135。

这句话可能是在描述很快就出现的死后僵直。人活着时，身体会产生三磷酸腺苷（ATP），这是一种能量形式，细胞会利用它在体内完成各种任务。三磷酸腺苷的作用之一是让肌肉纤维彼此之间顺畅地滑动。人死之后，体内不再产生三磷酸腺苷，肌肉大量活动之后，又耗尽了储存的能量，肌肉纤维开始互相粘连，导致肌肉变硬，僵化为固定的姿势。但是，汉弗莱公爵脸上和手上呈现出的死后僵直，也有可能是肌肉自然抽搐形成的。

> 看哪，在被单上的头发都粘上了，他那梳得很整
> 齐的胡须都乱蓬蓬的，像是夏天被风暴吹倒的谷穗。
> 他不可能不是被杀害的，所有迹象都证明这是可能的。[*]

公爵凌乱的胡须和粘在床单上的头发可能是被捂死的迹象。捂死是窒息的第二种形式。[**] 堵住嘴巴和鼻子时，身体不能通过呼吸作用摄入氧，也不能将体内产生的二氧化碳排出。血液中的二氧化碳含量增加，会让脉搏加快，血压升高。二氧化碳增多还会降低血液的 pH 值，形成高碳酸血，让人变得极度焦虑。受害者的喘息会越来越粗重，并且可能在大约 15

---

[*] 索天章译《亨利六世中篇》，第二幕，第二场。卷 3，p.135。
[**] 第三种窒息的方式是由化学物质阻断体内的氧循环，比如氰化物中毒。——原书注

秒后昏过去，但这时还没死。

人体内储存着一些氧，而身体各个部位对氧的需求量不同。大脑对氧的需求就非常高，几乎不会储存起来。没有氧，细胞得不到能量，很快就会死掉。大脑中心的细胞能坚持最长时间，但不过几分钟，细胞死亡就会蔓延至这些调节呼吸和心跳的受保护区域。于是人体发生抽搐，呼吸越来越弱、越来越浅；心跳从不规律到最后停止。

蒙住嘴巴和鼻子会阻止氧气进入肺部，中断体内的氧循环。但是，暗色的缺氧血仍然可以自由地在大脑和躯体中流动，让脸和身体泛蓝紫色，是为发绀。如果公爵是被捂死的，他应该全身变色，而不仅仅是面部。

华列克列出的迹象，没有一个可以单独作为谋杀的决定性证据，但它们合在一起时，难免引人猜想。1447年，现实中的汉弗莱公爵被发现死在自己的床上时，人们表达出了一些担忧，剧中围绕尸体状态和死亡环境的讨论，或许就是对这些担忧的反映。

现实中，萨福克公爵指控汉弗莱阴谋反对国王。汉弗莱坚决否认，但仍然于1447年2月11日被软禁在家中，并在12天之后死去。根据霍林斯赫德的《编年史》，汉弗莱的遗体被运到上议院和下议院展示，表明他是死于麻痹，或者某种脓疮。

汉弗莱公爵死得很省事，有人认为有点太省事了。很快，流言四起，说公爵是被扼死的，或者在两张床之间闷死的，甚至是被人用"烧热的铁钎插入肠子"而死。人们猜测萨福克脱不了干系，但没有证据表明公爵死于谋杀。汉弗莱公爵的朋友，修道院院长惠特汉普斯特德（Abbot Wheathampstead）[*]认为，公爵是自然死亡的。他死时已经56岁，而且生前过着花天酒地的生活。公爵断气之前，在床上昏迷了三天，所以他很可能死于中风。

围绕汉弗莱之死的流言蜚语让人们相信，"葛罗斯特"是个不吉利的头衔——有三个获此头衔的人悲惨地死去。休·斯潘塞（Hugh Spencer），即伍德斯托克的托马斯（Thomas of Woodstock）是第一个不幸的葛罗斯特。1397年，他被人用毛巾捂死（《理查二世》中讲到这起谋杀时，暗示他是被人刺死的）。汉弗莱公爵是第二个遭遇可怕结局的葛罗斯特。莎士比亚也知道关于头衔不吉利的故事，在《亨利六世下篇》中，当约克公爵的儿子、年轻的理查·金雀花被授予这个头衔时，他请求换一个，说因为葛罗斯特会带来不幸。这位日后的理查三世国王的确交了厄运。[**]

* * *

汉弗莱公爵被闷死或扼死在床上的故事可能引起了莎士

---

[*] John Wheathampstead，也写作 John Whethamstede。
[**] 理查死后，一百五十多年里，再也没人获得这个头衔。——原书注

比亚特别的戏剧兴趣。他将几乎一样的设定用在了他最有名的谋杀桥段中：《奥瑟罗》的主人公，那位善妒的丈夫，杀死了妻子苔丝狄蒙娜。

在这个关于背叛和欺骗的故事里，邪恶的伊阿古（Iago）说服主人奥瑟罗，让他以为自己深爱的妻子对他不忠。奥瑟罗怒火中烧，扼死了妻子。他本以为妻子已死，但她醒了过来，在再次倒下并真的死去之前，她有充足的时间告诉女仆，是谁袭击了她。

这个故事借鉴了乔瓦尼·巴蒂斯塔·吉拉尔迪（Giovanni Battista Giraldi）的意大利短篇故事《一个摩尔人船长》（*A Moorish Captain*）。如果不是因为莎士比亚，这个短篇肯定会被遗忘。我们的吟游诗人擅长取用别人的故事，并改写得更精彩。在原版故事中，摩尔人看着苔丝狄蒙娜被伊阿古打死。随后两人将苔丝狄蒙娜失去生命体征的身体放到她的床上，又将她头上的屋顶拆毁，制造成一场意外。原版故事还让两人都被逮捕，受到拷打。但是摩尔人拒不认罪，遭到流放，最终被苔丝狄蒙娜的亲戚杀死。伊阿古在严刑拷打下，身体组织破裂，他被"带回去，惨死家中"。

莎士比亚将吉拉尔迪的故事改编为舞台作品时，做了一些重要的变动。他改了苔丝狄蒙娜的死法，这样可以避免在舞台上呈现房顶倒塌，因为那很困难。还从根本上改变了奥瑟罗与妻子，以及奥瑟罗与伊阿古的关系。奥瑟罗不再是伊阿古的从犯，而是对妻子的死负有主要、直接的责任。伊阿古操纵着每一个人，四百多年来，观众一直在猜测他这么做的动机。

剧本中的舞台指示说"他令她窒息"，可能指奥瑟罗用床单或用手扼死苔丝狄蒙娜。两种做法都属于一般意义上的令人窒息，但会在苔丝狄蒙娜身上留下非常不同的物理痕迹。

不论奥瑟罗用的是什么方法，总之他认为苔丝狄蒙娜死了，于是停手，"嘿！一动也不动了吗？像坟墓一样沉寂"[*]。这时爱米利娅（Emilia）到来，打断了他。爱米利娅是苔丝狄蒙娜的女仆，她没有觉察出任何不对劲。显然，另一桩杀人案的消息让她分心了，她甚至可能没注意到女主人正躺在床上。即便她注意到了，也没有什么能引起她的怀疑。

实际上，苔丝狄蒙娜没有死，她只是失去了意识。移开床单或双手后，氧气就能进入身体，让她恢复正常。大多数人屏住呼吸30秒并不会受到永久伤害。[**]但通常情况下，抑制大脑供氧超过几分钟，脑细胞就会开始死亡。如果奥瑟罗成功地用手扼死苔丝狄蒙娜，她的面部应该像前文的汉弗莱公爵那样，双眼突出，皮肤变色。但扼死并不总会造成出血点，也可能没有挫伤的痕迹。

---

[*] 朱生豪译《奥瑟罗》，第五幕，第二场。卷5，p.504。
[**] 潜水员可以训练自己屏息很长时间。目前的纪录长达22分22秒。——原书注

第五章 谋杀,谋杀!

起初,在奥瑟罗刚停止杀人后,苔丝狄蒙娜的大脑似乎没有受损,她恢复意识,开始连贯地说话。按道理,她这时候应该能完全恢复的。但随后,她再次倒下,最终死去,所以在她受到攻击时,一定还发生了别的事。

她突然倒下,说明健康状况出现急剧变化。一种解释说,她在和奥瑟罗抗争时撞到了头部。撞击不必很重;撞到哪儿更关键。头骨的某些部位相对脆弱,撞击力道不总与伤势相符。一个人受到重击后也可能没有脑震荡,但轻轻一撞却可能失去意识,甚至死亡。

头骨因突然加速或减速停下来,譬如撞到墙或床柱上时,大脑内部的组织会继续移动,直至碰到头骨。实际上,大脑是在有限的空间内搅动。突然改变搅动的力量,会挫伤血管,血液流入颅腔,颅内压力升高,就会损伤大脑组织。当颅内压力过高时,人就会突然倒下,流血对大脑造成的压力可以致命。

在莎士比亚笔下的杀人凶手中,奥瑟罗是个著名的例外,因为他对自己的罪行供认不讳。而其他大部分角色都想方设法为自己辩解,不择手段嫁祸给别人或者掩盖罪行。反叛者谋杀裘力斯·恺撒,理由是他们认为恺撒不适合做统治者。麦克白将带血的匕首留给邓肯(Duncan)熟睡中的守卫,好让人人都以为是他们犯下的罪,他还将班柯(Banquo)的命案现场布置成遭到抢劫。还有前文所述,萨福克企图让遭到谋杀的汉弗莱公爵看起来像自然死亡。而在《李尔王》中，凶手为了隐去自己的行径，将他杀伪装成自杀。

* * *

与其他作品一样，莎士比亚在创作《李尔王》时，很可能也吸收了几种资源。霍林斯赫德的《编年史》贡献了主角的名字：李尔王（King Leir）——传说是8世纪的不列颠国王，以及他的女儿戈纳瑞（Gonorilla）、里甘（Regan）和科迪利娅。故事的基本设定也来自霍林斯赫德：一位国王原本打算将国土分给三个女儿，但后来剥夺了小女儿的遗产继承权，为此自食恶果。在莎士比亚之前，这个传说已经有过几版戏剧改编，所以伊丽莎白时期的观众很熟悉《李尔王》的故事。此前的所有版本里，科迪利娅最终都与国王和解，从此幸福地生活下去。

莎士比亚的改编版中，埃德蒙下令"把科迪利娅在狱中缢死，对外面说是她自己在绝望中自杀的"*，正当守卫把科迪利娅吊起来时，李尔赶到。他杀了守卫，将女儿的尸首带到舞台上。他拼命查看女儿是否还活着，希望自己及时救下了她。

---

* 朱生豪译《李尔王》，第五幕，第三场。卷6，p.107。

第五章 谋杀，谋杀！

科迪利娅一定脸色苍白，并且没有明显的伤痕，否则李尔会更容易接受女儿已死的事实。凶手在将科迪利娅吊起来之前，似乎先掐住、扼住或蒙住了科迪利娅。我们在《奥瑟罗》中看到过苔丝狄蒙娜复活，也在上一章讨论死刑时提到，绞刑、试图闷死并不总能致命。因此，李尔有理由盼望科迪利娅还活着，在接下来的几句台词中，李尔在希望和失望之间徘徊，每个人也随之猜测。但是，没希望了。科迪利娅死了，李尔也在悲伤中死去。伊丽莎白时期的观众原本期待着最后的复活，科迪利娅的死实在令他们震惊。埃德蒙承认了罪行，不过，即使他不认罪，甚至即便李尔没能阻止守卫把科迪利娅吊起来，埃德蒙仍然不太可能逃脱罪责。

扼死、闷死和吊死的尸检结果明显不同。假如科迪利娅是被扼死的，就算事后用同一根绳子将她吊起来，也能查出她在被吊起来之前就死了。无须复杂的法医鉴定，绳迹就可以清楚地表明是谋杀。因为绳索通常会在颈部留下痕迹，绳子的用法不同，这些痕迹的角度也会不同。扼死留下的线条是水平的，一般来说还会绕脖一周。吊死的痕迹会有一个角度，往上朝向悬挂绳索之处，绳结若压着皮肤，还会留下一个缺口。

假如科迪利娅是被闷死的，并且同样是在被吊起来之前就死去，绳索在皮肤上留下的痕迹又会不一样，因为血液已经不再流动。然而不是所有细胞都会在同一时间死去，所以，在死亡过程（perminortem）中受到的伤害，很难判断是死前还是死后造成的。

颈部抓痕可能也表示她曾试图挣脱袭击者，或者移开绳子，但仅凭这一点不能确定是谋杀。不过，通过仔细检查，各种证据结合起来，可以构成有力的谋杀罪证。

《李尔王》里的埃德蒙无疑是个诡计多端的邪恶角色，但就算是他也比不上莎士比亚笔下最臭名昭著的凶手——理查三世。这个冷酷无情、长于阴谋、伤天害理的驼背，也许就是童话剧里标准的恶人。

* * *

怎么写犯罪可以制造戏剧效果，莎士比亚就愿意怎么写，结果败坏了好几位历史人物的名声。在我们的吟游诗人笔下，理查三世可能是最遭殃的，尽管他也不是什么圣人。甚至他的瘸腿、隆起的后背、萎缩的手臂都是极大的夸张。*莎士比亚和其他很多人通过夸大理查国王生理上的缺陷，反映他内在的邪恶。

莎士比亚写作的时代，奉承都铎王朝的女王伊丽莎白、

---

* 检查理查的骨骼，发现他有脊柱侧凸或脊柱弯曲，这可能让他的躯干看起来更短，并且一侧肩膀略高于另一侧，但这些缺陷只需要一个好裁缝就能掩盖。没有证据显示他有一只手臂萎缩或者瘸腿。——原书注

第五章 谋杀，谋杀！

嘲讽之前的金雀花王朝统治者是明智之举。从许多方面来看，莎士比亚只是在重复当时的宣传内容，并为了戏剧效果稍加润饰。但这不是说理查不残酷无情，而是说理查的双手或许不像戏剧引导你认为的那样沾染如此多的鲜血。

葛罗斯特公爵理查·金雀花在成为国王之前，在莎士比亚的三部戏剧中出现过，背景故事十分丰富。尽管三联剧《亨利六世》的每一篇里都有他，他的野心却到最后一篇才昭示出来。他自己觊觎王位，却指出"有许多人挡着我，使我达不到目的"[*]。不过这倒阻止不了他，"王冠再远，我也要把它摘下"[**]。在这部戏剧剩下的篇幅和下一部戏剧《理查三世》（*Richard III*）中，他杀了阻挡他的所有人，达到了摘下王冠的目的。剧情充满戏剧张力，但不全是历史事实。

据莎士比亚所写，理查三世欠下的人命相当多。在《理查三世》第四幕中，玛格莱特王后（Queen Margaret）和约克公爵夫人（Duchess of York）、伊丽莎白王后（Queen Elizabeth）见面，相互交换意见，列出了她们归罪于理查的命案。玛格莱特王后开了个头：

> 先听听我的悲伤，然后再讲你们的酸辛！我曾有一个爱德华，后来一个理查杀死了他；我曾有一

---

[*] 索天章译《亨利六世下篇》，第三幕，第二场。卷3，p.228。
[**] 索天章译《亨利六世下篇》，第三幕，第二场。卷3，p.228。

个哈利,后来一个理查杀死了他;你曾有一个爱德华,后来一个理查杀死了他;你曾有一个理查,后来一个理查杀死了他。*

我们的吟游诗人总共将11桩谋杀归到了理查头上——如果将他对兄长爱德华四世(Edward IV)的精神折磨算作后者的死因之一,总共是12桩。在理查参与的各场战役中,他也杀了许多人。但莎士比亚又给他额外加了一些。比如,《亨利六世中篇》写到,他在圣奥尔本战役(Battle of Saint Alban)中杀了萨默塞特(Somerset),但事实上,理查那时才3岁。他的谋杀事业从《亨利六世下篇》正式开始,剧中,他和兄长爱德华四世国王在图克斯伯雷**战役(Battle of Tewkesbury)中并肩作战,对抗亨利六世的军队。爱德华胜利了,但为了确保爱德华得到王位,理查帮他铲除了所有的竞争者,同时,理查本人也更接近王位了。他们最大的威胁是亨利六世唯一的儿子和继承人,威斯敏斯特的爱德华。1471年,威斯敏斯特的爱德华年仅17岁,加入了父亲一方参战。理查只比他大一岁。

根据当时的人描述,威斯敏斯特的爱德华"战死沙场",英国唯一的王位继承人在战斗中死去。然而,有人持不同看法。

---

* 孙法理译《理查三世》,第四幕,第四场。卷3,p.361。
** 英格兰葛罗斯特郡的一个城镇。

第五章 谋杀，谋杀！

写于1486年的《克罗伊兰德》（Croyland*）称，太子"既非战死沙场，也不是在战斗之后死去，而是死于某些人的复仇之手"。所谓的某些人，据说是第一任多塞特侯爵（Marquis of Dorset）托马斯·格雷（Thomas Grey）和黑斯廷斯勋爵（Lord Hastings）。莎士比亚采纳了戏剧性更强的说法，并进一步润饰。他写道，太子是被爱德华四世及其两位弟弟乔治（George）、理查刺死的，而不是死于多塞特和黑斯廷斯之手。威斯敏斯特的爱德华在战斗结束后被杀死——是谋杀。

既然亨利的继承人死了，现在唯一需要担心的就是废王亨利六世激起叛乱。于是，理查立刻启程赶往关押亨利的伦敦塔。

亨利六世可能是个昏庸、软弱的国王，周围人轻而易举就能动摇他，但据莎士比亚所写，他至少摸清了理查的底细。亨利从没说过任何人坏话，但当理查出现在他的房间时，这位素来温和的国王问候他："嗯，我的好大人，我应当说我的大人。拍马屁是犯罪，'好'并不真的更好。'好葛罗斯特'和'好魔鬼'是一样的。"** 亨利对理查为何而来也不抱什么幻想，"你来干什么？是来要我的命吗？"*** 在理查证实自己

---

* *Croyland Chronicle*，也作 *Crowland Chronicle*，得名于作者写编年史时住的地方，即英格兰林肯郡克罗伊兰德的本尼德克特修道院。——原书注
** 索天章译《亨利六世下篇》，第五幕，第六场。卷3，p.264。
*** 索天章译《亨利六世下篇》，第五章，第六场。卷3，p.265。

已经杀了亨利的儿子后，这位国王预言，这是理查日后许多宗谋杀的开始。理查厌倦了听亨利历数他的错误："我不听啦，预言家，你话没说完就一命呜呼算啦！"*于是理查刺向亨利，让他不能再说话。

理查一点儿也没有隐瞒自己的罪行。他可能没告诉两位兄长，自己在伦敦到底做了什么，但他们不难猜到。他可能支开了亨利的守卫，所以守卫没能目睹这场杀戮，但要根据事实推理也没什么困难。在这场戏的最后，理查拖着被害国王的尸首出了房间，不过，这主要是为了给下一场戏清空舞台，而不是理查在掩藏罪行。现实中，亨利六世死亡的细节信息遭到了封锁，还有人捏造了一个掩盖事实的故事，但这个故事的可信度很低。

在图克斯伯雷战役之后，亨利六世若非立刻死去，也没坚持太久。官方说法是，他知道儿子在战斗中死去后，死于"极度的悲伤和忧郁"。但是，当时的人忽略了一个细节，亨利那种特别强烈的"忧郁"，是刀刃快速刺入血肉之躯带来的。1911年，人们发掘出亨利六世的遗体，经检查发现，他的头骨"受损严重"。部分头骨上还附着头发，沾满了像血液的物质。

我们不能确定是谁弄碎了亨利六世的头骨。但在那个致

---

* 索天章译《亨利六世下篇》，第五章，第六场。卷3，p.266。

命的夜晚，理查就在伦敦塔，很难想象他去那儿还有什么别的原因。但他是否如莎士比亚所写，独自闯入国王的房间，犯下弑君之罪，并喊出"我就送你下地狱，就说是我送你去的"*，我们并不清楚。无论理查有没有亲手弑君，他显然有动机，因为这让他离摘得王冠又近了许多。

* * *

《理查三世》接续《亨利六世下篇》展开。全剧第二场戏中，理查绕着两个被指是他杀害的人——威斯敏斯特的爱德华王子和国王亨利六世——的棺材踱步。同一场戏中还有爱德华的遗孀安妮夫人（Lady Anne），她正在哀悼亡夫。为防观众忘了前一部剧中发生的事，安妮揭开棺盖，"看吧，看看死去的亨利的伤口吧！洞开的伤口，鲜血淋漓。"**——证实理查有谋杀亨利之罪。

从12世纪到19世纪，被告常被带去触碰他们涉嫌谋杀的受害者的身体。人们相信，凶手出现时，伤口会再次流血。这种测试被称为"受害尸体出血"（cruentation）或"流血的考验"（ordeal of the brier）。但若果真出现了这种情况，纯

---

* 索天章译《亨利六世下篇》，第五章，第六场。卷3，p.266。
** 孙法理译《理查三世》，第一幕，第二场。卷3，p.282。参考外研社的中文重译本，引文稍有改动。

属一系列的巧合。人死之后，短时间内血液可能会从伤口渗出，大约六个小时之后，伤口就会稳定、凝结，不再流血。等过一段时间，因为尸体开始分解，凝血的确可以再次变为液体。但即便在这时，也需要在一定程度上挤压尸体，伤口才能再次流血。

要是鲜血直流的尸体还不够令人作呕，看到理查在受害者的棺材旁向他的遗孀求爱，则实在是令人恶心。理查竟然劝说安妮嫁给杀夫仇人，简直让人难以置信，但他的确就是这么做的。我们的剧作家不是为了加强戏剧性凭空创造了这个情节。现实中的理查或许没有杀害威斯敏斯特的爱德华，但他确实在一年后娶了他的遗孀。*剧中，理查向观众吐露心声，"我要把她弄到手，但不会留她很久"。**安妮也将成为理查的受害者，这命运在她戴上戒指前就注定了。

剧情发展到后来，理查掩盖杀妻罪行的心思昭然若揭，他故意散布谣言，说她"病危"，强烈暗示他向安妮夫人下了毒。霍林斯赫德《编年史》里的叙述稍有不同。书中写道，理查的确抱怨过妻子没有生育，并传出她生病的流言。但这可能是因为她真的病了，她在1485年3月16日死去，可能

---

* 严格来说，安妮和爱德华王子只是订了婚，还没有结婚。事实上，理查没有用甜言蜜语哄得安妮，而是绑架了那个顽抗他的16岁姑娘，将她囚禁起来。——原书注

** 孙法理译《理查三世》，第一幕，第二场。卷3，p.288。

死于癌症或肺结核。理查不愿意去看望病榻上的妻子,对她的死也漠不关心,因此当时有许多人认为,安妮是被他毒死的。另外,等不及妻子去世,理查就已经让人知道,他想娶自己的侄女,这让安妮的死看起来愈发可疑。

理查如此这般对待安妮夫人,当然符合他邪恶的人物特点,但这并不能推动他接近自己的目标。* 还有克莱伦斯公爵(Duke of Clarence)乔治挡在理查和王位之间;作为兄长,他在继承顺序上比理查靠前。莎士比亚改写了克莱伦斯的垮台,给理查越来越长的杀戮名单再添一员,将理查塑造成了极致的机会主义者,极其擅长操纵他人。

《理查三世》的第一场戏,理查就制定好了计划,"我已经设下了圈套,做好了险恶的安排,要用令人迷糊的预言、诽谤和幻梦挑拨得兄长克莱伦斯跟国王反目成仇"**。克莱伦斯被捕之后,在被押往伦敦塔的途中撞见理查。克莱伦斯压根没想到这是理查的阴谋,他以为爱德华希望他进监狱的原因是"巫师告诉他,有个名中带 G 的人将篡夺他后嗣的继承权。因为我的名字乔治以 G 开头,陛下便想到篡位者是我"***。

根据霍林斯赫德的《编年史》,爱德华四世的确得到了

---

* 莎士比亚没有忠实按照事件发生的真实顺序。安妮实际上在理查成为国王后还活了几年,做了王后。——原书注
** 孙法理译《理查三世》,第一幕,第一场。卷3,p.276。参考引文稍有改动。
*** 外研社·中文重译本《理查三世》,第一幕,第一场。

一个预言，说在他之后的统治者名字以 G 打头。爱德华认为 G 代表弟弟克莱伦斯公爵乔治。这个预言后来证明是对的，因为是葛罗斯特（Gloucester）公爵理查继承了王位。爱德华只不过选错了 G。莎士比亚借鉴这个现成的预言故事，将它写成是理查的阴谋，"用言之凿凿的谎言让他更加痛恨克莱伦斯"*。

剧中，爱德华四世下令将克莱伦斯以叛国罪论处，但三思之后，又下令取消死刑。两个命令理查都知道，但他执行了第一个。理查指派了两名杀手去杀死克莱伦斯，他们计划"用你的剑柄击打他的脑壳，然后将他扔进隔壁的葡萄酒桶里"**。

刺杀之后再扔到葡萄酒桶里淹死，这不只是莎士比亚式的黑色幽默，它可能有一定的真实性。1478 年 2 月 18 日，克莱伦斯因叛国罪被处死，但事实不像莎士比亚呈现给观众的那样，理查不是幕后主使。当时的一些报道称，克莱伦斯真的淹死在了葡萄酒桶中，有人说这是他自找的。在酒精中溺毙可没有看起来那么有趣。还不等酒精发挥作用，受害者尚有知觉时，死亡就会因缺氧而降临。

剧中人人都以为克莱伦斯得到了宽恕，所以，他死亡的消息一经宣布，大家都震惊了，尤其是国王，他原本认为死刑命令已经收回。国王的健康状况本来就不好，加上受到这

---

* 外研社·中文重译本《理查三世》，第一幕，第一场。
** 外研社·中文重译本《理查三世》，第一幕，第四场。

第五章 谋杀，谋杀！

个消息的严重影响，他开始怀疑王后的企图。他很自责，也责怪妻子怂恿自己。理查除掉了妨碍他得到王位的人，现在，他要做的就是坐等国王死去，国王的儿子年龄太小，无法统治国家，他可以取而代之。理查已经做了所有可以增加自己胜算的事，只需要等到下一场戏，他的计划就能实现。

现实中的爱德华四世死于1483年4月9日，克莱伦斯被处死的5年之后，死因很可能是纵欲过度，也可能是罹患性病。他的儿子爱德华王子时年12岁，成为国王爱德华五世，但他从来没有统治过国家。要想从王后及其强大的家族手中攫取控制权，理查有个短暂的窗口期。他充分利用了这个机会。三个月之内，登上王位的人成了理查三世，而不是爱德华五世。理查的第一步行动，是获得对年幼的国王及其弟弟什鲁斯伯里的理查（Richard of Shrewsbury）的监护权。

剧中描述，两个男孩在前往伦敦举行加冕礼的途中，被理查派去的人拦截。在斯特拉福石城（Stony Stratford），护送两位王子的里弗斯伯爵（Earl Rivers）、理查·格雷爵士（Sir Richard Grey）和托马斯·沃恩（Thomas Vaughan）被捕，并被押往庞弗莱特城堡。当丧夫的伊丽莎白王后得知这一消息，她道出了即将发生的事：

> 天哪！我看到了我家族的毁灭。现在猛虎已抓住了温驯的鹿，骄悍的权臣开始危及温良无辜的王

座。毁灭、流血和杀戮,都来吧!我已依稀看到了全盘毁灭的景象。*

理查把两个男孩安置在了他可以控制他们的地方,"你不妨在伦敦塔休息一两天,然后想去哪里就去哪里,只要最有利于你的健康,也最好玩儿。"** 尽管观众们非常清楚,理查不怀好意,但他现阶段对两个孩子采取的行为还算合理。去伦敦塔不代表受到监禁或必死无疑,事情远非如此。伦敦塔既是关押罪犯的监狱,也有皇家寓所和一座戒备森严的城堡,正常情况下,对于两个男孩来说,这里的确是最安全的地方。当然,如果你打算从他们手中夺取王位,这里也非常方便你困住他们。

理查现在加快了他的谋杀活动。在伦敦塔的一次会议中,理查突然斥责他以前的朋友和支持者黑斯廷斯勋爵:"你这个叛徒。砍下他的头!现在,我以圣保罗之名起誓,在眼见他人头落地之前,我决不会吃饭。"*** 黑斯廷斯立刻被带下去受死,接下来,到了用餐时间,就有人拿着他的首级到舞台上呈给理查。

---

* 孙法理译《理查三世》,第二幕,第四场。卷3,p.321。综合参考外研社中文重译本。

** 孙法理译《理查三世》,第三幕,第一场。卷3,p.325。

*** 主要参考外研社中文重译本,兼有孙法理译《理查三世》,第三幕,第四场。卷3,p.337。

第五章 谋杀，谋杀！

莎士比亚对这次会议和黑斯廷斯命运突变的描述非常准确。1483年6月13日，理查和黑斯廷斯的确参加了一场在伦敦塔举行的会议。会议开始很顺利，却以黑斯廷斯在外面的草地上被砍头结束。根据史书记载，死刑执行得过于迅速，"没有经过任何法律程序或合法审查"，当时连断头台都没有，黑斯廷斯不得不将头放在一根原木上。

6月25日，王子的护送者，4月在斯特拉福石城被捕的里弗斯、格雷和沃恩，未经任何审判，就在庞弗莱特被处死。根据霍林斯赫德的记载，这些囚徒甚至不能按照惯例在绞刑台上发表演讲。第二天，理查骑马庄重地抵达威斯敏斯特大厅（Westminster Hall），坐在大理石的王座上宣誓。现在，他是国王理查三世了，唯一的小问题是合法的王位继承人还活着。

理查的意图一早就亮明了。他说服爱德华王子去伦敦塔之后，立刻对观众说出旁白："据说早慧过人，早见死神。"*八场戏（现实中的两三个月）之后，两位王子死去。已经是国王的理查不想弄脏自己的手，于是问侍童，"你可知道有谁会受败德的黄金的诱惑，敢于秘密杀人吗？"**在侍童的举荐下，詹姆斯·提瑞尔爵士（Sir James Tyrell）受雇杀掉两个男孩，但提瑞尔又将这个活分包了出去，"我收买了戴顿

---

* 孙法理译《理查三世》，第三幕，第一场。卷3，p.325。
** 孙法理译《理查三世》，第四幕，第二场。卷3，p.354。

（Dighton）和福勒斯特（Forrest）去干这残忍的勾当。"*观众没看到谋杀过程，但提瑞尔报告说，两个男孩在床上被捂死。

戏剧遵循了托马斯·莫尔爵士（Sir Thomas More）对这起谋杀案的描述。这个感人、细腻的版本写于事发数十年之后。对于伦敦塔中究竟发生了什么，同时代人的叙述则相当模糊。1483年前去伦敦的意大利修道士多米尼克·曼奇尼（Dominic Mancini）写道，两个孩子"完全退到了伦敦塔靠里的寓所，日子一天天过去，人们越来越少看到他们出现在栅栏之后，直到最后彻底消失不见"。曼奇尼怀疑两位王子已经遭遇不测，但承认自己不确定。当时其他人也倾向于同意曼奇尼的怀疑。两位王子一旦消失，人们完全可以想象他们惨遭杀害，并且理查是主要嫌疑人。

15世纪大概是个血雨腥风的时期，既充满政治暗杀，也有战争带来的高死亡率，但是故意杀害无辜的孩子，在当时和今天一样令人震惊。拥护理查的呼声本来就很低，如果事实证明他要对年幼的国王兼继承人及其弟弟的死负责，人们将更不喜欢他，更何况那两个孩子还是他的侄子。所以，要真是理查下手，他也明智地掩盖了罪行。

莫尔在描述了谋杀事件后，还写到，孩子们的遗体埋在

---

* 孙法理译《理查三世》，第四幕，第三场。卷3，p.358。

第五章 谋杀，谋杀！

一座楼梯下面，但随后又在理查的授意下，重新埋到了更合适的地方。遗憾的是，没人知道这个更适合的地方在哪儿。关于两位王子遗体的下落，莎士比亚比莫尔说得还含糊。他写道，提瑞尔向理查解释，"伦敦塔的神父把他们埋掉了，可是说实话，埋在哪儿我不知道。"*

1674年，在拆除伦敦塔中一座通往白塔（White Tower）小教堂的楼梯时，人们在一个埋在地下10英尺深处的箱子里，发现了两具小孩的骨骸。当时的人迅速得出结论，认为发现了爱德华五世和他弟弟的遗骸，后来，两副骸骨被埋到了威斯敏斯特修道院**亨利七世小教堂里的华丽坟墓中。

尽管这一发现符合莫尔对遗体埋在一座楼梯下的描述，但就掩埋犯罪证据而言，10英尺也太深了。此外，人们也完全忽视了莫尔的另一个断言，即两个孩子的遗体后来转移到了更合适的地方。这是个很不寻常的巧合，但不是证明遗骸属于两位王子的决定性证据，也不能证明是理查杀了他们。伦敦塔有着超过一千年的血腥历史，里面必定堆积了一些人体骨骸。1674年的发掘工作可能的确揭开了一个犯罪现场，但不一定就是人们认定的那个。

1933年，为了回答围绕整个事件产生的诸多问题，有人将两具骸骨从坟墓中取出来检查。参与者有修道院的档

---

* 孙法理译《理查三世》，第四幕，第二场。卷3，p.359。
** 也称为西敏寺。

案保管员劳伦斯·坦纳（Lawrence Tanner）、当时一流的解剖学家威廉·赖特（William Wright），以及牙医协会（Dental Association）的主席乔治·诺思克罗夫特（George Northcroft）。他们检查之后得出的结论是，这些骨头的确属于爱德华五世和他的弟弟。此外，莫尔说两个孩子是被闷死的，这很可能是合理的。然而，从那时候起，这份报告的可靠性就一直备受怀疑。

因为检查者一开始就假定两具骨骸是两位王子的，他们的检查其实只是为了验证这一想法。更科学的做法应该是客观地查看骨头，按照测量结果确定骨骸主人的年龄和性别，再判断是否与两位王子匹配。他们没有设法确定死者的性别，虽然在进入青春期之前，很难从骨骸上分辨性别。

这次调查的大部分工作集中在检查头骨、寻找闷死的证据。但即便是检查新近死去的人，这类证据也不一定很明显，更何况是五百多年前的骸骨。除非在闷死的瞬间，施加在死者脸上的力弄碎了死者鼻子或眼睛周围脆弱的骨头，否则基本找不到什么证据。而就算观察到有损伤，也必须进一步仔细查证，以防损伤是在把骸骨转移到坟墓中时造成的。

自1933年以来，这份报告已经被反复检查和评估了许多次。结论各不相同。特定骨头和牙齿的长度符合两位王子的年龄（12岁和9岁），两副骨骸之间的差别似乎也和两兄弟的差别一致。不过，如你所料，出错的可能性是很大的。赖特团队收集的数据能否用来确定两副骨骼与事件的关系,人们对此意见不一。

如果将来能用现代技术,譬如放射性碳定年法,检查两副遗骸,或许能够搞清楚这些骨头是不是15世纪或更早以前的。不过,即使DNA分析能够证明遗骸属于两位王子,除非骨骼上有导致他们死亡的明显伤痕,否则也无法判断他们是怎么死的,更别说确定是谁干的。

莎士比亚毫不怀疑是理查害死了两位王子。但我们唯一可以肯定的是,两个男孩在进入伦敦塔后就消失了。关于他们的死和谁应该对此负责,任何证据都只是旁证。话虽如此,1483年的夏天,在理查的授意下,两个男孩被杀,这看起来的确是最有可能的剧情。

历史上,理查三世没有因为他的罪行遭到逮捕或审判,但他也没能完全逃脱正义的制裁。理查不受人民欢迎,在短暂的统治期间,不断有人起来反抗他。1485年,亨利·都铎(Henry Tudor)召集起一支军队,事态发展到了紧急关头。亨利·都铎对王位的渴望不如理查强烈,但他仍然努力说服几位勋爵支持他。理查作为执政君主,按理应该很容易就能召拢大批军队征服亨利。但是,许多他原本预计会集结在他身边的人,都不支持他。大多数人不敢加入对峙双方,他们只是置身事外,静观其变。

亨利和理查的军队在波士华斯(Bosworth)相遇。戏剧里,双方交战的前一晚，11个声称被理查谋杀的受害者以鬼魂的形式再次出现在舞台上。*他们来到理查的营帐，讲述他对他们犯下的罪，让他去死，高呼"在绝望中停止呼吸吧！"**。莎士比亚可能觉得有必要让观众看到，理查勇敢地面对自己的罪行，即便他只在一瞬间觉得自己有罪。第二天清晨，理查甩掉不祥的预感，集合军队迎接战斗。

莎士比亚用了两场简短的戏概括这场战斗：一场表现理查军队失势，理查绝望地喊出著名的台词："马！马！我拿王位换一匹马！"***下一场戏是理查和亨利一对一交战，理查被杀。

现实中，这场战斗持续了约两个小时，到早上八点时，大概已经死了一千人。理查英勇拼杀，但是被亨利的军队包围，并被砍死。他是最后一位亲自披挂上阵的英格兰国王。他的尸首被人从战场上运回，简单下葬。****金雀花王朝从此结束，亨利·都铎加冕为国王亨利七世，开启了一个和平、繁荣的新时代。

---

* 其中5个人可以说是理查害死的，另外3起命案的背后也可能是他。但剩下的3个则和现实中的理查无关，我们的吟游诗人为了增加戏剧性，虚构了理查的部分罪过。——原书注

** 孙法理译《理查三世》，第五幕，第三场。卷3，p.386。

*** 孙法理译《理查三世》，第五幕，第三场。卷3，p.392。

**** 理查的恶名越来越昭著，但他的残骸很快就被人遗忘了，直到2013年在莱斯特（Leicester）的一个停车场下重新被人发现。对骸骨的检查确定他死得很惨。2015年，他被重新安葬在莱斯特大教堂。——原书注

莎士比亚生活的时代有强烈的正义感。人们真心相信杀人凶手总能被揪出来。就算是藏得最好的罪犯,或者没受到法律制裁的作恶者,也难逃神的旨意。真相总有一天会大白。莎士比亚将理查在波士华斯战役中的失败和死亡描绘成罪有应得。莎士比亚从没写过推理故事,但就像所有好的侦探小说那样,在他写的所有残忍的谋杀故事中,凶手最终都没能逃脱惩罚。

第六章

战争的猛犬*

---

* 朱生豪译《裘力斯·恺撒》,第三幕,第一场。卷5,p.235。

莎士比亚笔下的 N 种死亡方式

> 为了我们过去并肩作战的历次战役……[*]
> ——《科利奥兰纳斯》，第一幕，第六场

从国王到普通士兵，从帝王到一般民众，莎士比亚笔下的死亡，绝大多数都由利刃造成。[**]他的很多部戏剧穿插着战争和战斗，就连喜剧作品中也有零星的冲突和剑斗。

能重温过往的军事胜利，观看精湛的剑术表演，伊丽莎白时期的观众自然很高兴。没有戏剧演出时，剧院常常举办击剑表演，许多观众见多识广，能够以近乎专业的眼光欣赏整个过程。莎士比亚满足了观众的需求。他比同时代其他剧作家写的剑斗戏份更多，仅《亨利六世上篇》就有 22 场。他在《第十二夜》和《温莎的风流娘儿们》中嘲讽决斗的传统，[***]在《罗密欧与朱丽叶》里表现街头打斗；《亨利四世》《亨利五世》《亨利六世》……，在大多数历史剧和很多出悲剧中，都呈现了大规模的战争。

莎士比亚时代的演员都多才多艺。除了戏剧表演，他们

---

[*] 朱生豪译《科利奥兰纳斯》，第一幕，第六场。卷 6，p.333。
[**] 完整的死亡列表见附录。——原书注
[***] 决斗在英国上流社会短暂流行过，但不像在法国那样受欢迎。——原书注

第六章 战争的猛犬

通常还是技艺高超的歌手、舞者、剑客和杂技演员。有几位演员尤其以剑术著称,比如理查德·塔尔顿(Richard Tarlton)既是当时最有名的小丑,也是剑术大师。英格兰的第一所击剑学校于1576年在伦敦开办,只比莎士比亚抵达这座城市早十几年。这所击剑学校由意大利人罗科·博内蒂(Rocco Bonetti)在黑衣修士剧院内经营,许多演员,可能包括莎士比亚,都在这里接受过训练。该学校和击剑艺术很快获得上流社会的青睐。当时还有另一位意大利剑术大师温琴蒂诺·萨维奥洛(Vincentio Saviolo),他的保护人艾塞克斯公爵出版了英国最早的击剑指南。

意大利人主导了伦敦的击剑学校,意大利风格开始取代英国传统的剑斗风格。意大利剑术注重时机和特定的防守姿势。在意大利人的学校中,弓箭步刺(lunge)是一个重要的动作,但英国击剑行家更喜欢使用靠步(gathering step)让对手进入攻击范围。《罗密欧与朱丽叶》中,罗密欧一方的打斗风格是英式的,提伯尔特(Tybalt)一方用的是新的、花哨的意大利技术,迈丘西奥对此嫌恶极了。伊丽莎白时期的观众会欣赏迈丘西奥对提伯尔特击剑风格的暗讽。

> 他跟人打起架来,就像照着乐谱唱歌一样,一板一眼都不放松,一秒钟的停顿,然后一、二、三,刺进人家的胸膛;他全然是个穿礼服的屠夫,一个

> 决斗专家、名门贵胄、击剑能手。啊！那了不得的侧击！那反击！那直中要害的一剑！*

"侧击"和"反击"是意大利风格的剑术，但"直中要害的一剑"是莎士比亚自创的。

决斗和街头打斗容易在剧场中表演。"决斗神判法"（ordeal by battle）也可以搬上舞台，这是决定刑事案件和民事纠纷的司法决斗，《理查二世》中差一点就演出来了（理查在最后时刻叫停了决斗，这无疑让观众大失所望，让他们从一开始就对国王有偏见）。但另一方面，要在舞台上重现一场大规模的战斗却不那么容易。

莎士比亚历史剧的重头戏是几场重要的战役；它们是许多英国国王生命中的转折点。要演出这些战役很难，但漏掉它们又很荒谬。烟火和一些吵闹的特效声可以表现出战争的混乱；比如，"交战中的号角声；马歇斯及奥菲狄乌斯自相对方向上"**。战争中也有机会发表激动人心的演说。直到20世纪中期，英格兰的男学生往往还要背诵亨利五世在圣克里斯平节（Saint Crispin's Day）的演讲。伊丽莎白时期和詹姆

---

* 朱生豪译《罗密欧与朱丽叶》，第二幕，第四场。卷5，p.126。

** 舞台指示"号角声"的英文"alarum"是"alarm"（警报）的旧式用语，在莎士比亚的作品中出现了70多次。——原书注（参见朱生豪译《科利奥纳斯》，第一幕，第八场。卷6，p.334。引用译文稍有改动。）

士一世时期的观众会大声为舞台上的英国一方欢呼，为法国一方喝倒彩，制造出不可思议的演出效果。用舞台上方的回廊区域代表城垛，可以戏剧性地呈现出，在被包围的城镇和城堡墙外，首领之间紧张的谈判磋商。

但在舞台上不可能呈现激战场面。因此，剧作家们往往将主要的战争活动安排在台下假装进行，然后只向观众汇报结果。小规模的冲突和剧中主人公的单挑足以取悦观众，并串起战事概况，"拿四五把破剑拙劣地舞弄一番，未免玷污了阿金库尔战役的赫赫名声"*（《亨利五世》）。战斗后的血腥也有可能得到展示——这是个让舞台布满血液和身体残片的好理由。为了给人战斗规模很大的印象，演员会大声念出死者名单。

* * *

历次战役似乎是历史进程的标志；它们常常成为我们关注的焦点。但在现实中，中世纪很少发生战斗。比如，玫瑰战争跨越的时间（1455年到1487年）对应于莎士比亚的四部戏剧：三联剧《亨利六世》和《理查三世》。但在这32年间，军事行动耗时只有大约一年，真正的战斗时间

---

* 刘炳善译《亨利五世》，第四幕，剧情解说。卷4，p.279。

加起来顶多 13 周。

发动战争可以用其他策略，不一定是战斗；要获得领土也可以通过其他手段。譬如烧毁粮食、毁坏城镇、包围城堡。这些很难在剧场里演出来，但是可以像《爱德华三世》里那样，向观众口述战祸：

> 因为我四面一望便看到五座城池在燃烧，麦地和葡萄园烈火熊熊，像个大火炉。风中刺鼻的烟火总倒向一面，因此我还可以看到：可怜的居民逃出了火焰，却有无数的人倒在了士兵的长矛之下。*

大规模战斗也有自己的一席之地，但它们往往被看作一场战争决定性的终点或结局。这类战斗场面宏大、激动人心、喧嚣吵闹、十分致命，但通常在几个小时之内就结束，最多不超过一天。它们很可能是毁灭性的。战争造成的损失很多，不仅威胁参战人员的性命；也可能危及统治者对广阔疆域和人民的统治权。

既然会有这些损失，实际投入战斗似乎就是不明智的。历史上的这一时期，首领们常费尽心思避免大战，这并不可耻。《约翰王》写到了英国王位之争。英国人说王位属于约翰，

---

* 孙法理译《爱德华三世》，第三幕，第二场。卷 4，p.483。

第六章 战争的猛犬

法国人说属于亚瑟。双方都希望避免战争，所以他们请昂日尔人（Angiers）决定，但后者不肯指定国王。眼看战事一触即发；昂日尔的一个市民提议法国和英国联姻，最后终于避免了战争。私生子菲利普一直盼着从战争中牟利，因此不无讽刺地评价道，他的国王被说服，"把一场坚决的、光荣的战争引向了最为卑劣的、以邪恶结束的和平"[*]。

有时，谈判破裂，或者双方陷入僵局，战争就在所难免。还是在《约翰王》中，法国和英国之间进一步的争端不能再通过协商解决，于是两国开战。另外，骄傲、固执和阴谋诡计也能影响战争。比如，莎士比亚在《亨利四世上篇》中写到，亨利四世向烈火骑士发出和谈请求，但这个消息没有被传达到（见本书第四章）。

战争除了明显的坏处，也有一些好处。在那个时代，人们生活的方方面面都受骑士精神的严格约束，特别是在战争时期，一场"光荣与死亡"的战斗可以为胜利者赢得极高的威望，败者也能高贵、荣耀地死去。此外，征兵以及维护和供养一支庞大的军队异常昂贵。[**]一场大战可以削减这些花费。

---

[*] 孙法理译《约翰王》，第二幕，第一场。卷3，p.429。

[**] 与戏剧里不同，现实中亨利五世的战争并非轻易就得到教会资助。亨利不得不典当王冠上的珠宝，卖掉皇室所有可以卖个好价钱的多余财物。——原书注

莎士比亚笔下的 N 种死亡方式

* * *

莎士比亚应该没有亲自参与过大规模战斗，但在斯特拉福德和伦敦的街头，他能碰到很多以前当过兵、从海外战场归来的人，并和他们攀谈。他依据的史料则来自相关的文字描述，如前文提到的霍林斯赫德的《编年史》，还有爱德华·哈利（Edward Halle）的《兰开斯特和约克两个贵族世家的联合》（*The Union of the Two Noble and Illustre Families of Lancaster and York*），以及塞缪尔·丹尼尔（Samuel Daniel）的《兰开斯特和约克两个家族的内战》（*The Civil War between the Two Houses of Lancaster and York*）。编年史作者用大量笔墨书写战场上个人的英勇表现和激动人心的战事，美化战争。他们的记录有失公允，并不准确。

战斗本身非常混乱，可能波及很大一片区域，让人难以密切注意到战场上发生的每件事。贵族可以通过铠甲和旗帜辨认出来，但普通士兵不都穿统一服装，所以很难与敌军相区分。另外，当时的许多编年史作者不是军人，他们可能从未目睹过大规模战斗，根本不明白自己写的是什么——他们鲜少出现在发生战斗的地方。在阿金库尔，亨利五世的编年史作者是国王的神父，虽然也随军出征，但他不在前线，只能在后方写下他间接了解到的情况。并且，他还会对国王忠诚，

第六章 战争的猛犬

愿意通过修饰和夸张，荣耀他的君主。疾病、饥饿和颓丧的故事没有吸引力。所以当时的许多描述都不可信。

为了满足戏剧上的趣味，莎士比亚也会进行改动。他让烈火骑士死在了哈尔王子手上，对此，现代历史学家表示怀疑。他写埃克塞特公爵（Duke of Exeter）参加了阿金库尔战役，但事实上，公爵当时被留在了哈夫勒尔。不准确之处还有很多。莎士比亚对历史的篡改甚至没有保持前后一致。在《亨利六世中篇》里，克列福（Clifford）是被理查·金雀花（未来的理查三世）杀死的，但是到了《亨利六世下篇》的开场，克利福却"被我们的士兵杀死啦"[*]。

莎剧在史实的准确性上或许有所不足，但忠实于事件的壮阔宏大，尽管这需要费力地在舞台上表现战争的规模。技巧上，将大战压缩和变形为小的冲突与个人传说，可以非常有效地向观众传达发生了什么，以及那对涉事者来说意味着什么。《亨利六世下篇》巧妙地用一场戏就概括了剧中的内战，"一个杀死父亲的儿子拖着他父亲的尸体从一门上"和"一个杀了儿子的父亲扛着儿子的尸体从另一门上"[**]。

战争中不同个体的经历差异很大。晚至17世纪，国王仍然会和他的军队一起投入战斗。但是他们的体验，以及指挥官、骑士的体验，会完全不同于普通的步兵。国王吃得更好，

---

[*] 索天章译《亨利六世下篇》，第一幕，第一场。卷3，p.183。
[**] 索天章译《亨利六世下篇》，第二幕，第五场。卷3，p.214。

睡得更好，也有更好的铠甲护身。

国王和统帅可以置身于战斗之外，与战场保持相对安全的距离，远程指挥战事，但许多人要冒相当大的风险。步兵、弓箭手，甚至骑士都可以牺牲掉，而他们所在的一方仍然可能是胜者。但要是国王被捕或死亡，则标志着战斗失败。比如，1214 年，苏格兰国王狮子威廉（William the Lion）率军出战，他的马被击倒。威廉一世被困在那个死去或垂死的动物身下，脆弱不堪，他别无选择，只能立刻投降。

国王败下阵来输掉战争的危害太大，所以亨利四世采取了额外的防范措施。按照《亨利四世上篇》所述，他让几位贵族穿上了和他一样的衣服和铠甲。剧中，道格拉斯伯爵（Earl of Douglas）发誓要杀了亨利，却为杀了两个假的国王而恼怒，又许诺"要把他所有的战袍全部杀死，让他衣橱里的东西一件也不剩，直到遇见国王为止"[*]。而在下一场戏中，他碰到"又一个国王！简直像九头蛇一样"[**]。亨利王的计划成功了，他在战斗中活了下来。

国王们可以采取很多措施来减小自己的生命受到的威胁，一般的士兵可没这么幸运。在他们看来，缺少食物，报酬又低，还极有可能死去，在这样悲惨的条件下跑这么远来打仗，没有

---

[*] 孙法理译《亨利四世上篇》，第五幕，第三场。卷 4，p.93。

[**] 孙法理译《亨利四世上篇》，第五幕，第四场。卷 4，p.96。引用译文稍有改动。

第六章 战争的猛犬

任何好处——"我真巴不得身在伦敦的酒店里！我愿意把一切名誉都拿出来换一壶啤酒、一身平安"*。《亨利五世》里，当国王在战斗前夜巡视军营时，他听到普通士兵抱怨，说他们为自己的主上牺牲了所有，背井离乡，冒着回去时一贫如洗的风险。其中一人想象那些死去的士兵在最后的审判日的样子："'我们死在这样的一个地方！'——有的在咒骂，有的在叫喊着要找外科医生，有的为了撇下老婆贫苦无依，有的为了他们自己欠账未清，有的为了他们撇下幼小儿女无人抚养，都在哭闹。"**

但是，打仗也有巨大的利益可图。可以缴获战利品——从死者身上偷来铠甲、武器和贵重物品。还可以用战斗中抓获的俘虏换取赎金。战俘的军衔越高，可以向他们或其家人、朋友索取的钱财越多。低阶的士兵如果足够幸运，能在战场上俘获一位贵族或骑士，则可以将俘虏卖给自己的主上，让他们的主上索取赎金。除了被捕之人，所有人都是赢家。

* * *

莎士比亚的历史剧横跨了大约三百年，这期间的所有战争，再没有哪一场像1415年的阿金库尔战役那样，深刻地留在了英国人的集体记忆中。莎士比亚将亨利五世塑造成了一

---
* 刘炳善译《亨利五世》，第三幕，第二场。卷4，p.256。
** 刘炳善译《亨利五世》，第四幕，第一场。卷4，p.285。

位英雄，一如今天的人对这位国王的看法。意料之中的是，现实并非完全如此。我们的吟游诗人描绘了亨利五世激动人心的演讲、难以置信的英勇举动，以及处于劣势的英国人完胜有兵力优势的法国人。但他没有回避战争的可怕。

亨利五世的目的是从新近称王的查理六世手中夺取法国王位。要实现这个目标，需要投入大批军队和大量资源。在入侵法国之前的一年中，人力、物资慢慢积聚起来。亨利和约 15 000 人一起登陆，这是将近 70 年前爱德华三世率军出战之后，最大一支踏足法国的军队。其中大概有 1/4 是重骑兵（骑马，重装），剩下的是骑兵弓箭手或步兵弓箭手。

这些战士大多数是去打仗的，但亨利的第一步行动是包围哈夫勒尔。在哈夫勒尔的城墙外，亨利威胁这座城池的总督说，如果后者不投降，他将无法约束自己的军队：

> 否则，嘿，你们看吧，转眼之间，那些无法无天、嗜血成性的大兵就要用脏手一把抓住你们那些尖声叫喊的女儿的头发了。你们那些长辈父老就要被大兵揪住他们飘飘的胡须，把他们最可敬的脑瓜往墙上狠碰了。你们的那些光屁股的婴儿就要被挑在长矛尖上……*

---

* 刘炳善译《亨利五世》，第三幕，第三场。卷 4，p.261。

第六章 战争的猛犬

威胁要奸淫和残忍杀害无辜市民,这可能不是你心目中英雄国王该有的作为。这段话让亨利有着非常不同的人物形象,在演出时常常被删改。不过,历史表明,亨利并不仁慈,他后续的军事行动特别凶残。

亨利不只恐吓哈夫勒尔的居民。还日复一日,用无数枪炮无情地轰击城墙,让矿工在城下挖掘,直到城墙变成碎石。英国人点燃了所有仍然挺立的建筑。倒塌的石造建筑威胁着市民和士兵的生命;《亨利六世上篇》充分描绘了个中危险。

1428 年的奥尔良(Orléans)之围中,一颗炮弹击中一座瞭望塔,站在塔楼里的索尔兹伯里伯爵(Earl of Salisbury)和托马斯·嘉格莱夫爵士(Sir Thomas Gargrave)伤到了脸。一块砖石残片"毁掉他的一部分脸庞",索尔兹伯里受伤,或者如莎士比亚所述:"你的一只眼睛和半边脸都被炸掉了!"[*]人脸可以承受的伤害大得惊人。有时伤口看着吓人,流了很多血,但除非伤及大脑,或者血液流入呼吸道,否则不至于立即致命。剧中,索尔兹伯里和嘉格莱夫都被带下了舞台,他们还活着,不过应该活不久了。延迟出现的死亡,死因可能是伤口感染或并发症,如血栓症。现实中的索尔兹伯里似乎就遭遇了这样的不幸,他在受伤十天后死去。嘉格莱夫受伤后只活了两天。

---

[*] 索天章译《亨利六世上篇》,第一幕,第四场。卷 3,p.21。

在哈夫勒尔，大部分士兵不直接操作枪炮，也不参与挖掘，他们无事可做，只能坐在营帐里，周围是堆积起来的污物和垃圾。法国人投降时，城池已所剩无几；对亨利的军队和城中居民危害最大的是痢疾，而不是大炮或破碎的石造建筑（见本书第七章）。

在经过一个月的努力后，英国人才赢下一座城池，或者说一个残存的城镇。这很难说是一次伟大的胜利。亨利认为不能继续向法国进军，"冬天已来临了，兵士们患病增多，我们要退到加莱"，开始让他的军队退回英国领土。但要抵达加莱，不得不"通过法国"，而法国人正盼着阻止他。他的军队现在不适合与强大的法军交战，但这可能无法避免。莎士比亚写道，"以我们现在的情况，我们也不躲避战斗。"*

行军17天，走了260英里之后，两军在阿金库尔相遇。英军从哈夫勒尔带走的口粮早就吃光了，他们不得不沿途购买、乞讨和偷盗给养。亨利的军队在阿金库尔整队迎战法军时，人数在8000到9000之间。

1415年10月24日，英军抵达战场，却没机会支起营帐。当晚大雨瓢泼，浸湿了土地，即将充当战场的耕地变得一片泥泞。英军静默无声地坐在倾盆大雨中，他们被威胁，如果发出声音，就会被割掉耳朵。这和剧中场景相差甚远，剧里，

---

* 本段引文皆引自刘炳善译《亨利五世》，第三幕，第六场。卷4，p.272。

亨利在士兵间走动,和他们开玩笑,鼓励和安慰那些沮丧的人。

阿金库尔战役发生在 1415 年 10 月 25 日,圣克里斯平节那天。英军全都集中在一条战线上,这么排兵布阵只是因为人手不够,无法采取其他阵形。前锋构成右翼,后卫形成左翼,弓箭手安插在中间。他们位于一处高地,占据了极佳的防守位置。当大量法军在对面较低的位置慢慢集结时,英军凭借有利地势看得一清二楚。

法国军队的人数显然比英军多,但究竟多多少有争议。莎士比亚夸张地写道,"他们有足足六万之众"*。法军一方,重骑兵的占比明显大很多,他们身穿铠甲,构成一幅奇观,令人望而生畏。远远看去,英军可能将法军后方牵着备用马匹的大量士兵误认为是战斗人员。在英国人的印象中,法军人数多达 24 000 人,而法国人可能认为,自己顶多在和 11 000 名英军战斗(包括被他们误以为参战的非战斗人员)。法军数量当然多于英军,不过,不是《亨利五世》中说的 5∶1。双方战斗人员的比例很可能能接近 2∶1。

看到英军中身披铠甲的士兵较少,加上低估弓箭手的威力,法国人觉得自己稳操胜券。他们在战斗前夕大笑着打赌能俘获多少英国人。莎士比亚写出了法国人是如何等得不耐

---

* 刘炳善译《亨利五世》,第四幕,第三场。卷 4,p.293。

烦,渴望获得他们必定轻而易举就能获得的胜利:

> 太子:天难道永远不亮了吗?——明天我要骑马跑上一英里地,用英国人的脸给我铺路。
>
> 法军大元帅:我可不愿意这么说,因为我怕会被敌人的脸看得无地自容。但我倒是希望现在就是早晨,因为我很想去跟英国人打一仗。
>
> 郎蓓雷斯:谁愿意跟我赌二十个俘虏?[*]

战场另一边的气氛截然不同。为了给军队打气,国王亨利在前线骑马来回巡视,发表鼓舞人心的演说。在战争中,这是君主的重要角色。就算是不亲自参与战斗的伊丽莎白一世,也会在军队开战前用激动人心的话语鼓励他们。[**]这些演讲是留给我们的剧作家的礼物。

莎士比亚笔下的圣克里斯平日演讲振奋人心,但并非逐字逐句还原当时的演说。其实,即便亨利发表了最有激情的演讲,士兵们也一个字都听不见。不过,起作用的不只是国

---

[*] 刘炳善译《亨利五世》,第三幕,第七场。卷4,p.275。引用译文稍有改动。

[**] 三联剧《亨利六世》中有个著名的例外:国王亨利无法行动之后,他的妻子玛格莱特王后统领了军队,就像现实中那样。她在战斗中的成功既让对手,也让自己人感到惊讶。《亨利六世上篇》展现了圣女贞德率领法国军队取得惊人胜利。她的成功看起来和她本人太不匹配,因此英国人认为她一定是女巫,而不只是一位有能力的女性。——原书注

第六章 战争的猛犬

王说了什么。看到国王穿着闪亮的铠甲已经是一种鼓舞——"危难中憔悴之人同他相见，立刻深感慰藉，大受鼓舞"[*]。当他们看到闪闪发光的战利品就在眼前，也想诱使法国人进入战斗。

演讲一结束，再次前来谈和的法国传令官也被打发走后，亨利就将前锋的指挥权交给了约克公爵，战斗开始。现实中，两军对峙，但都按兵不动，僵持了几个小时。英军占据着非常有力的防守位置，不愿意离开。法军也意识到自己最好留在原地，他们知道，等得越久，英国人就越疲惫，而己方军队会越壮大，因为有越来越多队伍赶来，扩充他们的兵力。最终，亨利破天荒地决定离开防御阵地，向法军挺进。他们似乎别无选择，要么前进，要么死亡。

* * *

阿金库尔的弓箭手奉命朝敌军进发，直到敌人进入约两百码[**]的射程范围。然后，弓箭手将停下来，站定，在几乎没穿任何防护装备的情况下，朝骑马冲向他们的重装骑兵射箭。500公斤的重装骑士不到20秒就能通过这段距离。在这段时间，每个弓箭手可以发射三到四支箭，争取让马或骑马的人

---

[*] 外研社·中文重译本《亨利五世》，第四幕，致辞。
[**] 1码约等于0.9144米。

倒地。被全速冲击的马和骑兵撞击后，将出现今天所说的"严重钝性创伤"（severe blunt trauma）——在车辆和行人发生碰撞时，你会看到这类伤。这种情况下，死亡是由内出血引起的，因为内脏和主要的血管破裂。

军队服从命令。一声大喊响彻英军各队列。每个人都下马跟随国王亨利冲向敌人，包括身穿沉重铠甲的骑士，甚至60岁的托马斯·欧平汉爵士（Sir Thomas Erpingham）。这些人的英勇无畏真是不可思议。

亨利的计划很高明。英军突袭了法国人，让他们没时间形成有序、有效的战阵。法军组织混乱，泥泞的地面也拖慢了他们的进攻速度。马匹滑倒，陷入污泥之中。骑在马背上、身披沉重铠甲的法国重骑兵摄人心魂，但是，他们一旦从马上掉落，在战斗中就起不了多大作用。

那个时代的战斗普遍遵循同一种模式，即一开始是骑兵冲杀，接着是混战（近身搏斗），最后是溃败（其中一方溃退，被胜利的一方追击）。*场面无疑一片混乱。拼杀声非常大。在战场上，不可能靠人大声喊出指令，要用号角声下令。高举的旗帜可以将军队集结在周围。

在第一阶段会用到远程武器。大炮在围城时很管用，但很难拖着它穿过数英里的战场。在15世纪的战斗中，有了简

---

* 大多数伤亡发生在溃退之时，而不是战斗之中，战士经常在过河逃跑时淹死。——原书注

陋的手枪，但它们对使用者和目标同样危险。在阿金库尔，弓和箭仍然占据主导。法国人有威力小一些的短弓，有致命但发射较慢的十字弓。英国人有成千上万威力十足的长弓和熟练的弓箭手——后果是毁灭性的。

若在30米开外用长弓准确地射出一支有钢尖的箭，足以刺穿铠甲。1182年的阿伯加文尼（Abergavenny）之围，一位骑士被一支箭钉在了马上，那支箭相继刺穿他的铁链衣下摆、大腿和木制马鞍，直至嵌入他的坐骑侧腹。

长弓几乎有2米高，要用45千克到80千克的力才能拉开弓弦，需要为使用者定制。弓太轻，强壮的人会把它拉坏，弓太硬、太重，稍弱的人又拉不动。想操纵长弓，仅仅有强健的臂膀还不够。站在长弓的一侧，右手拉弦，左手推弓，双肩和后背都要用力。要成为一名合格的弓箭手，必须刻苦练习，自爱德华三世以来，这成为英国文化的一部分，在理查二世统治时，又通过法律得到加强。一代又一代弓箭手在一生中不断练习，磨练技艺，并将自己对长弓的理解传授给其他人。

一支箭可能杀死一个人，成千上万名弓箭手一齐接连不断地射箭，可以震慑一支军队。在阿金库尔，可能每秒钟有一千支箭形成的箭雨落向法国人。即使弓箭手离得太远，箭矢不能杀人，一阵接一阵的箭雨也足以遮蔽对方，射伤他们的马匹，让敌军陷入混乱。长弓如此简单，但它的发明却是一项巨大的技术进步,它改变了战斗的性质和欧洲历史的进程。莎士比亚在《亨利五世》中没有提到弓箭手的贡献,或许是因为长弓是众所周知的武器,使用长弓也是大家熟悉的策略,所以他不觉得需要特别说明。

在阿金库尔,法国人被冰雹一样的箭矢围困。战斗很快变成手持长矛、斧头的近身搏斗。越来越多法军从后方压上来,挤得无法移动。法军战士互相离得太近,甚至没有空间挥动武器。每当一排士兵上前与英军对阵,就会被无情地砍死,尸体堆起来,足有两米多高。后面的士兵不得不从已死或即将死去的战友身上爬过去,才能抵达英军前线。

挤压伤很常见。肋骨严重断裂,致使胸腔不能扩张和吸入空气。断掉的肋骨、箭矢或刀刃可能刺伤肺部。空气进入肺部和胸壁之间的区域,被称为肺萎陷或气胸,会危及生命。空气会在肺部之外挤压肺部,使肺泡塌陷,让人产生剧烈疼痛,呼吸短促。如果肺部受到的压力增加到一定程度,血压就会下降,受伤者将休克,最终死亡。

或者,空气从胸口的孔洞进入肺部,形成"开放性气胸"。它造成的伤害通常很严重,失血又会让伤势更加复杂。如果血管破裂,血液流入肺部,就会挤走空气,让肺部充满液体。这些伤势引起的痛感十分强烈,甚至会让人痛到无法动弹。

战场上还有一些死者是埋在死人堆里,身上却没有任何伤痕——被压在层层叠叠的尸体之下,仅缺氧就能要了许多

第六章 战争的猛犬

战士的命。人和马匹越堆越高,形成的重量会让被压着的人无法扩展胸腔。

不过,大多数人还是死于剑或斧头造成的伤口感染。当时惯用尖端和边缘锋利的重武器,在阿金库尔战役之前的几百年里,这一点几乎没有变化。剑是战场上的主要武器,其次是战斧、狼牙棒和铁锤。

西洋剑和匕首是日常生活中用于保护自己的轻武器。战斗中使用的剑更重,但样式各异,从大型的双手剑到短小的骑兵刀都有。短一些的剑,中央有凸起的脊,既能保证强度,锋利的尖端又适于刺杀和击穿铠甲上的薄弱点。大一些的双手剑,有时也叫古英式"长剑",深受年轻时体格健壮的亨利八世喜爱。这种可怕的武器,在中世纪时专门设计来对付沉重的铠甲。当亨利八世想将长剑纳入骑马比武时,法国国王弗朗西斯一世(Francis I)劝阻了他,理由是没有足够结实的铁手套,长剑的巨大冲击力会伤到手。*

一把沉重的剑可以造成极大伤害——"在一场战争中被砍下来的腿、胳膊和头颅"**。麦克白在一场战斗中"从胸膛到下巴""划破了"***他的对手。但总的来说,对于战场上的

---

* 19世纪写过剑术指南的艾尔弗雷德·赫顿(Alfred Hutton)建议,在戏剧中使用长剑的演员应该严格遵照设计好的舞台动作,不能自由发挥,因为手中的武器非常危险。——原书注
** 刘炳善译《亨利五世》,第四幕,第一场。卷4,p.285。
*** 朱生豪译《麦克白》,第一幕,第二场。卷6,p.122。

伤情，几乎没什么详细报道。相比血淋淋的细节，编年史作者显然对谁赢谁输的大局更感兴趣。莎士比亚笔下有几十个角色被"杀死"（slain），但关于他们如何被杀的细节却少之又少。《亨利五世》中，国王为了鼓舞士兵，谈到他们将受的伤，"他会挽起他的衣袖，露出伤疤……他会清楚地记得他在那一天的战绩"[*]。战争的伤疤是英勇的象征，值得骄傲，越多越好，就像《科利奥兰纳斯》里说的，"在这一次出征以前，他全身一共有二十五处伤痕"[**]。但这些伤痕的样子和由来没有具体描述。

对战场进行考古发掘可以收集到一些证据，但通常仅限于穿透到骨头的伤。重武器会在骨头上切割出特有的伤痕，伤口的一边平滑，一边粗糙。因为砍下去的时候，武器干净利落地砸向骨头，于是留下了整齐的边缘，但在武器弹回或移开时，无论是有意为之还是意外使然，角度都和砍下去时稍微不同，于是造成了粗糙的边缘。

能在骨头上留下痕迹的是重伤，但让人惊讶的是，身体在承受极大损伤后，仍然可以挺过去。1346年的内维尔十字之战（Battle of Neville's Cross）中，苏格兰国王大卫二世（David II）被一支箭射中脸部，两名外科医生通力合作才拔出箭，但他居然活了下来。

---

[*] 刘炳善译《亨利五世》，第四幕，第三场。卷4，p.293。
[**] 朱生豪译《科利奥兰纳斯》，第二幕，第一场。卷5，p.343。

第六章　战争的猛犬

更不可思议的是，一个受伤的士兵可以很长时间感觉不到疼痛，继续进行激烈的战斗。在什鲁斯伯里之战中，一支箭射到了亨利五世（当时还是威尔士亲王）的右眼之下，扎进去6英寸深。据莎士比亚在《亨利四世上篇》中的描述，亨利是在父亲的劝说下，才离开战场去接受治疗，"哈利，我要你撤退下去，你流血过多"*。

压力之下，大脑组织会分泌内啡肽。促肾上腺皮质激素可以激活肾上腺，和内啡肽一起作用于特定的神经细胞受体，改变正常的感官知觉，提高感受疼痛的阈值，人的情绪反应也会变化。这是哺乳动物与生俱来的生理反应，可以在遭遇危险和疼痛时保护自己，让身体在生命受到威胁时仍能继续运转。一个人即使受了重伤，或许也能完成正常活动甚至是激烈的活动，只有当物理伤害和失血使身体无法再运行时，人才会倒下。

在《亨利四世上篇》中，烈火骑士刚从战场回来，说起"战斗刚结束时，我由于愤怒和厮杀太苦，感到口渴，喘不过气来，站立不稳，只好拄在剑上"**，他当时还与另一位贵族交谈，直到他体内的肾上腺素消退，"我那时全身伤口冻得生疼"***，对那人失去了耐心。

---

*　孙法理译《亨利四世上篇》，第五幕，第四场。卷4，p.95。
**　孙法理译《亨利四世上篇》，第一幕，第三场。卷4，p.17。
***　孙法理译《亨利四世上篇》，第一幕，第三场。卷4，p.18。

剑和斧头造成的砍伤，箭矢形成的扎伤，显然都很严重。伤者能否生存下来，关键在于伤口的大小和位置。脖子上的伤最危险。砍到后脖颈，伤及或砍断脊髓，神经信号将无法传至身体其他部位。肺部不再收到呼吸指令，心跳不再受控制——很快就会死。

颈部的主要血管受到的天然保护不够，用盔甲保护又会极大地丧失灵活性。所以，战斗中砍伤敌人的主要血管也是使其迅速毙命的方式。

砍伤喉咙时，如果砍到了颈静脉，也会造成气体栓塞的风险，不过这很罕见。《亨利六世下篇》中，在战场上受伤死去的克列福勋爵提到，伤口表面接触空气造成伤害，"空气已经钻进我的伤口，流血过多使我头昏"[*]。如果莎士比亚指的是气体栓塞，这表明他很有医学见解。倘若有足够的空气进入血管，气体会流向心脏的右边，在那里形成一个气闸，导致心脏不能将血液泵出，几乎会立刻引发死亡。莎士比亚也有可能不是指气体栓塞，而是指从空气中感染疾病，因为当时普遍认为空气是传染病的来源。但是，克列福似乎料定自己马上会死，而不是得了能拖很久的传染病和败血症（见本章后面的内容）。

重伤之后，更有可能的结果是流血至死。快速失掉 1/3 到

---

[*] 索天章译《亨利六世下篇》，第二幕，第六场。卷3，p.217。

第六章 战争的猛犬

1/2 的血量很致命。比方说，假如人体每分钟流失 5% 的血量，只需要 6 分钟就会死。

循环系统中要是没有足够的血液将氧传送到身体的各个组织，就会引起"休克"。在最初流失少量血液后，人的呼吸会变得沉重、急促，因为身体在努力补偿正常情况下由血液传输到周身的氧。出于同样的原因，心跳也会加快。但到最后，单靠身体内部的调节已经不够了。心脏需要最低限度的血压来维持血液的泵送。心脏得不到足够的含氧血，无法正常工作，心跳将逐渐变慢，直到最终停止。

根据伤情，整个过程会持续几分钟或几个小时。如果是颈动脉大小的血管被割断，接下来的一切在不到一分钟的时间内就会发生。不管是箭伤还是剑伤，死亡速度取决于受伤的位置，以及什么器官和血管受损。无论是在战场上，还是蒙太古（Montague）和凯普莱特两家在维罗纳街头的打斗，都是同样的道理。

莎剧中的许多角色在打斗中受伤后，都会叫来外科医生。他们可能会用外科止血带来止血——在《奥瑟罗》里，凯西奥受了严重的腿伤，有人用衬衣给他包扎好伤口后，他得救了——或者用热铁灼烧伤口。普通的缝衣针也可以用来缝合伤口。但有时血流得太多了。《罗密欧与朱丽叶》里，迈丘西奥看到自己伤势严重，知道外科医生也无力回天，"是的，它没有一口井那么深，也没有一扇门那么阔，可是这一点点儿伤也就够要命了。要是你明天找我，就到坟墓里来看我吧"*。

在战场上，铁制铠甲可以抵挡武器的进攻，为战士提供极大的保护。步兵身上加填充物的坎肩也有些作用，但效果要差些。甚至皮肤也有一点抵御力。但是，一旦皮肤被刺穿，身体内部的器官就失去保护了。刀的动量会推着刀刺穿身体组织，直到刀身遇到骨头，或者刀柄碰到身体，才会停下来。

身穿铠甲能得到很有效的保护，但铠甲仍然有薄弱点。经过几百年的发展，铠甲的制作愈发精良；《亨利五世》里，法国的几位贵族夸耀自己的铠甲质量上乘、外观精美，"咄，我有一副世界上最好的盔甲"**。但在现实中，人们的理念没什么进步，还是用沉重的铁片尽量盖住更多的身体部位。但用以保证最低限度活动性的铁片接缝，成了薄弱点，会受到剑或其他砍杀工具的攻击。头盔能保护头部，但妨碍交流。脸部可以罩面甲，但需要在保护性和可视性之间寻求平衡。

即便有头盔，猛地击打头部也有危险。中世纪的头盔内部没有多少缓冲，头骨基本上也是一个硬质容器。猛击带来的突然加速会让头骨内部所容之物变形，引起血管破裂，增

---

* 朱生豪译《罗密欧与朱丽叶》，第三幕，第一场。卷5，p.139。
** 刘炳善译《亨利五世》，第三幕，第七场。卷4，p.273。

加颅内压力（见本书第五章）。大脑挫伤，受伤的位置会发炎。如果肿胀得严重，大脑组织受压迫，到一定程度，大脑就会受损或出血。

总而言之，"恐怕死在战场上的人很少能死得安安然然的"[*]。

* * *

由莎士比亚戏剧改编而成的现代电影作品可以重现壮阔非凡的战斗场面。劳伦斯·奥利维尔（Laurence Olivier）[**]身着华美、闪亮的铠甲，直面全速冲向他的法军，旌旗在风中飘扬，这是电影史上一个标志性的时刻。但是，我们的吟游诗人不能奢望在舞台上实现这样的效果。剧本省略了主要的战斗，从亨利下令"前进"直接跳到了战斗的后面阶段，即近身搏斗之后。

随着阿金库尔战役的推进，法国人的攻势减弱。英国人有了足够的喘息时间，开始从人堆里翻找困在伤亡者之下的法军幸存者。莎士比亚展现了皮斯托在语言不通的情况下设法与他俘获的法国士兵商谈赎金的情景。皮斯托发誓，如果

---

* 刘炳善译《亨利五世》，第四幕，第一场。卷4，p.285。
** 英国著名演员、导演，戏剧舞台上的莎剧专业户，1944年自编、自导、自演，将《亨利五世》搬上大银幕。

拿不到足够的钱,他会"把你的横膈膜从你喉咙里掏出来,一滴一滴淌着鲜红的血水!"*这场戏可能是为了制造喜剧效果,但它也刻画了俘虏在现实中可能的遭遇:所有重要人物都会成为阶下囚;赎金太少或没有赎金的普通士兵会被割断喉管。

阿金库尔战场上的犯人被带到名叫迈松塞勒(Maisoncelle)的小村庄关押并看守起来。后来,发生了让亨利大吃一惊的事。在莎士比亚的故事里,亨利看见"法国人增援他们的残兵"**,于是他立刻下令杀掉所有战俘。

亨利为何采取这样激烈的措施,围绕这个问题有许多说法。可能是英军的后方受到了攻击,而犯人就关押在那里,亨利担心他们会被放出来报复英军。可能是他看到法国人展开了红色的战旗,表示他们将毫不留情。无论是什么原因,亨利必定认为受到的威胁很真切、严重,否则没有理由可以解释,他为何突然下令对手无寸铁的人赶尽杀绝。

莎士比亚通过表现法国人袭击英军辎重的后果,证明亨利的所作所为是合理的。

> 没有一个男孩子活了下来,这场屠杀是那帮从战场上逃跑的怯懦流氓们干的。除此之外,他们还

---

* 刘炳善译《亨利五世》,第四幕,第四场。卷4,p.299。
** 刘炳善译《亨利五世》,第四幕,第六场。卷4,p.302。

第六章 战争的猛犬

把国王帐篷里的一切东西又烧又抢，因此国王才非常公正地下命令叫每个士兵杀死他的俘虏。啊，真是一个英勇能干的国王。*

不过，无论真正的原因是什么，这种做法都很令人震惊。虽然战争罪和联合国条约要很久以后才订立，但当时也有公认的交战规则、骑士精神和战争荣誉，士兵和他们的首领理应遵守。亨利杀害赤手空拳的基督徒战俘，违反了当时所有的道德准则和人们认可的行为准则。甚至亨利的手下都在迟疑是否要执行他的命令，他不得不再次下令，用死刑威胁那些不服从命令的人。许多人犹豫不决是出于道德，另一些人则更在意失去赎金。

最后，亨利的一群士兵受命一个接一个地割断俘虏的喉管，或者刺死他们。也许是因为时间不够，部分战俘被留在关押他们的房间里，然后整个建筑被点燃（关于烧死的痛苦，见本书第四章）。这件事在当时就非常骇人听闻，但同时代的法国编年史作者却没有为此批评亨利。

亨利的命令得到了执行，但是，无论亨利此前认为面临何种危险，那种情况最终都没有出现。法军彻底战败。戏剧中，当亨利再次下达杀掉俘虏的命令后，紧接着，一位法国传令

---

* 刘炳善译《亨利五世》，第四幕，第七场。卷4，p.302。

官带来了亨利得胜的消息,并且请求"准许我们能够在安全中视察战场,处理一下他们的遗体吧!"*

* * *

战斗中确切的死亡人数很难确定。当时的编年史学者都热衷于夸大对方的损失,降低己方的伤亡数量,赞颂胜利者。人们还会尝试"把我们的贵族和我们的普通小兵分开"**,但是,他们的尸首浸泡在血泊里,覆盖着泥泞,又严重损毁,不都能辨别出来;"平民百姓的粗手笨脚也浸泡在王亲贵胄的鲜血里"***。掠夺者偷走了所有值得一拿的东西,包括铠甲、武器和衣服等有助于确认身份的物品。人们甚至很难将敌人的尸首与同胞的尸首加以区分。

贵族和重要人物的名字会有记录,但死去的普通弓箭手和步兵的身份就不会被记下,他们只是个数字。择路穿过战场,搜寻可能还活着的人,计算死亡人数,这是个恐怖的任务。如果战斗中的流血牺牲还不够吓人,结束后的场面更加可怕,死者的手臂和腿会固定成奇怪的姿势,因为发生了死后僵直。

当莎士比亚让笔下人物蒙乔(Montjoy)说出"而那些受

---

* 刘炳善译《亨利五世》,第四幕,第七场。卷4,p.304。
** 刘炳善译《亨利五世》,第四幕,第七场。卷4,p.304。
*** 刘炳善译《亨利五世》,第四幕,第七场。卷4,p.304。

第六章 战争的猛犬

伤的战马，蹄子上的距毛深陷在血水之中，还在焦躁地挣扎，用它们那带尖铁的蹄子发疯地猛踢它们已死的主人"*时，也许是在描述"死后痉挛"。这种形式的死后僵直平常很少见，它几乎发生在死亡的瞬间。据说，这种情况在战场上倒是很常见，激战中的士兵被杀时就会出现。通常而言，死后僵直要死后几小时才开始，但投入战斗意味着身体肌肉中储存的三磷酸腺苷很快会耗尽，所以死后僵直来得快很多。尸首会僵化成倒地死亡那一刻的姿势。

就算以当时的标准来看，阿金库尔战役中的死亡人数也相当多。根据挖掘出的5个墓坑，按照每个墓坑可以容纳1200名普通士兵，可以估算出法军的死亡人数。法军一共损失了12 000人到13 000人，其中包括3位公爵、5位伯爵、九十多位男爵和将近2000名骑士——比莎士比亚写的总人数还多。法国的许多贵族在一个下午的时间就被消灭了。

英军的死亡人数要少得多，但是没有少到莎士比亚声称的25人。在阿金库尔，总共有不到1000名英军殒命，鉴于他们的胜算，这个数字已经非常小了。战死的英国人里，职位最高的一位是约克公爵，诺威奇的爱德华。根据莎士比亚的叙述，约克是为了保护萨福克伯爵而死的（后者也死了），但因为战事混乱，我们不清楚这一描述是否正确。一种说法是，

---

* 刘炳善译《亨利五世》，第四幕，第八场。卷4，p.311。

当国王亨利受到攻击时，这位 42 岁的公爵冲上前去保护国王。他救了国王，却丢掉了自己的性命。另一种说法是，他被压在人堆下扼死。还有人认为，庞大的身躯、糟糕的健康状况、沉重的铠甲，加上战斗造成的体力消耗，造成了致命的结果。

约克公爵和萨福克伯爵的遗体受到特殊对待，被人从战场上寻回，放进巨大的坩埚里煮到只剩骨头。这口从英格兰带来的锅专用于此。他们的遗骨被收集起来，送回英格兰埋葬。其他死者就没有这样的待遇。虽然英军伤亡人数较少，但亨利认为他们没时间停留在阿金库尔埋葬死者。与他在剧中承诺的"对死者要按照教礼安葬入土"*相反，实际上，普通英国士兵的尸首被集中堆放在谷仓和房屋内，焚毁殆尽。这么做看起来无情，其实不然。亨利一方面迫切想让军队返回英格兰，另一方面尸体正在腐烂，会引发更多疾病和感染，对疲惫不堪的军队产生灾难性的影响。亨利或许只是在节约时间，并且预防传染病，这很明智。

* * *

除了直接战死，许多人是在战斗之后死于伤口感染，因

---

* 外研社·中文重译本《亨利五世》，第四幕，第八场。

第六章 战争的猛犬

为没有杀菌的药物，细菌会在伤者体内不断增殖。一切都可以成为感染源：造成外伤的武器，嵌入身体的衣物，伤者本人的皮肤，或者不卫生的居住环境。当时随军的外科医生还不知道细菌理论，他们不会擦洗双手或工具。医生在清除伤口上的箭和其他碎片时，反而带来更多细菌。

过去人们认为，从伤口渗出脓液代表腐败物从体内排出，而不是感染，因此会让伤口敞着，或者将亚麻或绒布等塞进伤口，吸收脓液，进行医治。而莎士比亚充分意识到，"这些剑痕会因为这种忘恩负义的行为而溃烂，把自己医治死"*。

感染之后，身体会迅速制造白细胞，与不断增殖的细菌战斗。如果身体能够控制感染，自身的免疫反应消除掉入侵的细菌，伤者就能好起来。但当受伤士兵感染严重时，由于没有抗生素，加上在战斗中受伤，身体已经非常疲惫，人体抵抗细菌和其他微生物进攻的能力就会更差。

受到大量细菌感染，身体会出现败血症。败血症有迹可循。首先是发烧，局部体温升高，因为身体在努力和细菌搏斗，阻止细菌向全身扩散。然后是脉搏加快，伴随呼吸困难。病人开始无法吞咽、清嗓子时，说明喉咙中有唾液或其他黏液，会发出汩汩的声音，这被称作"死亡喉音"；在中世纪，或者说抗生素和其他外科干预手段出现之前，士兵可能就在

---

* 朱生豪译《科利奥兰纳斯》，第一幕，第九场。卷6，p.335。引用译文略有改动。

这种情况下死去。

如果伤者不是呛死的，情况可能更糟。伤者体内的血液会集中到身体的某些部位，不再用于氧循环。血块形成，血液开始在肺部周围聚集。肝脏和肾脏也很快出现类似过程。肾脏的血流量减少，正常的过滤功能受影响，导致排尿减少，血液中的有毒物质富集，最终恶化为尿毒症。

微生物也能分泌有毒物质，身体对此的反应往往会造成更多损害。为了抵抗这些毒物，身体会释放出一些化学物质，它们会破坏包括红细胞在内的各种细胞，以及血管和各个器官。血液和血管受损，进入身体组织的氧就会减少，人体吸入氧的能力也会变差。结果就是败血性休克。重要的器官一个接一个地衰竭。

* * *

莎士比亚写了亨利五世凯旋，写他回到英格兰，但没有提及那些死在途中的人。阿金库尔战役并不是亨利五世期盼的或者莎士比亚在舞台上呈现的决胜之战。1417年，亨利再次率军前往法国，继续夺取土地。亨利在其人生中最后五年，只有五个月时间待在英格兰。

1420年的《特鲁瓦条约》承诺，在查理六世死后，亨利可以继承法国王位。但是，亨利从没做过法王，1422年，他在悲惨的境况中死去,当时英格兰仍然在和法国打仗。查理比亨利多活了不到两个月。虽然亨利五世尚未成年的儿子亨利六世加冕为法王(英国唯一做过两国君主的国王),但他一登基就失去了法国领土。亨利六世是亨利五世唯一的孩子,他统治的时代混乱动荡,成为莎士比亚接下来三部历史剧的主题。

第七章

你们这两个遭瘟的人家!*

---

* 外研社·中文重译本《罗密欧与朱丽叶》,第三幕,第一场。

莎士比亚笔下的 N 种死亡方式

> 这一个王国正在害着多么危险的疾病*
> ——《亨利四世下篇》，第三幕，第一场

世界永远疾病横行，但在莎士比亚时代，因为有营养不良、卫生条件差、救治不力等问题，死亡率比如今高出许多。所以我们不难理解，伊丽莎白时期的人最关心的就是个人健康，而且莎士比亚也比现代剧作家更重视这个话题。他的每部戏剧里都提到了各种各样的疾病。大多数时候，这些疾病只出现在随意的旁白、偶然的对话或主要情节的小插曲中。莎士比亚大部分骂人的台词都和疾病有关。如果剧中人物不喜欢某人，他们可能会直接许愿让对方生病——"让他的全身，没有一处不生恶病"**。若是极其痛恨对方，他们会用特别严重的疾病来恶毒地诅咒——"愿你们浑身长满了毒疮恶病，人家只要一闻到你们的气息就会远远厌避"***。但在其中几部戏剧中，疾病的角色要重要得多。

---

* 朱生豪译《亨利四世下篇》，中国文史出版社，2013 年版。
** 朱生豪译《暴风雨》，第二幕，第二场。卷 7，p.335。
*** 朱生豪译《科利奥兰纳斯》，第一幕，第四场。卷 6，p.328。

第七章 你们这两个遭瘟的人家!

* * *

与文艺复兴时期英格兰人生死攸关的疾病,和在今天困扰我们的疾病大不相同。20世纪时,因为发现了抗生素,伤寒、梅毒、猩红热等曾经杀死数百万人的细菌性传染病得到控制。通过接种疫苗,麻疹、天花等病毒性传染病也已经控制住或彻底根除。

而在莎士比亚时代,旧有的疾病,如肺结核、流行感冒、麻风病等,早已为人所熟知,新出现的又有致命的梅毒、伤寒等,共同危害着人们的健康。这是个拥挤的领域,竞争激烈,不是所有病原体都能生存下来。新型疾病通常比旧有疾病危害更大。

比如,"汗热病"(Sweating Sickness)就只是短暂造访。它在1485年毫无缘由地出现,又在1551年神秘地消失。病例仅出现在英格兰和英国在法国占据的领地;外国人即便住在这些地区似乎也完全不受影响。汗热病的病人会在夜里或清晨突发高烧、大量出汗,症状持续24小时之后,要么病情好转,要么死亡。死亡率在30%左右。不知道为什么,汗热病在上流社会造成的死亡率特别高,因此当时有许多人大发牢骚。在《量罪记》中,鸨母咬弗动太太就抱怨过,包括汗热病在内,诸多致人死亡的因素严重损害了她的生意,"打仗、汗热病、绞刑、贫困弄得我没了主顾"*。事实上《量罪记》写于1604年,其时汗热病早已消失,戏剧设定的背景在维也纳,那里也从没发现过相关病例,这表明,汗热病让人印象深刻。关于这种病,人们提出了许多说法,包括猩红热、流行感冒和汉坦病毒,但没有完全令人满意的解释。

麻风病是一种古老的疾病,病例数在14、15世纪显著下降,与此同时,肺结核的病例数有所增加。随着城镇人口膨胀,肺结核传播速度加快,并更快地杀死感染者。麻风病人的身体本来就弱,更有可能快速染上结核病菌。

人们厌恶麻风病,害怕或鄙视麻风病人,比如泰门在用刻薄的言辞攻击雅典人民时,就提到了麻风病。肺结核在当时又被称为肺痨(consumption),《无事生非》(*Much Ado About Nothing*)里用它的致命性开了一个玩笑。剧中大多数时候,贝特丽丝(Beatrice)和培尼狄克(Benedict)都是剑拔弩张的对头,却被设计相爱。贝特丽丝告诉培尼狄克,自己之所以答应嫁给他,只不过是因为"却不过人家的劝告;另外也是因为要救您的性命,人家告诉我您在一天一天瘦下去(consumption)呢"**,以此表明她的战斗精神一点也没丢。

一直到18世纪,瘴气(malaria,字面意思是"不好的空气",因为这种病与沼泽等潮湿的环境有关)在英格兰都被

---

* 朱生豪译《量罪记》,第一幕,第二场。卷2,p.485。引用译文稍有改动。
** 朱生豪译《无事生非》,第五幕,第三场。卷2,p.89。引用译文稍有改动。

第七章 你们这两个遭瘟的人家!

称为疟疾(ague),莎士比亚有八部戏剧提到过它,特别是在《暴风雨》中,故事就发生在一座充满瘴气的魔法岛上。普洛斯帕罗(Prospero)是法力无边的巫师,和女儿米兰达(Miranda)、精灵爱丽儿(Ariel)、丑陋的卡列班(Caliban)一起住在岛上,卡列班受普洛斯帕罗奴役,听命于后者。后来又有更多人因为海难来到岛上。

卡列班诅咒主人,希望他患上疟疾,"愿太阳从一切沼泽平原上吸起来的瘴气都降在普洛斯帕罗身上"*。这句诅咒表明,莎士比亚了解导致疟疾爆发的环境条件。疟疾多发于夏末,居住在淡盐水流域附近的居民较易感染。疟疾通过死水中滋生的蚊虫传播。这种疾病本身由疟原虫引起,这种单细胞寄生虫在蚊子体内生长,蚊子吸食血液时将其注入脊椎动物宿主(比如人类)体内。随后,这种寄生虫会在宿主的肝细胞内繁殖,而后进入血液循环,感染红细胞。宿主的红细胞被摧毁,就会出现疟疾症状。

《暴风雨》中,遭遇海难的管家斯蒂番诺(Stephano)碰到了喝得醉醺醺的卡列班。他误将由酒精引起的颤抖、发热当成了疟疾发作,"照我看起来像在发疟疾……他现在寒热发作,语无伦次"。斯蒂番诺想帮卡列班治好疟疾,"他应当尝一尝我瓶里的酒。要是他从来不曾沾过一滴酒,那很可

---

* 朱生豪译《暴风雨》,第二幕,第二场。卷7,p.335。

以把他完全医好"。这酒会"把你的颤抖完全驱走"[*]。酒精或许会让病人感觉好一些，但不能治病。在英格兰，到1660年才出现有效的抗疟疾疗法，譬如使用金鸡纳粉末。[**]随着金鸡纳疗法的广泛使用，疟疾的爆发在英格兰减少了。加之沼泽湿地排水后成为农田，滋生蚊子的地方也变少了。[***]

疟疾一旦感染，可以持续多年，疟原虫在宿主体内的生命周期达到血液阶段，就会导致疟疾复发。根据发热周期，可分为间日疟或三日疟，症状分别由间日疟原虫和恶性疟原虫感染引起[****]。《亨利五世》里提到了一种间日发热的疾病，说明约翰·福斯塔夫可能死于疟疾（见本书第三章）。

在莎士比亚时代，感染和生病可能已经司空见惯，人们视之为生活的一部分。但是，有的疾病因其致死率高或名声不好而显得格外可怕。病毒引起的天花杀死了大部分感染者，给幸存者留下了足以毁容的疤痕。梅毒，一种细菌性传染病，被人称为"那种痘"（the pox），它和不正当的性行为有关，不仅会损害感染者的健康，也会对其社会地位造成长久的影

---

[*] 本段三句引文皆引自朱生豪译《暴风雨》，第二幕，第二场。卷7，pp.335—336。

[**] 几种金鸡纳树的树皮中都含有奎宁，这是第一种已知能有效治疗疟疾的药物。——原书注

[***] 还有一些因素也有助于减少疟疾。20世纪滴滴涕发明之后，疟疾才从欧洲消失。——原书注

[****] 三日疟每三日发作一次，由三日疟原虫引起，恶性疟疾发作频繁，无规律，由恶性疟原虫引起。此处原文疑有误。

第七章 你们这两个遭瘟的人家！

响。而在所有疾病中，瘟疫最为恐怖，因为它会突然出现、迅速传播，致死率极高。

出人意料的是，瘟疫在伊丽莎白时期和詹姆士一世时期如此普遍，却没有关于瘟疫的戏剧，或者说没有留存下来的相关戏剧。所以说，瘟疫在当时对人们的影响有多大，现存戏剧中涉及瘟疫的内容就显得有多少。就算提到，通常也是用来骂人或表达嫌恶。莎士比亚不但用瘟疫诅咒人，还用它咒骂一切恼人的事物，从号角（《终成眷属》）到天气（《暴风雨》），甚至到腌制鲱鱼（《第十二夜》）等。这样写要么是表示极端憎恶被诅咒者，要么是在展现极致的黑色幽默。笑对不幸或许是伊丽莎白时期的观众应对糟糕现实的一种方式。人们一直非常惧怕鼠疫。没有剧作家以写实的方式描绘瘟疫，或者详述瘟疫带来的骇人结果。这个主题太恐怖了，没人敢在舞台上呈现。剧院是逃离日常烦恼的地方，在这里，观众不需要有人来提醒他们现实中有可怕的鼠疫。

* * *

自从14世纪出现黑死病以来，瘟疫成为英格兰的地方性流行病，不时就会灾难性的大爆发。在17世纪的英格兰，直到1665年最后一次大爆发之前，几乎没有哪一年不因为瘟疫死一些人。瘟疫影响了莎士比亚的生活。剧场因它关闭，演员因它死亡；我们的剧作家被迫寻求其他收入来源，甚至转型成了诗人。

瘟疫爆发不只扰乱日常生活、带来种种不便。它会毫无征兆地击垮你，让你痛苦难耐，并且很可能要你的命，所以人们害怕瘟疫是正常的。《罗密欧与朱丽叶》里，当迈丘西奥受了致命伤后，他厉声说出了他能想到的最毒的诅咒："你们这两个遭瘟的人家！"

引发瘟疫（流行性淋巴腺鼠疫，因其症状得名，即腹股沟淋巴结发炎或肿胀）的鼠疫杆菌不仅感染人类，它能感染两百多个物种。鼠疫杆菌的天然宿主是穴居啮齿动物，这些动物和瘟疫共存数千年，已经有了抵抗力。但是，当鼠疫杆菌从啮齿动物转移到人类身上时，就变得特别致命。在16世纪欧洲的环境中，瘟疫有大把机会由啮齿动物传给人类。

但那是一个特殊的时期。而在过去相当长的历史中，我们很少受到感染，所以没有适应和演化出防御瘟疫的机制。有证据表明，有些人得瘟疫后活下来，并获得某种免疫，但这无法遗传给后代。瘟疫一再爆发，各个年龄段的人都会感染，但在16世纪和17世纪，似乎大多数感染者都是孩子。孩童时期的莎士比亚早早地暴露在病菌环境下，这或许有助于他成年后在无数次瘟疫爆发中活下来。*

---

* 鼠疫最终在欧洲灭绝，不是因为人体自然形成了抵抗，而是因为当地没有可以让鼠疫杆菌度过寒冬的穴居啮齿动物了。——原书注

第七章 你们这两个遭瘟的人家!

鼠疫不直接由啮齿动物传播，而是依靠它们身上的跳蚤传播。所有跳蚤都会叮咬，但叮咬的结果不都一样。有的跳蚤格外擅长传播鼠疫，尤其是一种东方鼠蚤——印鼠客蚤（*Xenopsylla cheopis*）。鼠疫杆菌可以在这种跳蚤的食道和中肠之间形成堵塞物。这块堵塞物混合了跳蚤最近一次吸食的血液和黏稠的鼠疫杆菌。这对跳蚤和被它叮咬的动物来说，都不是好消息。因为有这块堵塞物，跳蚤最终会饿死，但在死之前的一段时间里，它仍然精力旺盛，可以四处叮咬。当跳蚤奋力吸入新鲜血液时，这些血液无法进入肠道，于是跳蚤会将血液连同鼠疫杆菌一起吐回被叮咬的动物体内。*

鼠疫杆菌一旦进入动物体内，就会通过血液进入淋巴结，并在那里繁殖。细菌会小心翼翼地隐藏自己的活动，不让新宿主的免疫系统察觉。它们可以形成一层保护膜，抵抗吞噬作用（被免疫细胞吞噬和消化）。鼠疫杆菌还能阻止免疫细胞发出危险信号，以免招来更多对抗感染的免疫细胞。所以在早期阶段，患者不会出现炎症或感染的迹象，鼠疫杆菌可以不受阻碍地繁殖。

到某个时刻，不断增长的菌球变得太大，会撑爆免疫细胞，涌入体内的血液循环。细菌突然涌进血液系统，通常会引起败血性休克，让宿主在把疾病传出去之前就死掉（跳蚤

---

* 不是所有种类的跳蚤都会形成这种堵塞物，堵塞物也不是鼠疫从一个宿主传播给另一个宿主的必要条件，只不过能极大地加速这个过程。——原书注

不咬动物尸体)。所以,鼠疫杆菌修改了身体的正常反应。大多数致病的革兰氏阴性细菌表面都有一种被称为脂质 A 的分子,大部分细菌的毒性就取决于这种成分。在正常体温下,鼠疫杆菌会产生一种改良版的脂类 A,毒性要小得多。这让细菌有时间躲避免疫系统,也让跳蚤可以吸食感染者的血液,然后将细菌传播给新的宿主。

人如果遭到叮咬,感染了鼠疫杆菌,在接下来长达六天的时间里,可能都没什么感觉。然后,当到达一个临界点时,感染者会突然倒下。感染者表现出症状的时候,身体组织早已布满细菌。在伊丽莎白时期的人看来,鼠疫像是毫无预警地突然发生的——"这么快就染上瘟疫了?"*

鼠疫的著名症状,即腹股沟、腋窝和颈部的肿块,其实是细菌引起的淋巴结肿胀。肿块会变得很大、极疼,正如莎士比亚写下的"一个恶瘤/一个淤块、一个红肿的毒疮"**。跳蚤多次叮咬可以引起多处淋巴结发炎,产生"瘟疫的赠物""上帝的赠物"或"死亡赠物"。《爱的徒劳》(*Love's Labours Lost*)是一部充满语言技巧的戏剧,当俾隆(Biron)嘲笑有些女士在接受求爱者的礼物后就和对方坠入爱河时,利用了"token"一词在英语里的多种含义(爱或死亡的象征;

---

* 朱生豪译《第十二夜》,第一幕,第五场。卷 2,p.205。引用译文稍有改动。

** 这也可以是在描述梅毒引起的疼痛,我们将在本章后文谈到。——原书注(引文出自朱生豪译《李尔王》,第二幕,第四场。卷 6,p.49。)

先生／上帝的赠物）*："他们都患上了心病（plague），那是从你们的眼睛里染上的。几位先生虽是害上了病，可几位女士也并非安然无恙。瞧瞧你们佩戴的赠物，那难道不是病状？"

有时，淋巴肿块会变黑、腐烂。有时，它们会脱落，留下腐坏的组织、外露的肌肉，甚至骨头。要不就是逐渐成熟，流出大量脓液；这样的体验固然很糟，但在过去，人们以为这幅景象意味着病人极有可能康复。然而，一旦感染，预后会很差——"他的骄傲已经病入膏肓（death-token），无可救药了"**，40%到60%的感染者都死了。天花是现代社会最可怕的疾病之一，它会杀死20%到30%的感染者，相比之下，鼠疫的致死率高得可怕。

鼠疫杆菌演化出了非常高明的手段来避开免疫系统，让自己在宿主间的传播变得更加容易，但那些宿主通常是老鼠。老鼠身上的跳蚤更爱吸食老鼠血液，而不是人血（人类身上的跳蚤种类有所不同）。跳蚤非常喜欢舒适，它们一旦找到食物来源，往往会守着吃。在老鼠忙来忙去时，跳蚤便跟着四处转悠，一周叮主人三四次。只有老鼠死了，跳蚤才会不情不愿地离开，寻找新的宿主。鼠疫杆菌为了扩散自己，必须逐渐杀死老鼠宿主。在鼠疫大爆发期间，大量老鼠死亡后，跳蚤就会寻找其他类型的寄居之所，人类是很方便的替代选

---

* token 也有标志的意思。
** 朱生豪译《特洛伊罗斯与克瑞西达》，第二幕，第三场。卷2，p.317。

项，尽管我们的血喝起来并不十分美味。

16世纪末17世纪初，人类和老鼠亲密地生活在一起。没有住所可以将老鼠挡在门外。老鼠也很容易变得依靠人类留在伦敦街道的腐屑为生。鼠疫病例在城镇里相对贫穷、拥挤和脏污的区域更高发，就说明了这个问题。

老鼠不是很喜欢冒险，离出生地几个街区之外的地方，它们都几乎不会去。鼠疫的大范围传播是人类活动的结果。因为贸易，人类宿主和感染病菌的跳蚤一起，乘四轮运货马车从一个城市到另一个城市，或者乘船从一个港口到另一个港口。莎士比亚提到了文艺复兴时期大量人口定期进行长距离旅行的潜在问题。他写道，一个运货者在外出期间住进一家旅店，抱怨住宿条件差，因为沿途往来的人太多了，"在伦敦大路上，要讲跳蚤多，我看得数这一家栈房。咬得我满身都是红点，像条斑鱼"[*]。

跳蚤在当时比今天常见多了，加上个人卫生状况不佳，会引来更多。人们长期穿同一件衣服，睡同一套床单被罩，不换洗。《温莎的风流娘儿们》中，富裕的福德夫妇在添置衣服和洗衣服上的开销不少，但不代表他们就能不受跳蚤之苦。剧中，福德想搜查一个洗衣篮，找出他认为和妻子通奸的男人，妻子警告他，"要是你在这里面找得出一个男人来，

---

[*] 孙法理译《亨利四世上篇》，第二幕，第一场。卷4，p.25。

第七章 你们这两个遭瘟的人家！

那就把他当虱子掐死好了"*。

人类身上的跳蚤，即人蚤，很可能也助长了鼠疫的传播。** 鼠蚤因为肠道中的堵塞物，成了绝佳的鼠疫杆菌传播者，人蚤虽然无法形成这样的堵塞物，但会频繁叮咬人类，可以在一家人之间传播病菌——这些人家通常住在狭窄的房屋里，多人合睡一张床。

如果淋巴腺鼠疫还不够糟，还有更恐怖的形式。瘟疫主要分为三种：淋巴腺鼠疫、败血性鼠疫和肺鼠疫。到目前为止，淋巴腺鼠疫最常见。败血性鼠疫最罕见，它感染的是血液，不是淋巴结，会让凝血过程出问题。感染后，全身会形成许多小血块，耗尽凝血资源，以至于无法形成新的凝血，让人流血不止，不治身亡。

在某些情况下（细节尚不确定），鼠疫杆菌可以转移到肺部，引起第三种形式的鼠疫，即最可怕的肺鼠疫。肺部感染会导致不停咳嗽，从肺部咳出的血滴包含病菌，能够直接在人与人之间传播，不再需要跳蚤作为中介。肺鼠疫能够在三天之内杀死感染者，几乎无人幸免。14世纪欧洲爆发的黑死病是场巨大的灾难，因为肺鼠疫、淋巴腺鼠疫和败血性鼠疫这三种形式都出现了。《麦克白》中，洛斯（Ross）讲述了苏格兰人在麦克白统治下的悲惨生活，"善良人的生命往

---

* 朱生豪译《温莎的风流娘儿们》，第四幕，第二场。卷1，p.548。
** 在法国和俄罗斯有专家接受这种看法，在美国仍有争议。——原书注

往在他们帽上的花朵还没有枯萎以前就化为朝露"*，但他也有可能是在谈论黑死病爆发时的生活。

在莎士比亚的一生中，伦敦至少经历过五次淋巴腺鼠疫大爆发，虽然它们不如黑死病那样具有毁灭性，但也极大地影响了人口数量，尤其是在城镇和人口较密的地区。富有的伦敦人纷纷采纳乔叟在黑死病爆发期间写下的建议，"赶紧跑，远远逃"。那时，欧洲几乎没有一处不受波及的避难之所。14世纪中期，欧洲的7500万人中，至少死了1/4。**文艺复兴时期的情况则有所不同。15世纪和16世纪爆发瘟疫时，逃离城市可以大大增加活下来的机会。莎士比亚很幸运，他在斯特拉福德有房子、有家人，当伦敦出现瘟疫时，他可以回去。

当时人们已经多少认识到瘟疫具有传染性，但还不明白传播机制。有人怀疑瘟疫是外国人带到伦敦来的。还有人将瘟疫归咎于不同寻常的行星排列。1593年的瘟疫被怪罪到土星在夜空中"穿过了巨蟹座的大部分和狮子座的起始部分"，就像30年前那场可怕的瘟疫爆发时那样。莎士比亚也知道这种行星理论，《雅典的泰门》中，泰门力劝艾西巴第斯

---

* 朱生豪译《麦克白》，第四幕，第三场。卷6，p.174。

** 当时英格兰的国王是爱德华三世，但在莎士比亚与托马斯·基德合写关于爱德华三世的剧本时，完全没有提及瘟疫。戏剧聚焦于爱德华战胜法国人，忽略了鼠疫带来的灾难。——原书注

第七章 你们这两个遭瘟的人家!

(Alcibiades)报复雅典人时,说道,"愿你奉行天罚,像一颗高悬在作恶多端的城市上的灾星一般,别让你的剑下放过一个人"*。

上述引文同一段落里提到的种种恶习表明,许多人将瘟疫视为上天的惩罚。城市居民以生活放纵著称,瘟疫是对这种生活方式的报应。但是,当牧师的病死率格外高时,这种说法就站不住脚了。因为牧师会去看望生命垂危的病人,他们很容易感染瘟疫。有一点人们很清楚,那就是当有人得瘟疫死去时,与病人亲密接触过的人通常会生病。

瘟疫爆发时,市政当局会竭尽所能进行管理,但因为不了解疾病及其传播方式,他们提出的防御措施成效有限。疫病爆发期间的公共卫生措施,往好里看也不怎么靠谱。人们在街上点燃篝火"净化空气",还会捕杀一部分狗。但在瘟疫爆发时,大多数努力都集中在隔离病患。船舶被限制在港口,徒步旅行者进城之前,会在特设的医院待四十天("quarantine"[隔离]的词源是"quaranta",即意大利语的"四十天"),剧场关闭,不过教堂仍然开放。

有的感染者会被送进医院或传染病院,他们在那里得到的照料奇差无比。你一旦进去,就别想再出来。据估计,1665年瘟疫爆发期间,传染病院里的死亡率高达98%。这类

---

* 朱生豪译《雅典的泰门》,第四幕,第三场。卷6,p.482。

措施很大程度上只是将生病的穷人和紧张的富人隔开。

如果某户人家出现瘟疫，这家的房子会被查封，家中健康的人和病人一起困在里头，直到瘟疫过去。他们的门上会给画个红十字，警示其他人。但红十字和紧锁的大门无法阻止老鼠进出屋子，事实上，通过不恰当的隔离禁闭来阻止瘟疫传播，或许导致了更多的人死亡。因为将人们关在一起后，瘟疫在人与人之间的传播可能更容易了。1592 年到 1593 年瘟疫爆发期间，至少有一家人是被关在屋里饿死的。

进屋查看瘟疫迹象会有危险，这件苦差事落到了巡逻者头上。这些巡逻者是从社区里最易受支配的阶层里招募的——社会地位低微的老妇人。她们是"诚实、谨慎的妇女"，与人分开居住，每辨认出一副感染瘟疫的躯体，能得四到六便士。她们没有接受过医学训练，必定会犯错，但肯定不是出于恶意，而是完全因为无知或恐惧。

全家被关起来，与外界隔离，这在当时很常见。于是，有人据此设计出一个可信的剧情——重要消息因此不幸地被耽搁。在《罗密欧与朱丽叶》中，瘟疫，或者说对瘟疫的恐惧，妨碍了约翰神父给罗密欧捎去生死攸关的消息，即朱丽叶不会被喝下的毒药毒死，她只是看起来像死了。约翰神父解释说：

本地巡逻的人，疑心我们走进了一家染着瘟疫

第七章 你们这两个遭瘟的人家！

的人家，把门封锁住了，不让我们出来，所以耽误了我的曼多亚之行。*

莎士比亚从更早版本的罗密欧与朱丽叶的故事中借鉴了瘟疫这个情节。这种能够转变、耽搁甚至除掉角色的情节设置，既简单又可信，但是竟然没有被多加利用。戏剧舞台上或许明显缺失了瘟疫，不过许多人会用其他方式书写它。通过售卖预防、治疗瘟疫的文章、小册子和书籍，许多人获利颇丰（1486年到1604年，出版了23本以瘟疫为主题的书）。而更多的钱，是被兜售所谓疗法、药物的人赚走了。

当时，瘟疫疗法的数量和种类多到让人难以置信，而且几乎都没用。但这不妨碍人们大量买卖这些方法。舶来品是给有钱人准备的，比如蜜糖和火药可以用来"引起出汗"。穷人也没有被遗忘，有人推荐他们"只吃面包和黄油，因为黄油不只预防瘟疫，它能防范各种各样的毒物"。有人建议，将拔了毛的活鸡敷在溃烂处，将疾病拽出来。吸烟备受推崇，因为人们以为疾病是由恶臭引起的，烟雾能挡住臭味。因此，刚刚引入欧洲的烟草成了神奇的药物，受到沃尔特·雷利爵士大力推广。以当时人对瘟疫的认识，这个方法相当合理；不幸的是，瘟疫并不在空气中。吸烟非但不能阻止瘟疫，反

---

* 朱生豪译《罗密欧与朱丽叶》，第五幕，第二场。卷5，p.177。

而会杀死烟民。

* * *

与瘟疫一样，痢疾也是一种致命的可怕疾病，不能在舞台上表现。对战争中的军队来说，痢疾尤其是个灾难。痢疾最早得名"血痢"（the bloody flux），明显是根据病症而来。许多不同的细菌、病毒和寄生虫都能引起痢疾，让人发生腹痛、肠炎，以及严重、带血的腹泻。

莎士比亚描写过诸多战争，但只在《亨利五世》中提到痢疾，并且只暗示说是一种疾病。大概观众已经非常熟悉痢疾，所以用不着详细说明。加上莎士比亚也不想多谈亨利五世在围攻哈夫勒尔时差点失败，只想强调他的成功，想通过阿金库尔战役表现出，英国军队即使被疾病削弱力量，也非法国能敌。

在哈夫勒尔，英军用大炮和其他投射物重击城墙的同时，亨利和部下在城外扎营。困在城中的人控制着绕城的水道，他们故意打开水闸，淹没北边的土地，严重阻碍了亨利调动他的军队。在夏天的高温下，死水迅速成为滋生细菌和蚊虫的理想温床。

痢疾爆发不仅影响亨利的士兵，尤其是驻扎在国王帐篷附近的那些，也感染了城里的人。亨利不得不将两千多名士

第七章 你们这两个遭瘟的人家!

兵送回英格兰治病。这对亨利的军队来说是个巨大的损失,不过他们之中几乎无人因此丧命。莎士比亚写道,亨利向法国来使承认,"我手下的士兵由于害病而力量削弱,人数有所减少"*。虽然当时有编年史学者称,痢疾的致死率非常高,但是,能证明直接死于痢疾的,只有37人。现代历史学家估计,在哈夫勒尔,大约有50人死于痢疾。**

痢疾不在乎社会等级,一视同仁地杀死最低微的步兵和最高贵的国王。在英军包围哈夫勒尔期间,考特尼主教(Bishop Courtenay)的去世十分让人担忧。这不仅是因为疾病夺走了一位牧师的性命,还因为主教经常待在国王驻地。那一次,亨利很幸运,没被感染。但七年之后,1422年,他的好运气花光了。当时,亨利再次出征法国,在包围莫城(Meaux)时感染了痢疾,但仍然千辛万苦地前往巴黎。随着病情的发展,他痛到不能骑马,最后不得不乘船沿塞纳河前进。他死的时候瘦得皮包骨头。莎士比亚略去了亨利的惨死,让戏剧结束在亨利迎娶法国公主凯瑟琳的巅峰时刻,并暗示他会获得法国王位。

亨利五世不是唯一死于痢疾的国王。约翰王在与贵族们

---

* 刘炳善译《亨利五世》,第三幕,第六场。卷4,p.271。
** 当时的编年史学者不在战争现场,他们不顾一切想要提升亨利五世的成就,很可能夸大了痢疾的破坏性,也可能是因为那些生病被送回家的士兵而受到误导。——原书注

战斗时，也深受痢疾之害。尽管他希望推进军事行动，却在纽瓦克（Newark）病倒，无法继续。他在1216年11月18日到19日的夜里病故。对于约翰王究竟是怎么死的，当时的编年史学者持有几种不同看法，莎士比亚在《约翰王》里采纳了最有意思的一种：一位修士毒死了他（见本书第八章）。

军队不仅要担心痢疾，那些幸免于"血痢"的士兵还可能从军妓那里感染性病。士兵打完仗回家时常常带着战利品，这是战争对他们的犒赏，但他们回来时可能还携带着另一种战争犒赏——梅毒。剧作家们或许不愿意描绘瘟疫或痢疾的惨状，但很乐意讽刺梅毒及其感染者。

* * *

得病的人，尤其是得了天花或淋巴结核等会毁人容貌的病患，通常是人们同情的对象。但皮肤会明显发生病变的梅毒病人却会公然遭到嘲笑。梅毒通常被称为"那种痘"[*]，1494年到1495年首次出现在欧洲，但传播非常迅速。[**]到莎士比亚写作时，梅毒已经十分普遍，所以即便他在戏剧和诗歌中只是隐晦提及，观众或读者也能轻易领会。

当时，梅毒的产生原因尚不为人知，但已经有许多说法。

---

[*] 不要和天花混淆，后者是一种完全不同的病。——原书注
[**] 因为和其他疾病有所混淆，所以确切日期不详。——原书注

第七章 你们这两个遭瘟的人家！

有人认为梅毒是一个高级妓女与一个麻风病人性交时产生的。有人认为这是上帝对不正当性行为的诅咒。还有人归咎于各种事物，从食人族到美洲鬣蜥，再到土豆。其中有一些评论者相对更有见地。

1546年，吉罗拉莫·弗拉卡斯托罗（Girolamo Fracastoro）写了一首关于"那种痘"的诗歌，有1300行。他在字里行间假定存在一种生物，它小小的，不可见，能引起梅毒——我们今天称之为微生物。弗拉卡斯托罗领先于时代几百年。19世纪中期，微生物理论才被广泛接受，而引起梅毒的微生物直到1905年才被霍夫曼（Hoffmann）和弗里茨·绍丁（Fritz Schaudinn）识别出来。

霍夫曼和绍丁鉴定出的这种螺旋体，或者说病原菌，是苍白密螺旋体（*Treponema pallidum*）。这是一种蛇形细菌，大小和红细胞差不多。这种螺旋体能通过黏膜或皮肤上的创口，从一个人体内蠕动到另一个人体内。梅毒的秘密现在已然明晰，但它的起源仍不清楚。

最早关于梅毒的描述表明，这是一种新的疾病，或者是原有疾病更厉害、破坏性更强的形式。新型疾病进入一个群体时，初期更为致命，因为身体的免疫系统尚不能对付它们。最初的感染症状也会更严重，甚至会明显不同于疾病在群体中扎根下来之后的病症。

1494年到1495年，法国人入侵那不勒斯期间，第一次出现梅毒大流行。它会让人全身长满奇怪的溃疡。疾病猛烈席卷人群，非常致命，甚至连麻风病人都抵制梅毒病人，不让他们搬到自己的社区。到 16 世纪末，稍微温和一些的梅毒毒株替代了过快杀死宿主的版本，并在此后一直伴随人类。*

1493 年 3 月 15 日，哥伦布从新世界返回欧洲，不久后，欧洲首次出现梅毒。在许多人看来，这不仅仅是个巧合。有人推测，这种病是哥伦布和他的船员从伊斯帕尼奥拉岛（将如今的海地和多米尼加共和国划分开来的一座岛屿）带回来的。但还有另外一种说法。

有人认为，那不勒斯最初的那场疾病大流行是几种病叠加的结果，所以毁灭性才如此强，梅毒只是其中一种。并且梅毒早已在欧洲以雅司病的形式显现，雅司病由苍白密螺旋体的亚种引起。在梅毒出现在欧洲之前，雅司病确实存在了很长时间，根据皮肤的症状（深度开放性溃疡），中世纪的医生将它归为麻风病。雅司病通过直接接触感染者的皮肤传播。

按照这种说法，梅毒是雅司病螺旋体突变引起的，是一种更危险的疾病形式，在发生性关系时依靠黏膜传播。有人主张，突变由大规模的人口流动促成或加剧，比如奴隶贸易。

任何年龄段的人都可能得雅司病，不过幼儿时期更容易

---

* 自从首次出现在欧洲以后，五百多年里，梅毒已经让一千多万人丧命。——原书注

患病，这有助于人群形成耐受力（儿童得雅司病，症状比成年人轻）。但梅毒会在人长大一些后感染他们。

人们在来自多米尼加共和国的骨头中发现了梅毒的证据，时间可以追溯到前哥伦布时代。这似乎能够一劳永逸地结束争论，支持有关伊斯帕尼奥拉/哥伦布的说法。当时的确如此，直到后来，在英格兰赫尔一个叫黑衣修士的修道院里发掘出一些骨骼。这些骨骼的时间可以追溯到1300年至1420年间，远早于哥伦布回到欧洲的时间，而这些骨头显示出了梅毒的迹象。也有人断言，骨头上显示的是雅司病的迹象。于是，人们继续激烈地争论，可能只有形成一套检测方法，区分出雅司病螺旋体和梅毒螺旋体，争论才会停止。

不管疾病的源头是什么，1494年到1495年，梅毒在那不勒斯的爆发成为一个转折点。它迅速发展成一种全球性的流行病。新的苍白密螺旋体更加活跃，扩散速度极快。战争无疑帮了梅毒的大忙，解散后的士兵将这种传染病带到更远、更广阔的地方。1498年，梅毒抵达印度，又从这里传播到中国，成了"广州疹"（Canton rash）。1512年，梅毒以"中国溃疡"（Chinese ulcer）之名传到日本。随着疾病的散播，各国纷纷谴责自己的邻国。俄罗斯人怪波兰人，波兰人怪德国人，德国人怪西班牙人。法国和意大利互相指责，基督徒和穆斯林互相责备。

等到莎士比亚在戏剧和诗歌中嘲讽梅毒时，据外科医生威廉·克洛斯（William Clowes）说，医院里一半的病人都得了"那种痘"。*大家责怪妓女传出这种病，但很少怪罪嫖客扩散疾病。福斯塔夫告诉妓女陶·贴席，"厨房师傅叫人嘴馋，你呢，叫人生病，陶妹。我们是你传染的，你传染的"**，这番话道出了人们一贯的看法。在英格兰的大小城镇，有数千名妇女提供性服务，在经济困难时期勉力维生。有的地区以妓院闻名，比如一些著名妓院就坐落在萨瑟克区。

萨瑟克区是莎士比亚的环球剧院所在地，温切斯特主教的府邸也在这里。萨瑟克区的许多妓院过去受温切斯特主教控制，直到亨利八世时期，法律发生变化，卖淫遭到镇压。所以，娼妓得了温切斯特妞儿（Winchester geese）的昵称。该称谓也可以指从娼妓那里感染了梅毒的人。《亨利六世上篇》中，葛罗斯特公爵称温切斯特主教"温切斯特妞儿"，这是对后者极大的侮辱。《特洛伊罗斯与克瑞西达》里也用到"温切斯特妞儿"的说法，这部戏剧提梅毒提得太多，以至于被人称为"痘剧"（pox play）。

该剧受荷马的《伊利亚特》（*Iliad*）和乔叟的《特洛伊

---

* 克洛斯为了推销他的疗法和《简论高卢病的有效治疗》一书，可能有所夸张。——原书注
** 孙法理译《亨利四世下篇》，第二幕，第四场。卷4，p.142。

第七章 你们这两个遭瘟的人家!

罗斯与克瑞西达》(*Troilus and Criseyde*)启发。*剧名中的两个角色是恋人,由克瑞西达好色的舅父潘达洛斯(Pandarus,这个名字让人想起伊丽莎白时期用来指鸨母或皮条客的俚语"pandar")撮合。戏剧的大背景是战争,潘达洛斯又安排两位恋人有违良俗地幽会,倘若这还不足以将这部剧和梅毒联系起来,还有更多其他因素可以。

克瑞西达被交给希腊人,以换回一位特洛伊犯人,这对恋人因此分开。尽管克瑞西达发誓会忠于特洛伊罗斯,她还是接受了狄俄墨得斯(Diomedes)的求爱,应了时人对女人不忠的印象。另一个希腊人物忒耳西忒斯(Thersites)在剧中扮演的是傻子的角色,他漫骂所有人,言辞之中常涉及疾病。尤其是在一次大肆辱骂潘达洛斯时,他列举了梅毒的各种症状:

> 嘿,男侍就是男婊子。但愿南方的各种恶病:绞肠、脱肠、伤风、肾砂、昏睡症、瘫痪、烂眼、坏肝、哮喘、膀胱肿毒、坐骨神经痛、灰掌疯、无药可医的筋骨痛……**

---

* 《伊利亚特》中,特洛伊罗斯是英勇的士兵,没有性病污点。当然,《伊利亚特》的写作时间比梅毒出现在欧洲的时间早了几个世纪。乔叟添加了特洛伊罗斯与克瑞西达的爱情故事,莎士比亚又加上了得病的情节。——原书注

** 朱生豪译《特洛伊罗斯与克瑞西达》,第五幕,第一场。卷2,p.363。

这个清单很长，你不会想到，如此详尽的疾病知识，竟出自没受过医学训练的作者，不过，莎士比亚可能有许多其他信息来源（见本书第二章）。除了咨询医生，他还可以从诸多介绍梅毒的文章和评注中学习。比如，菲利普·斯图贝斯（Phillip Stubbes）在1583年的《剖析恶习》（*Anatomie of Abuses*）中写道：

> 论到淫邪……它不仅会给选择生活在其中的人带来永久的诅咒……还会带来更多麻烦，譬如降低视力，损害听力，削弱肌肉力量，损害关节，耗尽活力，消耗体内的水分和补给，它让人面目可憎，面容可怕，它让人没精打采，记忆衰退，它让人浑身虚弱，引发肺痨，造成溃疡、疮疤、皮屑、脓包、疙瘩、痘印，它让人呕吐胆汁，让人头发灰白、谢顶、衰老，最后，在自然、疾病或年龄驱人死亡之前，置人于死地。

斯图贝斯或许合并了梅毒和两种以上其他疾病的症状，但你可以从中了解个大概。

如果要列出梅毒所有可能的症状，这个清单会更长。20世纪的梅毒专家约翰·斯托克斯（John Stokes）指出，"几乎随时都可能出现任何情况"。在得病的后期，梅毒的症状和许多其他疾病很像，所以经常被误诊。梅毒被称为"大模仿者"。在诊断中，最初出现在生殖器上的硬下疳是至关重要的症状，但它可能在多年前就已愈合，并被遗忘。

最初的硬下疳或溃疡无痛感，通常在感染后三周左右出现在生殖器上，随后是发烧、出痘和精神萎靡。这个阶段是一期梅毒。六周之后，溃疡消失，但螺旋体已经通过血液循环到身体其他部位，并安顿下来，长期停留。身体的免疫系统可能会英勇奋战，摧毁数百万细菌，但少部分螺旋体会躲过猛攻，继续繁殖。在接下来的多年时间，甚至数十年间，所有身体组织都会受损，神经和血管特别容易遭到攻击。

在初始阶段过后，症状会消退数月到多年不等，不过平均来说是七年。在这期间，许多人会以为他们最初的治疗见效了。但其实，螺旋体仍然潜伏在他们体内，不断繁殖，引起慢性炎症。这个无症状感染阶段最危险，因为梅毒携带者依旧可以把病传染给其他人。这种病在头两年的传染性很强，之后减弱。

潜伏期过后，疾病重现，症状是全身长脓疮，很像出水痘。莎士比亚在剧中提到过皮肤出痘，"像麻风病"，说明他知道后续病症的发展态势。这个阶段称为二期梅毒。

然后，症状再次消失，但病人会觉得很不舒服。他们常常找不同医生看了又看，描述自己神秘的发烧和原因不明的疼痛。这是三期梅毒，此时，感染者的内脏已经受到侵袭。

螺旋体可以制造出不像梅毒的其他症状。在有临床检查之前，病人会被诊断为得了风湿病、痛风、湿疹、癫痫、黄疸、精神分裂症，或者只不过是"神经紧张"罢了。在这最后的阶段，病人的面容会变得极其可怕，并感到痛苦至极。

三期梅毒病人典型的容貌特征是鼻子塌陷成"马鞍形"，因为鼻部软骨遭到蚕食。* 诗人、剧作家威廉·达文南特爵士（Sir William Davenant）是莎士比亚的教子，但自称是莎士比亚的亲儿子，他"和一位漂亮的黑人乡下姑娘在威斯敏斯特的麦芽酒园通奸……这让他丢了鼻子"。

过去，病人会将软木塞塞进鼻孔，让鼻子看起来正常。后来又换成塞羽毛，这让人更容易呼吸。有人尝试过戴铜制假鼻子，以遮掩畸形的容貌。在《特洛伊罗斯与克瑞西达》里，潘达洛斯劝说克瑞西达喜欢特洛伊罗斯时，她表示抗拒，对舅父说，"希望海伦的金口恭维特洛伊罗斯长着一个紫铜色鼻子"**。

身体欠佳多年之后，死亡终将降临。过程可能很漫长，病人会在床上翻滚，胡言乱语地谈论上帝（螺旋体侵入大脑所致）；也可能很突然，螺旋体侵入血管造成的主动脉瘤会让病人突然丧命。

---

* 今天已经很难见到了，因为梅毒在早期阶段就能依靠抗生素得到有效治疗。——原书注

** 朱生豪译《特洛伊罗斯和克瑞西达》，第一幕，第二场。卷2，p.285。

第七章 你们这两个遭瘟的人家!

威廉·达文南特爵士,肖像,约翰·格林希尔绘。

有的人会戴"爱神的手套"或安全套来预防感染(《特洛伊罗斯与克瑞西达》里,墨涅拉俄斯的前妻便以"爱神的手套"起誓)。这些早期的安全套能不能像现代安全套一样有效防止疾病传播是个问题,但已经比许多其他的预防措施可靠多了。有人在进行危险的性交时,会用一块在葡萄酒里浸湿的布包裹性器官,酒中有愈创木脂刨花、铜片、汞化合物、龙胆根、红珊瑚、象牙灰和烧过的鹿角。炖李子干被认为有疗效,妓院中经常供应。"多撒尿"被认为可以将疾病冲出体内,所以妓院老板常常在每位客人的床下各放两个尿壶。*当时的人认为，所有疾病都是体液失衡引起的，因此通过放血、呕吐、出汗、排便排出"污物"被视为合理的疗法，但他们错了。

小便时有灼烧感是性病的典型症状，但那是淋病，不是梅毒。在伊丽莎白时期的英格兰，淋病和梅毒经常合起来，统称"痘"（pox），病人往往同时感染这两种传染病。有人认为淋病的灼烧感是梅毒的前奏，所以二者是同一种疾病的不同病程。莎士比亚利用这种症状写了些笑话，他的一些语句也可以有另一种解读，比如"我心里燃烧着对你的爱火"**，以及"冷泉因爱火永远变成了温泉"***。

如果预防措施失败，出现硬下疳，感染者会寻求早期治疗。但有一个问题。当时最杰出的医学权威是盖伦，他是2世纪的希腊内科医生，为罗马帝国的角斗士和帝王服务。但盖伦没有留下治疗"痘"的方法，因为他生前不知道梅毒，于是，16世纪的医务人员开始即兴发挥。有一种疗法是用蜘蛛网覆盖在溃疡处（从治疗伤口的方法变化而来）。更夸张的疗法是去除溃疡。如果这些做法都不管用，人们认为捆扎阴茎的根部可以防止感染扩散至身体其他部位。这些治疗方法当然

---

* 人们还错误地将小便当作避孕方法。——原书注
** 原文为"I burn with thy desire"，burn用了性病的症状来暗示说话者查理对少女的性冲动。引文引自索天章译《亨利六世上篇》，第一幕，第二场。卷3，p.15。
*** 曹明伦译《十四行诗集》，154。卷8，p.308。

都没用，随着疾病的发展，症状会更加严重。

新的恶疾需要更强效的新疗法。针对"痘"，最常见的方法是用水银，"与爱神共度一夜，与水银相伴一生"。在阿拉伯医学中，用水银治疗麻风病等皮肤病的历史久远，人们很容易将这种疗法应用到感染梅毒后出现的皮肤损伤。

水银，或者说汞化合物，可能被直接用于患处、吞服或者熏蒸。病人坐在类似帐篷的构造中，脑袋从顶部伸出来。在他们的座位底下，平底锅中加热着水银。《亨利五世》里，当皮斯托谈论他的"陶"的命运时，提到了熏蒸疗法，说她在"蒸汽浴盆"里治疗。《十四行诗》第153首中的只言片语，可能也是指水银蒸汽疗法，"从此变成了温泉，而直到今天人们还觉得它能治愈各种怪病"*。事实上，关于性病及其治疗，莎士比亚写得太多了，以至于有人认为，我们的剧作家是根据个人经验写的。

在对付初期梅毒的症状和三期梅毒造成的损伤时，水银可能有用，但是对二期梅毒没什么益处，并且中毒的风险很高。水银疗法的副作用包括口腔、喉咙溃疡，有时甚至会彻底溃烂；大量分泌唾液（分泌三品脱唾液通常被视为好现象）；恶心；频繁排便。在极端情况下，治疗会杀人，而不是救人（见本书第三章）。

---

* 曹明伦译《十四行诗集》，154。卷8，p.307。

另一种疗法更温和，也更有效。人们在疑似梅毒起源地的伊斯帕尼奥拉岛找到一种树：愈创木。这种树木很容易和乌木混淆，所以《哈姆莱特》里说的"毒乌木汁"，完全弄错了杀死老哈姆莱特的毒药（见本书第八章）。

大多数治疗针对的是男性患者，女性几乎得不到宽慰和照顾。甚至有人认为，女人不会感染梅毒，这显然错了，因为许多女人死于梅毒。托马斯估计，妓女到20岁时就是梅毒患者，40岁之前，她们就会变得骨瘦如柴。女人们过了做妓女的年龄后，往往会经营自己的妓院，就像《量罪记》里的咬弗动太太一样。曾经的"俏姐儿"，变成了"骚鸨"。

莎士比亚笔下最让人记忆犹新的梅毒病人当数潘达洛斯。在《特洛伊罗斯与克瑞西达》的结尾，他明显已经染病，时日无多。在只剩下两个月的生命时，他呼吁他那些参与皮肉交易的伙伴（暗指观众）：

做皮肉生意的人们，把这几句话绣在挂毯上当座右铭吧：
这里凡是干皮肉生意这一行
请为潘达的潦倒从你半瞎的眼睛挤点泪；
如果哭不动，也请呻吟几声，
即便不为我，也为你骨头疼。
倚门卖笑的哥们姐们，

第七章 你们这两个遭瘟的人家！

> 两个月之后我就把遗嘱留：
> 本该现在写，可是我害怕，
> 害花柳病的温切斯特妞儿们会骂我。
> 等我发发汗也把疼减轻，
> 那时再传给你们我的病。*

在生命的最后几周，潘达洛斯将尝试通过治疗减轻疼痛，但他知道自己必死无疑。在最后这番话里，他说要把致命的疾病传给观众。

---

* 外研社·中文重译本《特洛伊罗斯与克瑞西达》，第五幕，第十一场。译林版朱生豪译本缺失这部分。

第八章
最美味的毒药[*]

---

[*] 朱生豪译《安东尼和克莉奥佩特拉》,第一幕,第五场。卷6,p.213。

莎士比亚笔下的 N 种死亡方式

> 你们要是用毒药谋害我们,我们不是也会死的吗?*
>
> ——《威尼斯商人》,第三幕,第一场

上面这句话出自夏洛克之口,他担忧毒药致命,这是对的。在莎士比亚时代,要获得毒性强的化合物很容易,而有效的医疗和解毒剂却相当短缺。用毒药能够非常轻易地杀人,又因为当时几乎没有法医知识,脱罪的可能性极高。

人们会通过验尸查找中毒迹象,可是,除非用了有腐蚀性的物质,否则不会留下能让 16 世纪的医学专家辨认出来的痕迹。不过,有一点会被当作有力证据,"她们要是服了毒药,她们的身体一定会发肿"**。毒药会让身体肿胀,这是当时公认的事实,但现在已经证明完全是错的。过去肯定有过一些这样的例子:尸体在自然腐败过程中肿胀,却被错当成中毒而死。很可能因此导致了上述错误观念。

当时的人对毒物与人体的相互作用极其不了解,所以会出现将同一物质既当作化妆品售卖,也作为药物和毒药出售

---

* 朱生豪译《威尼斯商人》,第三幕,第一场。卷 1,p.432。
** 朱生豪译《安东尼和克莉奥佩特拉》,第五幕,第二场。卷 6,p.307。

第八章 最美味的毒药

的奇特情形。人们吞服水银、铅和砷化合物，认为这样有利于健康，还把它们当成化妆品涂抹在脸上，没有人对消费者提出过任何明显的警告。即便在这些物质的危险性和副作用广为人知后，也没有任何针对它们的规范，没人关心这个。

许多女性，可能还包括扮演女性角色的男演员，日常接触有害的重金属。女王伊丽莎白一世引领了一股潮流，即苍白的皮肤和红润的脸颊，她以"厚涂颜料"著称——"那真是各种色彩精妙地调和而成的美貌；那红红的白白的都是造化亲自用他可爱的巧手敷上去的"*。白色的铅，以名为铅白的形式，被用于遮盖面庞，制造出完美的苍白肤色。铅会腐蚀皮肤，但使用者只会再涂一层，遮住腐蚀处；它还会让人掉头发、牙龈萎缩、牙齿松动。水银化身朱砂，是优质的红色颜料，可以用作胭脂口红。它可以导致记忆衰退、妄想症和牙齿变灰。水银和铅都会损坏神经，引起头痛、抑郁和颤抖。伊丽莎白时期，人们似乎每一天都会在不经意间服下低毒性的毒药。身体上的损害非但没有警醒人们停止使用这些毒物，反而改变了潮流——假发和黑色牙齿流行开来。

医学是另一条不知不觉毒害大众的主要路径。在那个年代，医疗的目的是恢复四种体液的平衡（见本书第三章），所以泻药很常用。白色的砒霜，或者说三氧化二砷，能有效

---

* 朱生豪译《第十二夜》，第一幕，第五场。卷2，p.204。

引发呕吐,早在公元前 2000 年就开始用于治疗。许多其他危险物质也被视为有效的治疗手段,但这只不过是因为在吞服这些东西之后,身体的自然反应就是吐出去。

《李尔王》中,里甘被姐姐戈纳瑞用"药"杀死时出现的症状,完全就是伊丽莎白时期的人药物使用过量时的样子。里甘描述自己的状况:"我的病越来越厉害啦。"她说:"哎哟!我病了!我病了!"*

人们虽然每天都在接受轻微中毒,故意下毒却不一样。从过去到现在,投毒一直被视为非常阴险的谋杀手段。与激烈争论时突然发起攻击不同,下毒需要花时间谋划。潜在的投毒者在酿成大错之前,有很多机会停下来重新考虑。被毒杀的受害者又往往毫不防备,没有机会保护自己。投毒的罪犯通常被视为最糟糕的杀人凶手,会被挑出来接受额外的惩罚,这也是情理之中的事。16 世纪的情况也一样。

例如,1531 年,罗切斯特主教的厨师理查德·鲁斯(Richard Roose)在主人的晚餐中下了毒。主教的两位客人被毒死,还有几位客人落下病根。主教活了下来,但只是因为他那天不饿。鲁斯在拷问台上受酷刑折磨后声称,他在餐食中加入泻药是在开玩笑,但没人觉得这有趣。他受到的惩罚是在坩埚中烹煮致死。

---

* 朱生豪译《李尔王》,第五幕,第三场。卷 6,p.102。

第八章　最美味的毒药

* * *

毒药为伊丽莎白时期的舞台增添了许多戏剧性。毒药和投毒点缀着莎士比亚的作品。"毒药"(poison)一词出现了130次,"毒液"(venom)40多次,有毒的动植物散见于几乎每部剧作。仅《哈姆莱特》中,就出现了将致命物质倒入耳中、涂在剑上、投入酒里的情节。

戏剧表演中,用毒药杀人在制造戏剧效果和实际呈现上都有一定优势。不需要用到总会搞得一团糟的鲜血和血块——清洗染血的戏服简直是洗衣女工的噩梦。演员用窒息的表情,或许稍微加上些抽搐甚至痉挛,就能充分表现死亡。这样的呈现可能在科学上不准确,但能便于观众知道角色中毒了。当然这类夸张的表演并不总会受欢迎。一位评论家在评述18世纪的演员大卫·加里克(David Garrick)在《哈姆莱特》中对死亡的表现时写道:"我们不喜欢看角色在地毯上挣扎、翻滚。"

现代观众可能爱看高明的投毒,譬如阿加莎·克里斯蒂(Agatha Christie)写的故事就一直很受喜爱。但在莎士比亚时代流行的是热热闹闹的剑术表演,我们的剧作家满足了观众的胃口。他写的大多数死亡都发生在剑下或匕首之下。鲜有角色是给人毒死的。鉴于莎士比亚熟知各类知识,剧中的投毒事宜策划之差，着实令人惊讶。我们的吟游诗人在许多方面才华横溢，但显然不擅长毒物学。不过，他笔下的毒药和投毒情节都非常有意思。

* * *

莎士比亚对毒药一知半解。如果他描述了症状，就很少说出毒药名字。反之，如果他说出了毒药名字，就不怎么谈论其影响。比如，他用"耗子药"来表明有的角色天性记仇，却从没提到过这种毒药引起的症状。《李尔王》中，爱德伽（Edgar）乔装成可怜的汤姆（poor Tom），抱怨其他人如何虐待自己：

> 谁把什么东西给可怜的汤姆？恶魔带着他穿过大火，穿过烈焰，穿过水道和漩涡，穿过沼地和泥泞；把刀子放在他的枕头底下，把绳子放在他的凳子底下，把耗子药放在他的粥里……*

莎士比亚的"耗子药"很可能是砒霜，数百年来，这种毒药频频被人用于谋杀，因此名声很差。莎士比亚提到过好

---

* 朱生豪译《李尔王》，第三幕，第四场。卷6，p.60。

第八章　最美味的毒药

几次，全都是为了表现角色的邪恶意图。《亨利六世上篇》中，牧羊人诅咒他的养女圣女贞德，"我诅咒你的诞辰！我希望你吃的奶是耗子药"*。《亨利四世下篇》中，福斯塔夫讥讽道："我宁可叫人拿耗子药堵我的嘴，也不能让他拿担保堵住我的嘴。"**

莎士比亚对毒药的了解不限于砒霜。《麦克白》里女巫的坩埚中浓缩了最多的毒物。三个奇怪的女巫轮流往锅中添加配料。第一个是：

> 绕釜环行火融融，毒肝腐脏置其中。蛤蟆蛰眠寒石底，三十一日夜相继。汗出淋漓化毒浆，投之鼎镬沸为汤。***

毒肝和毒液（浆）显然不利于健康，这些细节描写可能是在微妙地影射波吉亚家族。这是15、16世纪时一个权势滔天的西班牙裔意大利贵族家庭，据说该家族有些人会用自配的独门药方"坎特雷拉"（La Cantarella）来下毒。毒药的配方包括一头猪（有的说是熊）和许多砒霜。制法是首先用砒霜毒死猪或熊，然后在毒肝上撒更多砒霜，待其腐烂并产生

---

* 索天章译《亨利六世上篇》，第五幕，第四场。卷3，p.76。
** 孙法理译《亨利四世下篇》，第一幕，第二场。卷4，p.117。
*** 朱生豪译《麦克白》，第四幕，第一场。卷6，p.160。

黏稠的汤汁。之后，汤汁中的水缓慢蒸发，剩下白色粉末。这种粉末就是"坎特雷拉"，据说它会被加入食物端给波吉亚家族的敌人。这种毒药配方看似复杂，但和《麦克白》中女巫烹煮的东西相比，根本不算什么。第二位女巫继续：

> 沼地蟒蛇取其肉，焉以为片煮至熟；蝾螈之目青蛙趾，蝙蝠之毛犬之齿，蝮舌如叉蚯蚓刺，蜥蜴之足枭之翅，炼为毒蛊鬼神惊，扰乱人世无安宁。*

这一次加入的东西，毒性都不是很强。就算加入的蛇的组织有毒，也不是"如叉蝮舌"（蛇的舌头）。不过，似乎在莎士比亚的印象中，蛇是用叉子状的舌头来释放毒液，正如《爱德华三世》中所写——"有爬行的毒蛇躲藏在地洞里，就让它伸出舌头来咬吧"**。第二位女巫的配料不完全是毒药，但听起来也不像好东西，其中的大多数动物都会让人产生负面联想。第三位女巫显然是药物和药草专家：

> 豺狼之牙巨龙鳞，千年巫尸貌狰狞；海底抉出鲨鱼胃，夜掘毒芹根块块；杀犹太人摘其肝，剖山羊胆汁潺潺；雾黑云深月蚀时，潜携斤斧劈杉枝；

---

* 朱生豪译《麦克白》，第四幕，第一场。卷6，p.160。
** 孙法理译《爱德华三世》，第三幕，第三场。卷4，p.486。

第八章　最美味的毒药

娼妇弃儿死道间，断指持来血尚殷；土耳其鼻鞑靼唇，烈火糜之煎作羹；猛虎肝肠和鼎内，炼就妖丹成一味。*

配料里的毒芹和紫杉以毒性著称。毒芹的恶名源自它在古罗马的用途，尤其是公元前399年毒死苏格拉底。莎士比亚在作品中三次提到过毒芹，但多数在说是一种容易种也容易除去的杂草，而不是致命毒药的来源。紫杉不一样，莎士比亚提到过六次，次次都与死亡有关。这种树通常种在英国的教堂墓地内，所以它和死亡的关联方式与欧洲的柏树如出一辙。** 不过，不同于柏树的是，紫杉除了红色的浆果之外，各个部分都有毒，真的能致命。紫杉木还能用来制作弓，莎士比亚在《理查二世》中就用"紫杉木的强弓"来描写来自敌军的严重威胁。

添加到坩埚里的有一种配料不太容易鉴别，即"豺狼之牙"，它可能就是狼牙，也可能指麦角，这是一种形状像尖牙、长在麦田里的黑色真菌。吃了麦角，手指会变黑，因为它会引起血管收缩，阻断血液供应，它还有致幻作用***。过去，麦

---

* 朱生豪译《麦克白》，第四幕，第一场。卷6，p.161。
** 这两种树，《第十二夜》中的费斯特在他的死亡之歌里都提到了。——原书注
*** 麦角中含有麦角酰二乙胺（LSD）。——原书注

角曾让整个村庄的人出现幻觉,因为人们吃了受污染的面粉做成的面包。数百年来,麦角还被当作催产的草药*,直到今天,传统医学仍在适量使用从这种真菌中提取的制剂,抑制产后出血。

三姊妹还特别说明了在何时以及如何收集所需原料。植物毒性的确会随生长季节有所变化。但是,无论你打算让毒性减到最弱还是增至最强,她们所说的方法,即在夜里收集,都不会有效。

三位女巫意欲调制出"魔法"药物,但没说用来做什么。她们显然不怀好意,但并不像要故意杀人。她们可能怂恿麦克白去杀人,但没给他提供毒药实施谋杀。不过,谁要是贸然喝下坩埚中的东西,很可能会中毒。

当然,如果用法、用量适宜,毒药也会有好处。正如16世纪的内科医生和毒物学之父帕拉塞尔苏斯所说:"剂量决定毒性。"或者像莎士比亚在《亨利四世下篇》中写的,"毒药也有治疗的作用"**。药物和身体相互作用,可以修正某个运行过程,纠正相应的问题。但同样的药物,如果过量使用,就会让该进程急剧变化,甚至停止,导致身体无法正常运转。比如,降低心率的药物可以治疗心跳过快,但这种药用多了

---

* 这对孕妇和胎儿来说都极其危险,因为麦角更像是切断胎儿血液供应的天然制剂,而不是专门用于催产。——原书注

** 孙法理译《亨利四世下篇》,第一幕,第一场。卷4,p.113。

第八章 最美味的毒药

就会让心跳停止。

莎士比亚当然明白,有些物质潜藏双重属性,虽然他不知道其中的机制。比如,《罗密欧与朱丽叶》里,劳伦斯神父说,"这一朵有毒的弱蕊纤苞,也会把淹煎的痼疾医疗"*。他搜集可以入药的材料,但也很清楚它们潜在的危险:

> 石块的冥顽,草木的无知,都含着玄妙的造化生机。莫看那蠢蠢的恶木莠蔓,对世间都有它特殊贡献;即使最纯良的美谷嘉禾,用得失当也会害性戕躯。**

神父把他的知识用在好的方面,给了朱丽叶假死药水(见本书第三章)。一位神父能有这般详尽的医学知识,并不让人意外。在莎士比亚时代,宗教人士是受教育程度最高的人群,人们经常向他们求医问药。***劳伦斯神父选择了他认为对朱丽叶和罗密欧来说最好的做法;但他没有预料到等待着这对恋人的悲剧结果。莎剧中的其他宗教人物则没这么仁慈,他们利用自己的植物和药剂知识害人——"我担心国王是中了一

---

* 朱生豪译《罗密欧与朱丽叶》,第二幕,第三场。卷5,p.123。
** 朱生豪译《罗密欧与朱丽叶》,第二幕,第三场。卷5,p.123。
*** 《麦克白》里遭贬损的女巫是当时另一类常见的医学专家。——原书注

个僧人下的毒"*。这位遇到麻烦的国王是约翰，他的死是莎士比亚详细描述的少数投毒事件之一。

* * *

作为英格兰的国王，约翰大权在握，但在剧中，他被刻画成了地位不稳的君主，他或许不是最名正言顺的国王。因此他担心有人会毒害他，并明智地雇了一位试膳者。不幸的是，他选错了人，投毒的人正是那位试膳者。国王可能会以为，一个僧人应该值得信任，是试膳者的理想人选，谁知这个僧人却是"一个不要命的歹徒"**。

剧中描述僧人的"肚子也突然爆开了"***，这可能是对僧人"倾诉衷肠"或承认投毒的另一种表达，也可能是指他吃下自己投的毒后，身体出现的反应，如剧烈呕吐或腹泻。还有一种解释是身体在死后肿胀。肿胀的位置很可能是腹部，肠道中的细菌先以这个人的最后一餐饭为食，然后再以这个人为食。细菌如此暴饮暴食的结果就是快速繁殖，产生气体。下腹胀气后，体内压力增大，又没有出口，身体就会突然爆裂。不管怎样，可以肯定的是，这句话不是在字面上说毒药让肠

---

* 孙法理译《约翰王》，第五幕，第六场。卷3，p.478。
** 孙法理译《约翰王》，第五幕，第六场。卷3，p.478。
*** 孙法理译《约翰王》，第五幕，第六场。卷3，p.478。

第八章 最美味的毒药

道爆炸——没有这样的毒药，即便莎剧里也没有。

这位僧人从没解释过他为何要毒杀君主，以及他是怎么做的。但约翰王有充足的时间细致描述自己的症状，给我们留下他可能吃了什么的线索。"高热""发狂""胡思乱想"或者产生幻觉，国王形容自己"全部内脏都枯散成了粉末"，有"烧灼的胸脯""焦渴的嘴唇"，"我的心脏已经烤裂了，烧焦了"。*

尽管信息量很大，我们仍然很难准确鉴定，究竟是什么毒药有这些效果。白磷中毒会让人有灼烧感，止不住地口渴，但当时人们还不知道这种元素。糜烂性毒剂会使皮肤受损，如斑蝥素，有时也叫"西班牙苍蝇"，但其实是用斑蝥这种虫子制成的。强酸或强碱，如碱液（见本书第二章）也能引起化学烧伤——化学制品和皮肤等组织发生反应，后果会很严重，甚至致命。这些当然都可以解释灼烧感，但是不能解释幻觉和内脏枯散成粉末的感觉。

也许乌头碱的可能性更大。乌头碱中毒的典型症状包括嘴巴和喉咙有灼烧感，皮肤刺痒、麻木，恶心，呕吐，胸痛和呼吸短促，抽搐，最后是呼吸衰竭和心室纤维性颤动引起的死亡。这种毒药来自乌头，乌头通常称为"附子花"

---

* 孙法理译《约翰王》，第五幕，第七场。卷3，p.480。

（monkshood），遍布欧洲，是英国毒性最强的本土植物。[*]莎士比亚当然知道乌头的毒性：《亨利四世上篇》提到了这种植物的名字，比较了它和火药对人体的伤害。但乌头碱仍然不能解释约翰王的幻觉。不过，当时的投毒者可以混合使用几种毒药。

另一种英国本土的有毒植物是颠茄。其毒性成分颠茄碱多在浆果之中，能够作用于神经，使人心率加快，汗水、唾液和消化液等分泌物干涸，半数中毒之人会有逼真的视幻觉（与 LSD 引起的迷幻色彩和图案截然不同）。乌头碱和颠茄碱结合起来就能解释约翰王的所有症状。

再不然，莎士比亚可能纯粹是为了艺术效果，选择了一系列症状。但他肯定不是凭空创造了约翰王中毒这一事件本身。莎士比亚创作《约翰王》的参考来源——霍林斯赫德的《编年史》提供了约翰王之死的几种可能，其中就包括僧人投毒。然而，约翰王真正的死因最有可能是痢疾。

* * *

僧人和女巫无疑拥有制作和使用毒物的丰富知识。好在不是人人都能获得这种专业知识。《罗密欧与朱丽叶》里，

---

[*] 仅吞下 1 克这种植物或者 2 毫克纯乌头碱就能致死。乌头的根曾被人误认为野生小萝卜，后果不堪设想。——原书注

第八章 最美味的毒药

当罗密欧需要一种毒药时,他不得不找一位专家请教,他选择了一个卖药人。

罗密欧很清楚自己想要什么:

> 请你给我一点能够快速致命的毒药,厌倦于生命的人一服下去便会散入全身血管,立刻停止呼吸而死去,就像火药从炮膛里放射出去一样快。*

卖药人也同样清楚,售卖毒药违反法律——在大多数药物都有剧毒的年代,要把握这个度很难。但卖药人很穷,当罗密欧慷慨地提出付给他 40 达克特时,他动摇了。卖药人没有花时间,立刻拿出一瓶符合罗密欧要求的毒药,说明这类需求早就有了,罗密欧不是第一个提出请求的人,甚至有此需求的人不在少数。这也正是让人忧心的一点。尽管卖药人没有列出毒药成分,但将其致命性说得明明白白:"把这一服药放在无论什么饮料里喝下去,即使你有二十个人的气力,也会立刻送命。"**

不管瓶子里是什么,就算经过稀释,仍然见效很快,药效很强。罗密欧后来喝下毒药,证实了卖药人的可怕警告。他服药后,立刻毒发身亡,临死之前,他只来得及吐出两句台词,

---

* 朱生豪译《罗密欧与朱丽叶》,第五幕,第一场。卷 5,p.175。
** 朱生豪译《罗密欧与朱丽叶》,第五幕,第一场。卷 5,p.175。

给了朱丽叶蜻蜓点水的一吻。很少有毒药能如此迅速地起作用,在16世纪人们知道的就更少了。可能性最大的是氰化物,这种毒药可以从桃核、杏核及月桂树叶等多种植物中提取。*

但若是氰化物,当朱丽叶打算用罗密欧嘴唇上残存的少量毒药来自杀时,应该能起效。氰化物可以和胃酸反应,生成氰化氢,这是一种气体,很容易从口腔溢出,杀死亲吻氰化物中毒者的人,无论亲吻者是出于对中毒者的感情,还是想给他做嘴对嘴的复苏。美国就出现过一个案例,一对已经订婚的年轻人并肩坐在沙发上讨论婚礼计划,未婚夫从口袋中掏出一块口香糖开始嚼,但这块口香糖含有分量足以致命的氰化物。这对未婚夫妇被人发现时,仍然并排而坐,未婚妻是在亲吻爱人后死的。**

氰化物可能毒发很快,但会让人非常难受。氰化物会在体内和细胞色素氧化酶的活性成分结合,这种酶在细胞内负责将葡萄糖和氧转化为能量。倘若有氰化物,不管人体吸入多少氧,细胞色素氧化酶都无法将其转化成能量。细胞不能产生能量,很快就会死亡。氰化物的致命性就在于它会杀死大量细胞。越需要能量的细胞越脆弱,也越早死亡,神经细胞就是这样。所以氰化物在致人死亡之前,会引起头痛、头晕、

---

* 尼古丁见效也这么快,但烟草在欧洲还是相对新鲜的事物,对贫穷的卖药人来说,很可能太贵了。——原书注

** 没有发现投毒者和投毒原因。——原书注

抽搐，还有呕吐和脉搏加快。所有症状会在几分钟内出现。罗密欧不在乎自己喝下的究竟是什么，只是把它当作寻死的手段。如果他对毒药更有了解，或许就不会服毒了。

罗密欧可能对毒药的效果不感兴趣，但其他角色可不愿意对它一无所知。女巫、僧人和卖药人因为职业的关系，都有研究毒物的正当理由。可是，当国王或王后开始研究毒药及其效力，就有点可疑了。

* * *

《辛白林》里的王后把时间和精力都用在了研究各式各样的化学杀人方法上，这样她就能杀掉那些挡她道的人。她预谋杀害自己的国王丈夫和继女伊摩琴。她就是许多童话故事里人们熟悉的那种邪恶继母。

王后雇用医生考尼律斯（Cornelius）教她合成香料等制剂。课程内容一开始还是基本的化学技艺，但很快就演变成毒药研究。她的借口是想扩充知识，并坚称只打算用来杀死小动物，不是人类，她的说辞让人很不放心。她的理由是，"看看有没有方法可以减轻它的药性，从实际的试验中探求它的功效和作用"[*]。尽管用动物做试验让人感到不适，但要确定

---

[*] 朱生豪译《辛白林》，第一幕，第五场。卷7，p.108。

各种物质的功效，这么做在科学上是合理的。为了测试某种毒药的解毒剂，你不得不先施毒，再看解毒剂有没有用。并且，如前文所说，在一种情况下是毒药的物质，在另一种情境中用量合适时，还能有利于身体健康。

王后拿药当幌子，不仅试图愚弄医生，还蒙骗了她打算杀害的对象——伊摩琴。她把装毒药的盒子交给继女，称盒子里满是药品。王后口口声声谈论药的"功效"和好处，可是这并没有打消医生的疑虑。他可能不清楚王后的确切计划，但他感到心神不宁，并机智地破坏了王后的阴谋。他用旁白向观众道出自己的怀疑——"我疑心你不怀好意，娘娘；可是你的药是害不了人的"*。他用"可以使感觉暂时麻木昏迷"**但不会害人性命的药，替代了致命毒药。伊摩琴以为盒子里装的是温和的药物，她服药后晕了过去，而王后的计划被挫败。

但王后本人没有意识到毒药已经遭人掉包，伊摩琴还活着，于是王后"供认她已经为您预备好一种致命的药石，服了下去，立刻就会侵蚀人的生命，慢慢地把血液一起吸干，叫人一寸一寸地死去"***。砷、铅或汞的化合物全都可以看作一种"药石"，但它们不能产生无意识或假死状态。那位谨

---

* 朱生豪译《辛白林》，第一幕，第五场。卷 7，p.108。
** 朱生豪译《辛白林》，第一幕，第五场。卷 7，p.108。
*** 朱生豪译《辛白林》，第五幕，第五场。卷 7，p.190。

第八章 最美味的毒药

慎的医生一定是换成了能让人昏睡的药物,而不只是稀释了王后要求使用的药石(一些可能的药物见本书第三章)。

如今,《辛白林》已经不怎么上演,也许是莎士比亚最不为人知的戏剧之一。相比另一个痴迷于毒药的皇室人物——克莉奥佩特拉,公众已经淡忘了上述这位恶毒的王后。

* * *

现实中的埃及艳后以广博的毒物学知识著称——"她曾经访求无数易死的秘方"[*]。她符合人们对投毒者的许多刻板印象:精于算计,狡诈,女性。毒药素有女性武器的名声,但这种看法是没有根据的。[**]莎士比亚写到的男性投毒者多于女性。

我们的剧作家对克莉奥佩特拉的认识来源于普鲁塔克的《希腊罗马名人传》。这位希腊传记作者称,埃及艳后曾研究过毒物。据说她收集了各种毒药,还用死刑犯人做实验。通过这些实验,她得出一个结论:见效快的毒药会伴随剧痛和抽搐。她认为,反过来,较温和的毒药见效也较慢。她又用同样的方法研究了有毒生物咬伤。根据普鲁塔克的说法,

---

[*] 朱生豪译《安东尼和克莉奥佩特拉》,第五幕,第二场。卷6,p.307
[**] 尽管与男性杀人犯相比,女性杀人犯用毒的比例更高,但她们的数量仍然非常少。男性杀人犯的总数远多于女性,所以论绝对数量,男性投毒者多于女性投毒者。——原书注

克莉奥佩特拉亲自观看了这些实验。她的研究方法比较科学，但做法残忍，结论也是错的。

普鲁塔克对毒液（venoms）和毒药（poisons）做了区分，但许多人会混用这两个词，尤其是莎士比亚。事实上，二者极为不同。毒药是接触或吸收后能让生物体死亡的有毒物质。毒液则是一类特殊的有毒物质，由动物分泌，专门用于攻击，较少用于防御。

若要防御，动物通常只需让捕食者感到疼痛，从而转移对方的注意力，赢得足够时间逃掉即可。而在捕食过程中，捕食者要趁猎物逃走之前，用毒液令其死亡或无法动弹。毒液需要迅速实现许多效果，所以用于捕食的毒液通常——倒也不总是——比用于防御的毒液成分复杂。毒液可能包含下列一种或所有物质：盐、肽类、蛋白质（比如酶）、脂质和胺类。这些成分都可能让猎物动不了。比如，钾盐会使神经紧张，引起疼痛。毒液里的酶就像一台能够迅速完成化学反应的分子机器，可以摧毁血管和组织，形成血块或阻止血液凝固，还有一系列其他的破坏作用。作为神经递质的胺类也会影响神经。

毒液的致命性取决于几种因素：各种成分的毒性、咬一口释放的量、咬中的部位。毒性强弱常用半数致死量（LD 50）来衡量，即杀死一半测试动物所需要的量。咬一口或多次释放的毒液量，视动物种类和具体环境而定。咬到什么位置同

第八章 最美味的毒药

样重要。有的毒液注入血管或腹腔时毒性更强，有的则注入皮下或肌肉更强。

据普鲁塔克称，克莉奥佩特拉对毒液的研究令她相信，被角蝰（asp）咬是自杀的最佳选择，因为它会让人逐渐昏睡，"脸上会微微出汗，感官容易变得麻木"。考虑到不同毒液及其作用方式的复杂性，她有些错误的认识也不奇怪。如果她想平和、没有痛苦地死去，用角蝰是不太可能实现的。

罗马和希腊作家提到角蝰的方式表明，这个词是几个不同物种共同的名字。埃及最常见的蛇是埃及眼镜蛇，它与古埃及文明联系紧密。埃及眼镜蛇长1米到1.5米，被它咬一口就足以致命。它的毒液主要包含神经毒素和细胞毒素（对细胞有毒的物质）。神经毒素会阻止神经传递信号，引发多种症状。被咬的部位和腹部会产生剧痛。控制肌肉的神经受到影响，中毒者会发生弛缓性麻痹，克莉奥佩特拉在她的实验中或许能够观察到这一现象。心脏和肺部也出现麻痹时，呼吸系统将完全崩溃，继而引发死亡，但死之前可能会头晕、抽搐。细胞毒素造成的影响是严重肿胀、起泡、挫伤和坏疽（细胞死亡）。

上述一切让著名的克莉奥佩特拉自杀事件疑团重重。首先，蛇应该是装在一篮无花果中被带给克莉奥佩特拉的。但要装下一条能杀人的蛇，一个篮子也太小了。*她的死亡本身

---

* 普鲁塔克给出的一种说法是，蛇被放在一个装水的器皿中带进屋里，王后不得不用一根针刺激它，引得它咬人。——原书注

也很难根据留存下来的描述得到解释。

莎士比亚写道，克莉奥佩特拉说蛇咬就像"香膏一样甜蜜"和"微风一样温柔"*，但实际的感受可能远远不是这样。被埃及眼镜蛇咬伤本来就够疼了，她选择让蛇咬的部位可能更疼。身体不同部分感受疼痛的神经末梢数量不同，所以理论上，充分利用神经分布知识，就可能标出最疼的部位。有位研究者用实验测试了该理论。2014年，麦克·史密斯（Michale Smith）每天早上都让一只蜜蜂蜇自己5次。然后，他按1到10给感受到的疼痛分级。数周之内，他身上有25个部位都被蜇过了。他得出结论，最疼的是鼻孔，他打了9。**

莎士比亚写王后将蛇放到胸口咬她，接着又咬了一下手臂，***但蛇放在胸口很可能是为了艺术效果，不是历史事实。根据史密斯的疼痛量表，咬乳头的疼痛等级是6.7。小臂最前端是5，手腕是4.7。克莉奥佩特拉要是能说服蛇咬她的头骨或中间的脚趾尖更好，这两处在史密斯的量表中仅有2.3。

普鲁塔克写道，王后被咬之后死得太快，别人都来不及救她。莎剧中照搬了快速死亡的设定；从被咬到死去，王后只说了十多句台词。克莉奥佩特拉的侍女查米恩也用角蝰咬

---

* 朱生豪译《安东尼和克莉奥佩特拉》，第五幕，第二场。卷6，p.306。
** 史密斯为此获得了搞笑诺贝尔奖。该奖项从1991年开始颁给科学家，以"嘉奖那些一开始让人发笑，继而让人思考的成就"。——原书注
*** 普鲁塔克也说克莉奥佩特拉的手臂上有蛇咬的痕迹。——原书注

了自己的手臂,她甚至没能撑过七句对话;在倒下之前,她只来得及调整好象征克莉奥佩特拉王权的头带(可能在抽搐时歪掉了)。

死亡发生后,只过了六句台词的时间,一个卫士进来,但为时已晚。就算当时有人在场,立刻将毒液从伤口吸出来,也救不了她。毒液在体内扩散得很快,用力一吸不可能将毒物完全清除。同样,即便你用一把刀快速切下去,切得再深也不可能阻止毒液扩散。* 不过,虽然毒液扩散得非常快,但实际上埃及眼镜蛇的毒液不会迅速致死。毒液里的毒素要发挥作用并置人于死地,需要花上一些时间。

剧中,随着越来越多人出场,他们发现,克莉奥佩特拉、安东尼,还有两个侍女,"全都死了"。女人们是怎么死的,没有明显迹象,他们展开了调查。遭人下毒的怀疑立刻就被排除了,因为她们的身体没有肿胀。仔细查看克莉奥佩特拉,他们发现"她的胸前有一道血痕,微微起泡;在她的臂上也是这样"**,也许是咬痕,加上毒液造成的伤痕、水泡。另外还有更多蛇咬的证据,"这是蛇咬过的痕迹;这些无花果叶上还有黏线痕迹,正像在尼罗河沿岸那些蛇洞边所长的叶子

---

* 如果你发现有人被蛇咬,最好的办法是压住伤口,叫救护车。——原书注

** 朱生豪译《安东尼和克莉奥佩特拉》,第五幕,第二场。卷6,p.307。引用译文稍有改动。

一样"。*

证据搜寻得很粗略，甚至没人看一眼侍女查米恩和伊拉丝的遗体。如果有人检查了两位侍女，就会在查米恩的手臂上发现咬痕。但伊拉丝的遗体很令人疑惑，她的身上没有咬痕，她是在亲吻克莉奥佩特拉的嘴唇之后立刻死去的。这时候，王后还没有被蛇咬，所以不会是体内的蛇毒通过亲吻传递。伊拉丝的死一定另有原因；或许她是悲伤而死（见本书第十章）。

关于克莉奥佩特拉之死的描述，与眼镜蛇毒引起的死亡不一致，对此人们心中生出许多怀疑。普鲁塔克也确认了这些怀疑，在书中阐述了几种看法。其中一种认为，虽然在克莉奥佩特拉的房间里没有发现蛇，但在她公寓窗户另一边的海砂上，明显有爬行动物的踪迹。而之所以假定是蛇咬她，可能是因为埃及国王常用蛇作为标志，克莉奥佩特拉的头带上就有蛇的图案装饰。普鲁塔克提到的另一种看法是，克莉奥佩特拉把毒药密封在中空的长发夹里，戴在头上，她实际上是服毒自杀。

克莉奥佩特拉死因不明，与莎士比亚无关，也不是因为他不了解毒液。在《安东尼和克莉奥佩特拉》里，他只是以戏剧的方式呈现历史事件，其中的错误来自他的参考资料。他没必要编造；在莎士比亚将克莉奥佩特拉的死搬上舞台之

---

* 莎士比亚对蛇的了解显然不多，它们不会留下黏线痕迹。——原书注（引文出自朱生豪译《安东尼和克莉奥佩特拉》，第五幕，第二场。卷6，p.307。）

第八章　最美味的毒药

前,这个标志性的死亡事件就已经充满戏剧性。在其他戏剧中,莎士比亚才更自由地发挥了想象力。

* * *

例如,《哈姆莱特》比其他剧作包含更多中毒情节(至少有 3 种毒药,造成 5 人死亡),但哪个角色用了什么毒药,让许多人抓破脑袋。剧中,老哈姆莱特的中毒最著名,细节描写非常详尽,甚至给出了毒药名称。但是,尽管信息已经很丰富,我们还是不清楚是什么毒死了他。

根据父亲的鬼魂对哈姆莱特所述,老哈姆莱特是被自己的兄弟克劳狄斯蓄意毒死的。哈姆莱特是出现了幻觉,还是真的看到从父亲身上分离出的灵魂,不在本书讨论的范围内。如果我们假定哈姆莱特听到的描述属实,其中不仅道出了克劳狄斯所作所为的大量细节,还包括他打算如何逃脱罪责:

> 当我按照每天午后的惯例,在花园里睡觉的时候,你的叔父乘我不备,悄悄溜了进来,拿着一个盛着毒草汁*的小瓶,把一种使人麻痹的药水注入我的耳腔之内,那药性发作起来,会像水银一样很快

---

*　原文为 juice of cured hebona,直译是被下了咒的赫伯纳汁。

地流过全身的大小血管，像酸液滴进牛乳一般把淡薄而健全的血液凝结起来；它一进入我的身体，我全身光滑的皮肤上便立刻发生无数疱疹，像害着癞病似的满布着可憎的鳞片。这样，我在睡梦之中，被一个兄弟同时夺去了我的生命、我的王冠和我的王后……*

毒药的名字是赫伯纳（hebona），但现实中根本没有这种东西。英文原本没有固定拼法，直到18世纪才统一。在那之前，英文单词是根据发音和个人喜好用字母拼写。所以在《哈姆莱特》里，我们的剧作家或许只是用了一种不常见的拼法，实际指的可能是毒芹（hemlock）、藜芦（hellebore）、天仙子（henbane）或乌木（ebony），等等。

第一种是毒芹，这个可能性最小。莎士比亚在拼写上再怎么随意，从"hemlock"到"hebona"，变化也太大了。毒芹中毒的症状要么是头晕、抽搐，要么是四肢麻痹，取决于具体是两种毒芹属植物中的哪一种，不过都不太符合老哈姆莱特的症状。

第二种可能性是藜芦。老普林尼的《博物志》写于公元1世纪，莎士比亚肯定知道这本书，书中提到，如果这种植物

---

* 朱生豪译《哈姆莱特》，第一幕，第五场。卷5，p.299。

长在葡萄中，做成的酒会让孕妇流产。老普林尼还说，马和猪吃了这种植物会丧命。但人类食用后，最有可能是肚子很痛，不会死掉。*

第三种可能是天仙子，它的英文拼写和可能引发的症状都更接近剧中的描述。这是茄科的一种植物，茄科的有毒植物数量惊人，包括前面章节中提到过的曼陀罗和颠茄。这三种植物和茄科的另外几种都含有阿托品，它会开启身体的"战或逃"（fight or flight）反应。症状是瞳孔放大，汗水和唾液等分泌物干涸。有时还会起疹子，尤其是上肢，但不是老哈姆莱特抱怨的"可憎的鳞片"。

老普林尼的《博物志》也为天仙子提供了一点支持。书中有一个治疗耳朵疼的方子，用到了天仙子汁、鸦片和玫瑰油等。混合物温热之后，再用注射器注入耳朵。这可以解释莎士比亚为什么选择耳朵作为下毒的部位。

毒药通常是用某种方式咽下或注射，少数可以吸入，有的可以靠皮肤吸收。但在耳朵处用毒很罕见。耳朵内部有蜡状物保护，很难吸收毒药。耳朵里的血管相当少，所以毒药也不能通过血管有效进入人体。不过，既然老普林尼提到了，往耳朵里倾倒药物可能比我们想象中更常见，但这么做没有明显的好处，很可能也会让人非常不舒服。

---

* 即便如此，也不要吃藜芦，也不要给别人吃。——原书注

第四种是乌木，英文是"ebony"，有时也写成 hebenus 或 hebeno，表面上看，它更没有说服力。虽然拼写上更相似，但乌木的毒性并不是特别强，况且，16世纪和17世纪的人并不认为乌木是毒药。不过，当时有一种产自愈创木的木头经常和乌木混淆。愈创木生长在西印度群岛和南美洲北部沿岸，由伊斯帕尼奥拉岛的原住民命名，他们称愈创木为 guaiacum 或者 guaiacan。这种树还有一个英文名叫"pockwood"，因为树木的提取物经常用于治疗"那种痘"，或者说梅毒（见本书第七章）。*

如果真是乌木，我们可以对哈姆莱特父子的对话作出另一番诠释。老哈姆莱特可能是在谴责妻子将梅毒传染给他，而这又是因为妻子和他的兄弟有染。前面的引文中还有其他暗示感染梅毒的内容。老哈姆莱特说，毒药让他的皮肤起了"无数疱疹""鳞片"，"像害癞病"，过去，这些词常用来描述全身出现脓包的二期梅毒。这种毒药，或者说"毒草汁"又被说成"使人麻痹的药水"（leprous distilment），而在莎士比亚时代，凡是会对皮肤造成影响的疾病，通常都用"麻风病"（leprosy）一词指代。再者，这种毒药据说"会像水银一样很快地流过全身的大小血管"，这或许涉及梅毒的水银疗法。

---

* 此处或许可以补充一句：这种治疗是无效的。——原书注

第八章 最美味的毒药

梅毒远不是对剧中这一段落的最终解释，但莎士比亚多次提到梅毒，观众不会注意不到。哈姆莱特后来碰到母亲，他说"你的行为……从纯洁的恋情的额上取下娇艳的蔷薇，替它盖上一个烙印"*，可能暗指梅毒感染的初期症状——溃疡或硬下疳。哈姆莱特还用"燃烧"一词暗示排尿时的疼痛，这也是感染性病的症状之一。他的其他说法，如"性欲的奴隶"**"让淫邪熏没了心窍"***会让观众联想到妓院，这是常见的梅毒传染源。

当然，这些可能都不是莎士比亚的意思，他不过自创了一种满足剧情需要的毒物。但他把毒药的效果写得太具体，让人很难相信他不是指涉某种真实事物。他也可能只是从某处或某人那里借用了毒药的名字。克里斯托弗·马洛在《马耳他岛的犹太人》中提到一种毒药时，使用了"赫伯"（hebon）这个名称，这部戏剧写得比《哈姆莱特》早很多，不过马洛没有描述中毒症状或毒物来源。

如果莎士比亚没有借鉴马洛的想法，也许源头是最早的哈姆莱特故事。故事源自一个斯堪的纳维亚传说，1200年左右，丹麦历史学家萨克索·格拉默提克斯（Saxo Grammaticus）

---

* 朱生豪译《哈姆莱特》，第三幕，第四场。卷5，p.351。

** 原文为panders will，pander有老鸨的含义。译文引自朱生豪译《哈姆莱特》，第三幕，第四场。卷5，p.352。

*** 原文为stewed corruption，前文提到过，stew有妓院的含义。译文引自朱生豪译《哈姆莱特》，第三幕，第四场。卷5，p.352。

在《丹麦人的事迹》(*Gesta Danorum*)中第一次记录下传说。但在这个版本中,老国王是被蛇咬死的。到了莎士比亚笔下,蛇咬成了克劳狄斯编造的老哈姆莱特突然死亡的原因,正如鬼魂所说:"一般人都以为我在花园里睡觉的时候,一条蛇来把我螫死。"* 在《哈姆莱特》里,大家似乎普遍相信蛇的故事,但这个解释真的可信吗?

丹麦的确有一种本土毒蛇——毒蝰。它的毒液能引起剧痛,迅速扩散,符合"像水银一样很快地流过全身的大小血管"的描述。接着是水肿(过量液体积聚在体腔和身体组织中)。血管和组织被分解,造成严重坏疽。毒液既有凝血作用,又有抗凝血作用,使血液发生重大变化,或许就像"酸液滴进牛乳般地把淡薄而健全的血液凝结起来"**。这可以解释老哈姆莱特的症状和死亡。因此克劳狄斯能在很长时间逃脱罪责。

哈姆莱特揭穿克劳狄斯罪行的方法很不常规,他让一个巡回表演剧团演绎了一模一样的杀人手法。这更像阿加莎·克里斯蒂的小说里,大侦探波洛(Poirot)在结尾揭晓真相的情形,而不像在法庭上询问法医鉴定结果和审讯的现代方法。***

---

* 朱生豪译《哈姆莱特》,第一幕,第五场。卷5,p.299。
** 朱生豪译《哈姆莱特》,第一幕,第五场。卷5,p.299。
*** 克里斯蒂在她最成功的舞台剧《捕鼠器》(*Mousetrap*)中,借用了《哈姆莱特》里这出剧的剧名。——原书注

第八章 最美味的毒药

尽管我们希望罪人受到惩罚，但这部戏剧的特别之处在于，哈姆莱特揭发叔父的行径后也无能为力。他迫于压力去复仇，但彻底失败，一路下来还伤及许多无辜。

在最后一场戏中，事情到了紧要关头，哈姆莱特和雷欧提斯（Laertes）决斗。哈姆莱特以为自己有优势，因为他一直在练习剑术，可是他不知道，形势对他不利。克劳狄斯已经和雷欧提斯密谋，让雷欧提斯在剑尖抹了毒药，"这药油我就涂一点在我的剑头上，管保一丁点擦伤就让他送命"*。为了确保哈姆莱特必死无疑，就算他赢得比赛，克劳狄斯也会在他的酒中下毒。

这两种下毒方法都更传统。莎士比亚甚至懒得给出毒物名称。无论是什么毒药，总之会迅速起作用。加入酒杯中的可能是氰化物。涂抹在剑上的毒物更难猜测。它必须是很少剂量就能致命，并且毒发很快。一种可能是前文提到过的乌头碱，古时候，这种从植物中提取的物质常用作箭毒。

还有一种可能是箭毒马鞍子，这是一种神经毒物，在中南美洲地区用来涂抹于箭尖。它会引起麻痹和死亡，因为中毒者的肺部不能扩展，无法吸入氧。箭毒马鞍子只有进入血液才有毒，吃下去是安全的，所以捕猎者可以吃掉他们杀死的猎物，不用担心中毒。1596 年，探索新世界的沃特尔·雷

---

* 朱生豪译《哈姆莱特》，第四幕，第七场。卷 5，p.377。

利爵士（Sir Walter Raleigh）回来之后，英格兰才第一次对这种异域箭毒有所耳闻，但他写到的毒药也可能不是箭毒马鞍子。

克劳狄斯和雷欧提斯的计划在某种程度上实现了，但他们显然没想过所有可能发生的情况。这类见效快、毒性强的毒药也容易牵连旁人。他们的行为导致四个人死亡，不像他们所预想的只死一个。葛特露（Gertrude）就是这场阴谋的无辜受害者，她为儿子祝酒，误喝一杯毒酒，随即死去。雷欧提斯被毒剑刺伤，也反受其害。哈姆莱特不出所料受伤了，倒下之前，他用毒剑刺伤克劳狄斯。这场戏里，用什么毒不重要。关键是情节迅速推进，角色一个接一个死去，将结尾推向高潮，并与霍拉旭（Horatio）突然地安静形成对比，他是剧中唯一活下来的主要人物，讲述了这个悲惨的故事。

第九章
生存还是毁灭[*]

---

[*] 朱生豪译《哈姆莱特》,第三幕,第一场。卷5,p.330。

莎士比亚笔下的 N 种死亡方式

> 熄灭了吧，熄灭了吧。短促的烛光！[*]
> ——《麦克白》，第五幕，第五场

"生存还是毁灭"，哈姆莱特那段著名独白的第一句，恐怕是莎剧中被引用最多的台词。从丹麦王子直击灵魂的独白，到奥菲利娅的溺亡，以及她的死亡引起的各种不同反应，《哈姆莱特》比其他戏剧更详细地探讨了自杀这个主题。

哈姆莱特沉思生活，思考死亡能否赐予他渴望的解脱，这是一个人在生命中至暗时刻的探索，令人心痛。他表现出了诸多可能导向自杀的典型迹象：沮丧、焦虑，有自我毁灭倾向，甚至计划自杀。母亲为儿子的状况深感担忧，于是请朋友们和他谈话，支持他。任何人为了朋友或家人都会这么做的。母亲的干预成功了，哈姆莱特没有自杀。

驱使莎剧人物终结自己生命的情况都很极端，今天几乎没人会陷入类似境地。但那些忧伤、恐惧、沮丧的情绪却很真实。对人类的绝望体验，莎士比亚洞察得异常准确。数十年间，他虚构的人物为许多心理学家提供了研究案例。他的戏剧和诗歌对自杀者的理解不仅深刻，态度上还出人意料地现代。

---

[*] 朱生豪译《麦克白》，第五幕，第五场。卷6，p.184。

第九章　生存还是毁灭

对于那些想自杀和亲手终结自己生命的人，莎士比亚表现出了超越于时代的同情态度，这一点很值得称赞。在历史上，自杀被极大地污名化。自然死亡是预料之中的，被视为生活的一部分。但有预谋地自杀，则被认为极其不自然，会让自杀者及其家人蒙羞。

过去的人深信来世，一个人打算采取自杀这样过激的行为，不仅是放弃了生的希望，还意味着放弃了此后的所有希望——"惧怕不可知的死后，惧怕那从来不曾有一个旅人回来过的神秘之国"[*]。自杀是严重的罪（sin），哈姆莱特在思忖自杀时，显然考虑到了这一点，"（但愿……）那永生的真神不曾制定禁止自杀的律法！"[**]自杀者的遗体会被埋葬在不洁的土地上，比如十字路口或田野，身上还要钉一根桩子。这样的惩罚似乎还不够，自杀和自杀未遂还是刑事犯罪——自杀者的所有钱财物品都会被国家没收。

与伊丽莎白时期的社会常态相反，在莎士比亚笔下，自杀者没有被回避和忽视，反而得到了哀悼与同情。一连串的小误会导致罗密欧和朱丽叶双双自杀；"比我三倍勇敢的义士"[***]爱洛斯（Eros）选择自杀，而不是杀害他的朋友安东尼；还有奥赛罗，当他意识到妻子无辜的时候，已经晚了，他为

---

[*]　朱生豪译《哈姆莱特》，第三幕，第一场。卷5，p.330。
[**]　朱生豪译《哈姆莱特》，第一幕，第二场。卷5，p.287。
[***]　朱生豪译《安东尼和克莉奥佩特拉》，第四幕，第十四场。卷6，p.287。

犯下谋杀她的罪过自杀身亡,这些人的死通常都被视为浪费生命的悲剧。他们都值得同情,而非充满耻辱。*

大多数情况下,遇到问题的人物若稍微缓一缓,处境就会改变,误会就能消除。希望和更美好的生活不久便会降临,但剧中人物看不到。又因为人们的疏忽或社会的消极态度,旁人没能察觉自杀的征兆,错失帮助自杀者的机会。

自16世纪以来,情况发生了很大变化。绝大多数公众开始同情自杀,救助渠道也多了很多。那些想自杀的人可以更公开地谈论他们的感受,不会因此受到排斥。他们很容易找到提供安慰和帮助的支持机构,如心理辅导中心、自杀预防慈善组织(samaritans)或自杀热线。今天,向朋友、亲人倾诉更有可能引起对方的同情和关心,而不是责难。但莎士比亚的角色没有上述条件,尽管在某些例子中,有人注意到他们的自杀倾向,并尝试帮助和阻止他们。研究表明,一种阻止自杀的方式,是不让意图自杀者有实施自杀的可能,莎士比亚的少数戏剧用到了这个策略。

* * *

莎剧的时间背景设定从16世纪往前,延伸至古罗马时期,

---

* 尽管莎士比亚对自杀很容忍,却似乎没有对社会普遍的看法产生影响。在英国,自杀和自杀未遂直到1961年才不算违法。——原书注

第九章 生存还是毁灭

在这段时期，自杀的方法低效而痛苦。

> 死了，睡去了，什么都完了；要是在这一种睡眠之中，我们心头的创痛，以及其他无数血肉之躯所不能避免的打击，都可以从此消失，那正是我们求之不得的结局。死了，睡去了；睡去了也许还会做梦。嗯，阻碍就在这儿！*

哈姆莱特把死亡描述成就像睡去了，这恐怕只是他的愿望，现实中通常很不一样。

莎士比亚的戏剧和诗歌中有十几位人物自杀，其中一半以上自己刺死自己，这之中又有三位出自同一部戏剧（《裘力斯·恺撒》）。绝大多数自杀事件，莎翁都遵照了历史记录，这些历史教训表明，用剑自杀不一定死得迅速、高贵。这是一种很有戏剧性，但也很痛、很暴力的死法，而且并不总像许多人希望的那样，能很快结束。莎士比亚无比了解自行刺伤的惨状。

在完全了解死亡的痛苦后，你需要下很大的决心，才会对自己的身体做出如此暴力的行为。《裘力斯·恺撒》中三个人的死就是很好的例子。其中两位自杀者，凯歇斯（Cassius）

---

* 朱生豪译《哈姆莱特》，第三幕，第一场。卷5，p.330。

和勃鲁托斯（Brutus），不得不向朋友寻求帮助，请对方刺死自己，或者让朋友握紧剑柄，自己伏剑而死。在《安东尼与克莉奥佩特拉》里，安东尼认为克莉奥佩特拉死了，于是请朋友爱洛斯帮忙杀死自己。爱洛斯却自杀了。正因为他牺牲自己以拯救安东尼，所以后者说"比我三倍勇敢的义士！壮烈的爱洛斯啊，你教会我我所应该做而你所不能做的事了"[*]。可见模仿自杀（copycat suicide）不是什么新鲜事。

爱洛斯和安东尼的情况还表明，自己刺自己很容易搞砸。安东尼扑倒在剑上，但没能实现渴求中戏剧性的快速死亡："怎么！没有死？没有死？"[**]他的剑可能没有刺到重要器官或主要血管。他求周围人说"把我刺死了吧"[***]，但他们拒绝了。安东尼痛苦倒地，慢慢地流血而死。另一个可怕的反转是，他随后得知克莉奥佩特拉还活着，他戏剧性的姿态徒劳无用。安东尼站不起来，只能被人抬到克莉奥佩特拉面前去告别。直到下一场戏，140行台词之后，安东尼才最终伤重不治。

无论是被自己还是别人刺伤，受剑伤后活下来的机会，很大程度上都取决于剑刃损害的部位。比如，倘若避开脾脏和主要血管，腹腔的伤口血流得很慢，能拖好几个小时才死。得益于现代外科技术，肠道的创伤最初可能不致命，只有引

---

[*] 朱生豪译《安东尼和克莉奥佩特拉》，第四幕，第十四场。卷6，p.287。
[**] 朱生豪译《安东尼和克莉奥佩特拉》，第四幕，第十四场。卷6，p.287。
[***] 朱生豪译《安东尼和克莉奥佩特拉》，第四幕，第十四场。卷6，p.288。

发腹膜炎，导致全身感染，才会危及生命。

莎翁剧中所有意欲刺死自己的角色，都会刺向胸膛，可能以为这样能死得更快，但事情没这么简单。胸腔里的重要器官受肋骨保护。锋利的剑刃可以轻易刺穿肋骨间的肌肉和软骨，但由此造成的伤害各不相同。

如果主要血管或心脏被刺破，会有大量血液流入胸腔（血胸）。令人意外的是，流到体外的血可能不太多，因为刀抽出去时，组织会相互交叠，就像阀门一样关闭起来。受伤者可以内出血而死，而外表几乎没什么伤痕。

另一些情况下，可能会在胸口刺出一个连通内外的洞，造成"开放性气胸"。伤者呼吸时，空气不是通过口鼻吸入，而是直接从胸部的伤口进入。

莎士比亚的长篇叙事诗《露克丽丝遭强暴记》里，标题中的人物可能就是死于"开放性气胸"。露克丽丝因为受强暴之辱，将刀刺进自己的胸膛。剧中详细探讨了她遭遇的不公："妇女们遭凌辱，不应受到责难！应当责备的是老爷们的傲慢骄横，竟把丑行的耻辱交给弱女子担承。"* 强暴她的人罪大恶极，遭到流放。他失去了进入罗马城的权利，但露克丽丝失去的是生命。两者的不同结局被特别指出："她原该杀死仇敌，却让自己身亡。"**

---

* 孙法理译《露克丽丝遭强暴记》，第1258—1260行。卷8，p.123。
** 孙法理译《露克丽丝遭强暴记》，第1827行。卷8，p.149。

露克丽丝的计划是"用一把尖刀顶住我的心窝，让我的眼睛恐惧，眼睛一迷糊我便会落在刀上死去"*，但没能实现。她的生命没能在眨眼间结束。目击者显然惊呆了，站在一旁看着她。这个垂死的女人没有得到任何帮助，但当时做什么也救不了她。露克丽丝遭强暴的惨状，以及她的自戕，不仅震惊了她身旁的目击者，也震撼了读者。

对露克丽丝伤口的详细描写，凸显了强暴者对她的残忍。鲜血"从她的胸口汩汩地涌出"，说明有空气从伤口溢出，她刺到了肺部，而不是计划中的心脏。"可怕的血浪"说明血流量巨大，这可能正是她的死因。**

这首诗还证明，莎士比亚仔细观察过血液。"有的还保持着鲜红纯洁／部分却变成污黑"，直接指出血液会变样。尽管诗歌将血液变污黑归咎于受强暴者玷污，"凝滞的黑血表面"这一句表明，诗人明白，血液的变化有其物理原因。血液与空气接触会凝结，颜色会变深。"水一样的血清"则讲到凝结的血液能够分成血块和血清。***

露克丽丝的伤口周围既有红色的鲜血，也有颜色加深的凝血，暗示她在刺伤自己后活了一段时间。她可能处在极大的痛苦之中，拼命喘息。

---

* 孙法理译《露克丽丝遭强暴记》，第 1137—1139 行。卷 8，p.118。
** 孙法理译《露克丽丝遭强暴记》，第 1737、1741 行。卷 8，p.145。
*** 孙法理译《露克丽丝遭强暴记》，第 1142—1145 行。卷 8，p.146。

第九章 生存还是毁灭

和莎士比亚笔下的许多宗自杀一样，露克丽丝的死令人痛惜："创伤对创伤，哀悼对哀悼是否有助？"*——没人企图掩盖她的死亡方式，事实上，这反而促使她的家人去寻求正义。

莎士比亚不总会专门提到心脏，但这是自杀者刺向自己时的目标——"来，凯歇斯的宝剑，进入泰提涅斯（Tintinius）的心里吧"**。看起来这是实现快速死亡的最明显方式。但不那么明显的是，面对刺伤，心脏这个器官其实特别坚韧。

首先，心脏被胸腔，尤其是胸骨保护得很好。相比于肌肉或软骨，剑刃刺穿骨头需要的力道大得多。其次，剑还必须够长，角度也必须恰当，才能刺到心脏。不过，即便这些都做到了，死亡也可能不如预期那般迅速。

历史上有几个直接刺中心脏，但没有立刻毙命的例子。譬如，20 世纪的一个案例中，受害者被人刺穿心脏，在倒下之前，他追着袭击者跑了 1/4 英里。尸检观察到的损伤，并不能准确反映一个人在胸腔被刺伤后活了多久。对照目击者对刺伤的描述和病理结果，可以支持莎士比亚的观察：刺伤既可能快速造成死亡，也可能拖延很久。

心脏的某些部位相对更脆弱。心脏的左心室有肌肉构成的厚壁，肌肉收缩时，能在一定程度上封住伤口。生命得以

---

* 孙法理译《露克丽丝遭强暴记》，第 1822 行。卷 8，p.149。
** 朱生豪译《裘力斯·恺撒》，第五幕，第三场。卷 5，p.268。

延续，但血液会渗透到心包（围绕心脏的膜囊）。直到某一刻，心包充满血液。在液体的压力下，心脏不能再扩张，死亡随之发生（临床上称为"心包填塞"）。右心室受伤通常能更快致命，因为肌肉壁更薄，不能有效阻止血液流失。相比之下，如果向心脏输送血液的血管受损，则基本没有生存希望。今天，如果抢救及时，急救措施可以阻止流血，输血可以弥补失去的血液，现代外科手术也可以设法修复损伤。但在过去，人们无能为力，只能等待死亡的到来。

莎剧中许多刺死自己的情节都是基于史实或广为人知的故事。罗马人物勃鲁托斯、泰提涅斯、凯歇斯、加图、玛克·安东尼、爱洛斯和露克丽丝都是真实的，并且全都死于自伤。在莎士比亚将罗密欧和朱丽叶、皮拉摩斯和提斯柏（《仲夏夜之梦》中的人物）搬上舞台之前，这些角色早已在诗歌、散文中流传了许久。在舞台上上演刺死自己，不仅忠实于故事原型，还充满视觉吸引力和戏剧性，也相对容易表演。演员可以安全地将剑刺向腋下，避免受伤，并刺穿装满血的膀胱，让血液流淌（见本书第二章）。

这或许是莎士比亚让奥瑟罗刺死自己的一个原因，即便故事原型并非如此。在乔瓦尼·巴蒂斯塔·吉拉尔迪的《一个摩尔人船长》中，奥瑟罗没有自杀。他因为参与谋杀自己的妻子被投入监狱，他从监狱逃出来后，妻子的亲戚为报仇杀死了他。还有一个原因是，莎士比亚将他杀改成自杀，让奥瑟罗承认自己的罪行，从更同情的视角来刻画这个人物。这样也加重了伊阿古的罪孽，因为奥瑟罗的自杀说到底是伊阿古的行为造成的。相比原版故事，莎翁将人类的行为和动机写得更复杂了。

莎剧中探索的其他自杀方式不太容易表演，也不总是遵照得到公认的真实事件。推测莎士比亚为什么选择这些方式，是一件很有意思的事。有一场自杀尤其难以在舞台上呈现，当然，这是考虑到演员的健康和安危——在《约翰王》里，根据舞台指示，扮演亚瑟的演员似乎要在众目睽睽之下，从很高的地方坠落。

* * *

《约翰王》可能是演出最少的莎剧。因为冷门，它的情节和角色不像其他戏剧那样为人熟知。戏剧的主题之一是统治权：应该由亚瑟还是约翰加冕称王。在昂日尔城的城墙外，英国军队集结起来支持约翰，一支法国军队也集结起来支持亚瑟。昂日尔城从头到尾坚决保持中立。战争没有结果，各方被迫退回去谈判。大量的讨论、一场战略联姻和一个双边协议成功避免了一场战争，但这只是暂时的。约翰被认可为英格兰国王，但是，当约翰公然反抗教皇的一项命令时，两国关系破裂。法兰西（支持教皇）和英格兰（支持他们的国王）

再次对立起来。战争随即爆发,亚瑟被英国人俘获。

小亚瑟交由赫伯特·德·勃格(Hubert de Burgh)照管,现实中的赫伯特是个强有力的指挥者,被约翰派到法兰西协助打仗,但在剧中,他更是执行约翰命令的邪恶亲信。命令之一就是杀死亚瑟。约翰认为,没有亚瑟挡道,他在英国的王位将坐得更稳固。

在鲁昂城堡(Roùen Castle),赫伯特打算用烙铁弄瞎亚瑟的双眼从而杀了他。但这个男孩的请求融化了俘虏者的心,亚瑟保住了性命。赫伯特回去向约翰承认,他没能完成国王的命令,亚瑟还活着。但是,当赫伯特离开城堡前去复命时,小男孩趁机乔装打扮,试图逃跑。

他站在城堡的墙上,思忖眼前的高度。亚瑟不打算死,但他明白,他要是跳下去,很可能会死:"我很害怕,但我还得冒这个险。只要能跳下去没伤了手脚,逃跑的办法便能有无数条。"他推测就算跳下去死了,[*]也好过现在的处境,约翰很可能再派人来杀死他,"与其留下等死,不如冒险一跳"[**]。

亚瑟盼望"好心的地面,发发慈悲,不要伤害我吧"[***],可他的愿望没能成真。这是致命的一跳,不过他没有立刻死去。他伤势严重,但还有时间说出两句简短的台词。

---

[*] 人类用屈体姿势自由下落的终极速度是每小时200英里。——原书注
[**] 孙法理译《约翰王》,第三幕,第三场。卷3,p.461。
[***] 孙法理译《约翰王》,第三幕,第三场。卷3,p.460。

第九章 生存还是毁灭

美国航空航天局（NASA）的研究表明，从 6 米高的位置坠落到坚硬的表面，双脚着地，可能受重伤。从这个高度跳下来，身体撞击地面时的速度将达到每小时 25 英里。多亏现代医学，从 6 米的高空坠落也有存活的可能。但在 13 世纪，亚瑟徘徊在生死边缘，得不到任何医疗救助。从 7 米到 12 米的高空坠落，就很难存活了。从 12 米以上的高度撞向岩石，几乎必死无疑。

掉落的高度并非总是和受伤程度正相关。有的人从一人高的地方落下去也会死，有的人从很高的地方跳下，却没事，通常是因为有些缓冲。* 很大程度上，伤情和伤势不仅取决于高度，还取决于身体首先着地的部位。

控制下落非常困难。即便亚瑟只是简单地从某个高度落下，想双脚着地也没那么容易。受高度和其他一些因素影响，身体可能在下落时翻滚，因此在最终触地时，身体的任何部位都有可能朝下。身体还可能在落地时弹起来，飞出去。

即便是从很高处掉下去，坠落时也极少头顶先着地。头骨的各部分厚度不均，不同人的头骨也不一样厚，但都有可能严重破裂。脚先着地的可能性更大，此时不仅腿骨会受损，双腿还会向上插穿盆骨，冲击力可以传到脊椎，甚至直入头骨，损伤受力方向上的任何一点。

---

* 在舞台上表演从高处坠落需要内行的专家来做，并且要仔细计划，安全操作。特效演员会训练和排练动作，但仍然有风险。——原书注

如果是侧身落地，什么伤都可能出现。肋骨、手臂和肩膀的骨头可能破裂，肝、肺、心、脾等内脏可能撕裂或脱落。当胸部因撞击而骤然减速时，连接心脏和其余血液循环系统的主动脉可能断裂，造成大出血，致人快速死亡。

情况不同，受到的伤害也极为不同。有时身体可能严重碎裂，但有些情况下，皮肤几乎完好无损，遮蔽了内脏受的重伤。尸检结果表明，人们几乎不可能从受伤的性质和程度反推掉落的高度。

在莎士比亚的想象中，亚瑟的跌落该如何在舞台上呈现，这很难说。舞台指示少得不能再少："跳下。"莎士比亚没有具体描述怎样才能安全地演出这一幕。演员肯定要落在提供缓冲的垫子上，才能避免遭遇亚瑟的命运。他可以跳到观众的视线之外，但之后需要当着观众的面说出最后两句台词，他的身体也必须留在原地，等着被一群英国大臣发现。

不管怎样，这一幕显然不必写实地演出。正如本书第二章讨论过，写实主义不一定是伊丽莎白时期戏剧的目标。很多表演都可以唤起观众的情绪；比如亚瑟语带蔑视的演说，大臣们发现亚瑟遗体时的悲恸。怎么死的不重要，重要的是亚瑟逃跑的决心，以及他在完全知悉后果的情况下，仍勇敢地尝试。观众不需要看到残破的躯体，就能领受一个年轻生命逝去的悲剧。

英国的几位大臣发现亚瑟的尸体后，推测他的死亡情形——他是自己跳下还是被人推下？中途，赫伯特登场。一开始他很高兴自己做了正确的事，放过了那个男孩，但当他发现群臣正对着亚瑟的遗体哀悼时，这份喜悦迅即变为沮丧。有人指控赫伯特将男孩推下墙，但推或没推都不可能证明。不过，赫伯特为亚瑟之死表现出的悲伤对他有利。即便在今天，人们也很难在坠亡现场找到判定意外、自杀或他杀的证据，通常都要依靠间接证据，如血醇水平、自杀留言，以及亲戚朋友对死者精神状态的证言。

要确定现实中的亚瑟是怎么死的，同样困难，因为缺乏清晰的法医证据，只能依靠流言。莎剧的参考来源——霍林斯赫德的《编年史》断言，亚瑟本来要被人弄瞎眼睛杀死，但赫伯特·德·勃格救了他。从这里开始，莎士比亚就偏离了历史记录。《编年史》记载了关于亚瑟结局的几种说法，其中之一是他试图从鲁昂城堡的墙壁爬下去，跳进塞纳河逃走，但淹死在了河中。另一种说法是，这个男孩被忧伤吞噬，日渐消瘦，慢慢病死。但还有一个据说源自鲁昂城堡指挥官的版本，称约翰王派人来阉割亚瑟，因为手术失败，亚瑟受惊吓而死。

这些说法大多是由不喜欢亚瑟的人传出的，他们想败坏他的名声。亚瑟更有可能是在监狱里病死的。莎士比亚似乎很同情这个年轻人，给了亚瑟比现实中更多的选择。

剧中亚瑟之死的悲剧很大程度上在于他太年轻。这样的剧情准确应和着现实，令人不安，因为现实中自杀的大多数是少年和年轻男子。更可怕的是，莎士比亚还强调亚瑟的死没有意义。如果亚瑟能多等一会儿，他就会从赫伯特那里听到消息，约翰王希望他活着。

莎士比亚对亚瑟之死的安排，可能在表演上不切实际，但情感冲击巨大。不过，要引起观众的同情，有时不一定要表现角色的临终时刻。《裘力斯·恺撒》里，鲍西娅的惨死就是一个例子。

* * *

鲍西娅在舞台上的时间不多，但她出现时，明显心事重重，很不舒服。她在剧中首次出场，身体就不好——丈夫勃鲁托斯说，"你这样娇弱的身体，是受不住清晨的寒风的"[*]。鲍西娅向勃鲁托斯吐露她曾自残，说明她的心理状态忧郁："我……曾经有意把我的大腿割破。"[**]

几场戏之后，她抱怨自己为丈夫担忧得要晕过去了。她派人去打探他的消息。我们最后看到她，是她站在家门外，不想为丈夫担心，却又渴望知道他和恺撒见面的情况："路歇斯（Lucius），快去，替我致意我的主，说我现在很快乐。

---

[*] 朱生豪译《裘力斯·恺撒》，第二幕，第一场。卷5，p.217。
[**] 朱生豪译《裘力斯·恺撒》，第二幕，第一场。卷5，p.218。

去了你再回来，告诉我他对你说些什么。"*剧情继续推进，忧心忡忡、身体虚弱的鲍西娅暂时被遗忘。

戏剧后半部分，背景设定从罗马转移到了战场，战斗双方分别忠于勃鲁托斯和玛克·安东尼。勃鲁托斯坐在帐篷里部署军事行动时，对凯歇斯说："鲍西娅已经死了。"**

这样一句简单的声明让凯歇斯和观众大吃一惊。勃鲁托斯不得不重复一遍："她死了。"凯歇斯的第一反应是，她一定生病了，但勃鲁托斯说：

> 她因为焦心我的远别，又听到了奥克泰维斯（Octavius）和玛克·安东尼的势力这样强大的消息，变成心神狂乱，趁着仆人不在的时候，把火吞了下去。***

他们随后转到了别的话题。就在鲍西娅似乎再次被抛诸脑后时，剧中第三次说起她的死。有人认为这是剧本上的印刷错误，但在演出时，这样的安排效果非常好。表明一番挣扎后，凯歇斯才终于接受了自己听到的消息，他重复道："鲍西娅，你去了吗？"****可见要接受突如其来的噩耗是多么艰难。

---

* 朱生豪译《裘力斯·恺撒》，第二幕，第四场。卷5，p.226。
** 朱生豪译《裘力斯·恺撒》，第四幕，第三场。卷5，p.254。
*** 朱生豪译《裘力斯·恺撒》，第四幕，第三场。卷5，p.255。
**** 朱生豪译《裘力斯·恺撒》，第四幕，第三场。卷5，p.255。

勃鲁托斯恳求道："请你不要说了。"*《安东尼与克莉奥佩特拉》里也用到了类似的表现形式。当安东尼得知妻子富尔维娅（Fulvia）久病不治时，他把传来的消息重复了很多遍才完全理解。

鲍西娅的死法特别令人震惊。吞火不是莎士比亚为了戏剧效果编造出来的。希腊传记作家普鲁塔克写道：

> 哲学家尼古拉斯（Nicolaüs），还有瓦勒留·马克西姆斯（Valerius Maximus）**，都提到勃鲁托斯的妻子鲍西娅此时一心求死，但她的所有朋友都反对，他们密切关注她；于是她从火焰中抓起烧红的煤块，吞了下去，迅速紧闭嘴巴，杀死了自己。

然而，普鲁塔克不相信这个说法。现代历史学家也怀疑这个方法的真实性。吞下炽热的煤块即便在技术上可行，也是一种极端行为。这么做可能会损坏喉咙组织，使其肿胀，封堵呼吸道，导致那个可怜的女人窒息而死。她会极度疼痛。因此有人主张，鲍西娅是在密闭的房间里烧煤或木炭，死于一氧化碳中毒。

无论鲍西娅用了什么方法，都说明她活着时一定感到非

---

* 朱生豪译《裘力斯·恺撒》，第四幕，第三场。卷5，p.255。
** 罗马历史学家。

第九章 生存还是毁灭

常不适。她周围的人似乎都知道，或者至少猜到了她的意图，并竭尽所能阻止她。在《哈姆莱特》里，奥菲利娅也表现出自杀倾向，但似乎没人觉察到。她的哥哥雷欧提斯怪哈姆莱特让妹妹变得疯癫，把精力更多放在了报复哈姆莱特，而不是帮助奥菲利娅。

* * *

在莎士比亚的作品集中，奥菲利娅的死也许是最著名的。尽管出于实际操作的原因，奥菲利娅的溺亡没有在舞台上呈现，但人们一直在诗文、歌曲和画作中想象这一幕，使其成为不朽。观众虽然不能看到事件的经过，但葛特露王后讲得很详细：

> 在小溪之旁，斜生着一株杨柳，它的毵毵的枝叶倒映在明镜一样的水流之中：她编了几个奇异的花环来到这里，用的是毛茛、荨麻、雏菊和长颈兰——那长颈兰，正派姑娘叫它"死人指"，粗鲁的羊倌给它起了一个不雅的名字——她爬上一根横垂的树枝，想要把她的花冠挂在上面；就在这时候，一根心怀恶意的树枝折断了，她就连人带花一起落下呜咽的溪水里。她的衣服四散展开，使她暂时像人鱼

一样漂浮水上；她嘴里还断断续续唱着古老的谣曲，好像一点不感觉到处境的险恶，又好像她本来就是生长在水中的一般。可是不多一会儿，她的衣服给水浸得重起来了，这可怜的人儿歌还没有唱完，就已经沉到了泥里。[*]

此前大量的积累导致了这一刻。哈姆莱特对奥菲莉娅阴晴不定，还残忍地拒绝她，到他杀死奥菲莉娅的父亲时，危机终于爆发。奥菲莉娅心烦意乱，没有注意到周围环境，她反复念叨父亲的死，对着假想的观众演出一场假装的葬礼。她的行为就是"疯话里有教训！"[**]

根据葛特露的描述，奥菲莉娅是因为分心，没留意身边的环境，意外死亡，不是故意自杀。她对花感兴趣，唱着古老的曲段，就像往常一样。她似乎根本没注意到自己有危险，也没有努力自救。

今天，人们会哀叹奥菲莉娅之死是个不幸的意外，并探讨能不能阻止它发生。16世纪和17世纪早期的讨论则略微不同，是聚焦于她的意图。

在莎士比亚时代，溺亡是女性自我毁灭的最常见手段。确定溺亡是否蓄意而为非常重要，因为这关系到如何恰当地

---

[*] 朱生豪译《哈姆莱特》，第四幕，第七场。卷5，pp.377—378。
[**] 朱生豪译《哈姆莱特》，第四幕，第七场。卷5，p.370。

安葬死者。这要由死因裁判官（coroner）决定，也就是《哈姆莱特》里的验尸官（crowner）。如果死亡是出于个人意愿，死者不能葬在神圣之地，他们的所有财产都要收归国王。疯癫导致的自杀无罪，也允许举行传统葬礼和继承遗产，但在16世纪，验尸官鲜少得出这个结论。在剧中，这个话题由两个掘墓人讨论。

> 小丑甲：她存心自己脱离人世，却要照基督徒的仪式下葬吗？
>
> 小丑乙：我对你说是的，所以你赶快把她的坟掘好吧；验尸官已经验明她的死状，宣布应该按照基督徒的仪式把她下葬。
>
> 小丑甲：这可奇了，难道她是因为自卫而跳下水里的吗？
>
> 小丑乙：他们验明是这样的。*

葛特露在交代奥菲莉娅之死时，强调了她的举止行为和一根树枝在她脚下折断。但是，在涉及葬礼时，教士明显不相信这个结论，说"她的死状很是可疑"，不为她举行完整的仪式，"不能再有其他的仪式了；要是我们为她奏安魂曲，

---

* 朱生豪译《哈姆莱特》，第五幕，第一场。卷5，p.379。

就像对于一般平安死去的灵魂一样,那就要亵渎了教规"*。他说得很清楚,他认为,为奥菲莉娅所做的已经超过了她应得的——"用砖瓦碎石丢在她坟上"**。奥菲莉娅葬在了圣地,但仪式从简,这是那个时代少有的折中方案了。

尽管有葛特露的声明,但人们似乎并不认为奥菲莉娅是意外死亡,不过她仍然享受了基督教的葬礼。因为和今天一样,当时很难区分意外死亡和自杀。在溺亡事件中,人死后没有可以用来区分二者的独特痕迹。自杀意图只能通过间接证据推断,例如留言,或在入水前脱掉衣服、摘下眼镜等。但并不是每个自杀者都会这么做。

奥菲莉娅是意外落水还是有意为之,这一点虽然有争议,但她必定是淹死的。淹死实际上是窒息的一种形式。水取代了正常情况下流入喉咙和肺部的空气。投水自尽的人不大可能会对抗突然涌入的水流——奥菲莉娅在生命的最后时刻似乎非常消极。她的衣服让她漂浮了一阵,直到衣服浸湿后将她拖入水下。像许多人一样,她大概能憋气一分钟。体内储备的氧可以让脑死亡延迟几分钟。在那之后,就算她的身体重新浮出水面,她也不大可能活下来。

溺亡的原因通常是窒息,但也有一些其他的重要因素。突然浸入冰冷的水中,会强烈刺激表皮下的神经末梢,改变

---

* 朱生豪译《哈姆莱特》,第五幕,第一场。卷5,p.386。
** 朱生豪译《哈姆莱特》,第五幕,第一场。卷5,p.386。

第九章　生存还是毁灭

正常心律，触发心脏骤停。冷水进入咽喉，刺激黏膜上的神经末梢，心脏也会产生同样的结果。奥菲莉娅落水之前在摘花，说明时间是春天或夏天，水温很可能不够低，不会有这些后果。

另一种原理可能是，脑袋被水淹没后，气管中呛入一大口水，在缺氧造成人死亡之前，就引起反射性心脏骤停。这就是为什么有的人落水后很快就被拉出水面，却还是死了。剧中没有指出奥菲莉娅被打捞起来之前在水里泡了多久。

并非所有溺亡者的肺部都有水。有人认为，当"喉痉挛"使呼吸道关闭时，就会发生所谓的"干肺"溺亡。不过，这种时候，死亡仍然是由缺氧引起的。但大多数情况下，问题还是水进入肺部，而身体的变化并不单纯由水替代空气引起。

在肺部中，因为扩散作用，淡水被吸收进血液循环系统，稀释血液。*额外的水分会让血量增加50%，经过稀释的血液不能有效发挥正常功能。水还会摧毁红细胞，破坏血液。有时，濒临死亡的溺水者被救起来之后，还会面临肺部进水（肺水肿）和感染带来的威胁，尤其是在淡咸水中溺水。

剧中，雷欧提斯的话道出了溺水的危险，"太多的水淹没了你的身体，可怜的奥菲莉娅"**。这句话还表明，有人检

---

*　在咸水中溺水的过程相反，体内的水分会流出，以稀释咸水中的盐分。——原书注

**　朱生豪译《哈姆莱特》，第四幕，第七场。卷5，p.378。

查过奥菲莉娅的身体,甚至试图救活她,发现她肺部进水。即便有人尝试过救奥菲莉娅,也没成功——"唉!那么她是淹死了吗?"*

失去生命的身体,密度比水大,会下沉。首先沉下去的是密度最大的头部。在被人拉出来之前,奥菲莉娅一直在水下,极有可能是面朝上。拉斐尔前派的约翰·埃弗里特·米莱斯(John Everett Millais)画的"奥菲莉娅之死"最有名,并催生了无数复制品和模仿品。这些浪漫化的图像所呈现的场景,是奥菲莉娅平静地漂浮在溪水之上,但还活着。她"沉到泥里"的真实死亡画面是不会吸引人的。

《哈姆莱特》也表现了身边人自杀给活着的人带来的毁灭性打击。葛特露一直在哀悼,雷欧提斯震惊不已,克劳狄斯极为愤怒。哈姆莱特突然出现在葬礼上,雷欧提斯与他争吵,继而斗殴。各方都在指责、控诉。每个人都难以接受奥菲莉娅的死。

虽然《哈姆莱特》改编自《丹麦人的事迹》中的一个故事,但莎士比亚做了大量改动,添加了不少情节。原来的故事里有奥菲莉娅这个人物,可是她没有精神错乱,也没有自杀。莎士比亚还借鉴了托马斯·基德的《初代哈姆莱特》(Ur-Hamlet)**,但该剧已经遗失,是不是基德最早写出了奥菲莉

---

* 本段引文皆引自朱生豪译《哈姆莱特》,第四幕,第七场。卷5,p.378。
** 德语前缀 Ur 的意思是原初的、原始的(original)。

第九章 生存还是毁灭

娅淹死的剧情，我们不得而知。

莎士比亚还可能受到发生在斯特拉福德他家附近的一个真实事件启发。1580年，一位名叫凯瑟琳·哈姆雷特（Katherine Hamlett）的年轻女子在埃文河中淹死。她命丧于特丁顿附近的河流交汇处，河边有垂柳。传闻她是自杀的，但她的家人坚称，她是在河边打水时掉下去的。验尸官想必认同了她家人的说法，因为她获得了基督教葬礼。

有人推测莎士比亚做过斯特拉福德的市政官员，因此听说了这件事。他也可能从父亲那里听说，他父亲是高级市政官，调查这类案子是职责所在。不管奥菲莉娅的悲剧人生和死亡的故事从何而来，它对悲伤和自杀的探讨都令人久久难忘。

第十章

过分的哀戚是摧残生命的仇敌*

---

* 朱生豪译《终成眷属》,第一幕,第一场。卷2, p.392。

莎士比亚笔下的 N 种死亡方式

> 但是你的姐姐有没有殉情而死,我的孩子?*
> ——《第十二夜》,第二幕,第四场

公爵奥西诺询问西萨里奥(Cesario)的姐姐的命运,不是怀疑死因,而是真心忧虑这般热烈的情感可能致命。不止奥西诺担忧强烈的情感会有危险。莎剧中好几个角色都谈到了这种可能性——"过分的哀戚是摧残生命的仇敌","我这可憎容貌既然难邀他爱顾,我要悲悼我的残春,哭泣着死去"**。

照我们的剧作家所写,他们的担忧是对的。有着悲伤、懊悔、爱恋等强烈情感的角色,充满莎士比亚的各部戏剧,不止一个角色因内疚而死。比如,《理查二世》中,"我在这棺材里给您送来了您被埋葬的心病,西敏寺主持"***。绝大多数这类死亡报告都是简单交代一下,没人询问细节,也没人发出质疑——似乎这样的事确实会发生。

在莎士比亚写作的年代,身体健康和情绪在体液理论中

---

* 朱生豪译《第十二夜》,第二幕,第四场。卷 2,p.219。
** 朱生豪译《错误的喜剧》,第二幕,第一场。卷 1,p.16。
*** 孙法理译《理查二世》,第五幕,第六场。卷 3,p.579。此处的西敏寺(威斯敏斯特)主持经不起良心谴责和沉痛悲伤,一命呜呼。

第十章　过分的哀戚是摧残生命的仇敌

是捆绑在一起的（见本书第三章）。按照当时的医学理论，情绪可能打破正常的身体平衡，严重时甚至会致命。在疾病和死亡的真正原因不被理解的时代，我们的吟游诗人实际谈论的，可能是某种被误解的疾病症状，或者他是为了戏剧效果夸大其词。但也有可能是他正确理解了强烈的情绪能杀人。

好在莎剧中有一些线索暗示了可能发生的情况。莎士比亚描述了一些角色的症状，让我们有机会对死因做一番现代解读。这些角色大部分是虚构的，但也有少量历史人物。我们可以查证历史记录，看看莎士比亚是在重复当时公认的解释，还是对编年史作者记载的症状和情形进行了自己的阐释。

* * *

情绪会影响身体，这不意外。众所周知，恐惧或过度兴奋会让人昏过去，粉丝看到偶像会昏厥，有人害怕打针、出血，会晕针、晕血。现代医学对此有个术语，叫血管迷走性昏厥；会伴随心率减慢，腿部血管扩张，血液流到下肢。血压下降，大脑供血减少，会导致面色苍白——"他要晕过去了。您为什么脸色发白？"*，还有头晕目眩——"听见这可喜的消息我很想高兴，可是我的眼睛却昏花起来，头脑也感到晕眩"**。

---

*　朱生豪译《爱的徒劳》，第五幕，第二场。卷1，p.295。
**　孙法理译《亨利四世下篇》，第四幕，第四场。卷4，p.185。

在这些情形中，当事人几分钟之内就能完全恢复正常，不需要医疗干预。

莎剧中有二三十个昏厥的例子。君主和平民，男人和女人，都会因为情绪激动或看到恐怖血腥的场面昏倒，例如，麦克白夫人发现邓肯被谋杀后昏了过去。还有一系列导致情绪变化的事情。《冬天的故事》里，赫美温妮听说儿子死了，伤心得晕倒——"她不过心中受了太多的刺激，就会醒过来的"*。《李尔王》中，葛罗斯特以为自己跌落悬崖时也吓晕了。《配力克里斯》里，泰莎（Thaisa）和丈夫、女儿团聚，高兴得晕了过去。

配力克里斯误以为失去意识的泰莎死了。他不是在夸张，莎剧中，将昏厥错当成死亡是常有的事。《无事生非》里也有类似情节，但希罗（Hero）不是开心得晕倒，而是因为父亲愤怒地指责她不忠并威胁她，所以受惊吓昏倒。当时围过来的人也以为她死了。泰莎和希罗都很幸运，完全恢复过来。其他人就没这么好运了。

希罗的情况很像 1856 年德国的一起真人真事。一个女孩被老师当众严厉斥责后倒地死亡。** 这是最早有记录的"长 QT

---

* 朱生豪译《冬天的故事》，第三幕，第二场。卷 7，p.244。

** 女孩的父母得到通知后说，他们的另一个孩子，是个儿子，也是因为受到惊吓死去的，证明这可能是一种遗传疾病。——原书注综合征"（long QT syndrome）*，会引发心脏不规律的电活动。精神或身体承受压力会出现心律不齐，让人毫无征兆地突然倒下。晕倒后倘若没有救治，可能就会死亡。长 QT 综合征是遗传疾病，但也可以由特定药物引起。

年轻人突然无来由地发生心源性死亡，还可能是儿茶酚胺敏感性多形性室性心动过速（CPVT）。这是一种遗传缺陷，1960 年首次命名，它能影响心脏中控制钙浓度的蛋白质——让心脏细胞收缩、产生心跳的要素。体育锻炼或情绪紧张能导致昏厥，甚至心脏骤停。长 QT 综合征和 CPVT 主要影响年轻人。

但这两种情况都不能解释《冬天的故事》里，列昂特斯（Leontes）的小儿子迈密勒斯（Mamillius）为何突然死去。迈密勒斯还是个孩子，听到母亲遭到监禁的消息后死去："小殿下因为担心娘娘的命运，已经去了！"**

* * *

莎士比亚不限于写年轻人因情绪激动而死。《李尔王》里，年迈的葛罗斯特承受了太多身心的折磨——双眼被剜

---

* QT 指心电图上的 Q 波和 T 波，QT 期间指从心室开始除极到心室复极结束的时间。
** 朱生豪译《冬天的故事》，第三幕，第二场。卷 7，p.244。

掉，被放逐，后来又被骗得以为自己要掉下悬崖。当他最后和决裂的儿子团聚时，他的脆弱可想而知。他受不住重聚带来的情绪波动："他的破碎的心太脆弱了，承受不了喜悦和悲伤这两种极端激情的冲突，他含着笑死了。"*埃德加对葛罗斯特死亡的报告，暗示了一种可能的物理原因，即心脏破碎。

老年人死于长 QT 综合征或 CPVT 的可能性或许没那么大，但可以想见，激动的情绪和身体的折磨会有损他们的健康。葛罗斯特也许已经有心脏方面的问题，最后受到的刺激就是致命一击。莎剧中其他成年人的类似死亡，原因没有描述得如此细致，只笼统地说是情感因素。

《罗密欧与朱丽叶》里，蒙太古报告了妻子的死："唉！殿下，我的妻子因为悲伤小儿的远逐，已经在昨天晚上去世了。"**除此以外，没有更多详情。她的死被凯普莱特家坟茔中的悲剧遮蔽了。《辛白林》里利奥那托斯（Leonatus）因悲伤而死，被当成事实加以声明："除了我们现在所讲起的这位公子外，他还有两个儿子，都因为参加当时的战役，喋血身亡。那年老的父亲痛子情深，也跟着一命呜呼。"***《奥瑟罗》里，勃拉班修（Brabantio）的死是因为"悲伤摧折了他衰老

---

* 朱生豪译《李尔王》，第五幕，第三场。卷 6，p.105。
** 朱生豪译《罗密欧与朱丽叶》，第五幕，第三场。卷 5，p.184。
*** 朱生豪译《辛白林》，第一幕，第一场。卷 7，p.94。

第十章 过分的哀戚是摧残生命的仇敌

的生命"*。悲伤似乎就是对这些死亡的充分解释。

《安东尼与克莉奥佩特拉》里，爱诺巴勃斯的死也可能是情感原因所致。虽然他死在了舞台上，但对话中基本没有指出他是怎么死的，也没有相关的舞台指示。

> 无上尊严的忧郁的女神啊，把黑夜的毒雾降在我的身上，让生命，我的意志的叛徒，脱离我的躯壳吧；把我这一颗为悲哀所煎枯的心投掷在冷酷坚硬的我的罪恶上，让它碎成粉末，结束了一切卑劣的思想吧。安东尼啊！你的高贵的精神，是我的下贱的行为所不能仰望的，原谅我对你个人所加的伤害，可是让世人记着我是一个叛徒的魁首。啊，安东尼！啊，安东尼！（死）**

爱诺巴勃斯的情绪显然很激动，他的死通常被归因于痛悔自己背叛安东尼，但剧中没描述他的体征。他应该不是自杀的；发现他的兵卫没有在他身上看到伤痕，一开始还以为他睡着了。似乎爱诺巴勃斯希望自己的生命结束，就结束了。

莎士比亚不是没有想法了；他是在忠于格奈乌斯·多米提乌斯·阿赫诺巴尔布斯（Gnaeus Domitius Ahenovarbus）的

---

* 朱生豪译《奥瑟罗》，第五幕，第二场。卷5，p.508。
** 朱生豪译《安东尼与克莉奥佩特拉》，第四幕，第九场。卷6，p.280。

真实历史，或者至少是遵从普鲁塔克在《希腊罗马名人传》里的记载，《安东尼与克莉奥佩特拉》大量参考了这本书。阿赫诺巴尔布斯是一位政治家、将军，是玛克·安东尼的朋友，但在阿克兴之战（Battle of Actium）中，他叛变到屋大维一方。但他没有战斗。按照普鲁塔克的说法，投靠屋大维之后没几天，他就因为"自己的背信弃义被公之于众，所以羞愧"而死。

成年人像这样突然死亡，又没有明显的伤痕或症状，可能是心尖球形综合征，心脏发生了危险的病变。大多数情况下，心尖球形综合征会在经受了极端的精神或身体压力后出现。这种病又叫应激性心肌病，这个名字源于日本的一种章鱼笼。这种章鱼笼的形状是颈部狭窄，底部浑圆，形似左心室膨胀后畸变的样子。左心室负责将含氧血泵至全身，膨胀之后，它就不能有效收缩。情绪的剧变如何在物理上改变心脏，其中的原理尚不可知。

因为惊闻丧亲噩耗可能诱发这种病，所以它还有一个更广为人知的名字——心碎综合征（Broken Heart Syndrome）。无论怎样称呼，这种病也只有少数人会遇到。患者往往会感到胸口剧痛、不能呼吸，还会晕倒。除了悲伤，其他的诱发因素还包括家庭暴力、财务或债务烦恼、生理损伤或疾病，但有时根本找不出压力来源。这种情况多发于年过50岁的妇女，但也有男性和年轻得多的女性遇上。蒙太古夫人虽然不

第十章 过分的哀戚是摧残生命的仇敌

到50岁,但她可能死于典型的心尖球形综合征。这种病自发现以来,很少会致命。通常无须治疗,心脏会在数天或数周内恢复正常。但在有通用医疗设施为恢复期的病人提供辅助治疗之前,情况可能没有那么理想。

葛罗斯特、蒙太古夫人和爱诺巴勃斯的死全都来得很急,死前一段时间,他们的身体健康没什么变化,或者说剧中没有提及。而另外一些角色遭受的痛苦更加持久。《亨利八世》里的佩斯博士(Doctor Pace)、《约翰王》里的康斯坦丝夫人(Lady Constance),以及最著名的《麦克白》里的麦克白夫人,他们都因为精神压力,发生了显著改变。剧中,他们的死与情绪变化直接相关,或者正如《泰特斯·安德洛尼克斯》里的小路歇斯(young Lucius)所说:"过分的悲哀会叫人发疯。"*

* * *

《亨利八世》中,佩斯博士是国王以前的秘书。他从没在舞台上出现,但乌尔西红衣主教和康佩阿斯红衣主教讨论过他:"你嫉妒他,怕他出人头地,因为他太有道德,所以你不断派他到国外出差。这使他伤心透了,因此发了疯,死

---

* 朱生豪译《泰特斯·安德洛尼克斯》,第四幕,第一场。卷5,p.50。

掉了。"*这里只是简要提到，精神压力深深地影响了心理健康，导致死亡。

剧中的佩斯博士在现实中对应的人物是理查德·佩斯（Richard Pace），他是个外交官，被派往欧洲大陆担任过几个重要职务，1526年才被召回英格兰。他同时是圣保罗大教堂、索尔兹伯里和埃塞克特的主任牧师。据说1536年2月，佩斯需要理查德·桑普森（Richard Sampson）协助他完成主任牧师的工作，因为他的"精神多年以来愚钝不堪，已经妨碍他管理大教堂了"。他在几个月后去世，享年54岁。这可能是个早发性痴呆的病例。关于佩斯的死，莎士比亚的描述显然与历史记录不符。

而在《约翰王》中，莎士比亚对康斯坦丝夫人及其儿子亚瑟的刻画，是更大程度的"诗的破格"（poetic licence）**。康斯坦丝夫人是布列塔尼公爵夫人，历史上的确是亚瑟的母亲。亚瑟与约翰王对立，要求得到英国王位。他发起对叔叔的战争时才15岁，后来他被抓住，关到鲁昂城堡，并被认为死在了那里（见本书第九章）。在莎士比亚的叙述中，康斯坦丝夫人因为与儿子分别，知道他会遭受虐待，感到悲痛欲绝，

---

* 刘炳善译《亨利八世》，第二幕，第二场。卷4，p.371。
** 莎士比亚的英文原文采用了诗歌的风格。诗的破格指诗人在创作活动中，为了达到某些效果和美感而违反语言规则。此处寓意莎士比亚写的内容与史实不符。

第十章　过分的哀戚是摧残生命的仇敌

这是剧中最让人难忘的部分。*莎士比亚写出康斯坦丝这段令人痛彻心扉的台词，很可能是在1596年，那一年，他11岁的儿子哈姆内特（Hamnet）死了。

> 哀伤在我屋里填补了我失去的孩子的地位。它睡在他的床上；它跟我进进出出；它露出他那漂亮的样子；它重复他的话语。它总让我想起他身上各个秀美的部位，总是用他的形象塞满他一件件空空的袍子。既然如此，我岂能不偏爱哀伤？再见吧！你的损失若是也跟我相同，我倒能给你更堂皇的安慰。我心里既然这样烦乱，我才不在乎我的头发是什么样式呢！啊，上帝，我的孩子，我的亚瑟，我美丽的儿子！我的生命、我的欢乐、我的食物、我整个的世界！我寡居的安慰！治疗我伤痛的灵药！**

剧中其他人认为，康斯坦丝的悲伤变成了疯癫，"夫人，你是在说疯话，而不是在诉说哀恸"***。

---

* 简·奥斯汀（Jane Austen）有一次去伦敦时很不开心，因为她原本打算看的《约翰王》被换成了《哈姆莱特》。萨拉·西登斯（Sarah Siddons）是当时顶尖的悲剧女演员，康斯坦丝夫人就由她扮演。奥斯汀很不情愿地在下个周一去看了《麦克白》。——原书注

** 孙法理译《约翰王》，第三幕，第四场。卷3，pp.445—446。

*** 孙法理译《约翰王》，第三幕，第四场。卷3，p.444。

不知道自己是谁，会被当成疯癫的标志。譬如《驯悍记》（*The Taming of the Shrew*）里，人们哄骗克里斯多弗·斯赖（Christopher Sly），让他以为自己是个有钱的贵族。他不知道为什么周围每个人都叫他"老爷"，反驳道："怎么！你们把我当作疯子吗？我不是勃登村斯赖老头子的儿子，出身小贩，学过制梳羊毛刷手艺，也曾领过驯熊，现在当补锅匠的克里斯多弗·斯赖吗？"* 在《约翰王》中，康斯坦丝用到了类似策略，把知道自己是谁当作没疯的证据：

> 我没有疯，我撕扯的头发是我的。我的名字叫康斯坦丝。我是杰弗里的妻子。小亚瑟是我的儿子，我已失去了他。我没有疯，我倒真恨不得疯了才好！疯了，我也许能忘掉自己……**

她可能没疯，没产生错觉，但她显然很痛苦，有自杀倾向，"我的理性部分便能进行推理，我会想到怎样才能解脱这些苦难，想要自刭或自缢"***。两场戏之后，信使报告说"康斯坦丝夫人……发狂而死"****。

---

*　朱生豪译《驯悍记》，第一幕，第二场。卷1，p.69。
**　孙法理译《约翰王》，第三幕，第四场。卷3，p.444。
***　孙法理译《约翰王》，第三幕，第四场。卷3，p.444。
****　孙法理译《约翰王》，第四幕，第二场。卷3，p.456。

第十章　过分的哀戚是摧残生命的仇敌

康斯坦丝扬言要自杀，如果她真这么做了，信使理应就会这么说，但他用了"发狂"（frenzy）一词。现代对发狂的定义——在一段时间内出现不受控制的激动情绪或疯狂的行为——与16世纪的理解不一样。"frenzy"的词源是"phrenesis"（精神病），1593年，菲利普·巴罗（Philip Barrough）描述精神病的症状是"持续疯癫"，伴随急性发热——既是身体疾病，也是心理疾病。虽然精神病有多种原因和表征（根据精神上受到的影响，巴罗将精神病分为三类），但这是一个很具体的诊断，并被视为不治之症。*

莎士比亚可能做出了复杂精妙的医学诊断，但他对历史事件的描述却不大准确。现实中的康斯坦丝夫人死于1201年9月5日，差不多在亚瑟被捕并遭监禁一年以前。关于她的死因说法不一，有说是麻风病或分娩时的并发症，但不是"发狂"。霍林斯赫德的《编年史》里说，约翰王的母亲爱丽诺王后也是死于悲伤和"精神痛苦"。事实上，爱丽诺（阿基坦的爱丽诺王后）在康斯坦丝死后三年去世，当时已经八十多岁。她支持约翰与亚瑟争夺王位，在亚瑟被捕后，她回到英格兰，作为修女度过余生。剧中，爱丽诺和康斯坦丝的死是在同一段对话中交代的。莎士比亚有意无意地将二者放在了一起。

---

* 19世纪时，Phrenesis不再用作医学术语，取而代之的是精神错乱（delirium）、意识模糊（confusion）或忧郁（clouding）。——原书注

莎士比亚笔下的 N 种死亡方式

他可能觉得，需要给她们一个更戏剧性的结局，另一位真实人物，红衣主教波福（Cardinal Beaufort），大概也给了他启发。据说红衣主教死时意识模糊，竟然用英格兰的国库与死神交换，争取让自己多活一阵。* 在比《约翰王》写得更早的《亨利六世中篇》里，红衣主教之死被描绘得很详尽：

> 红衣主教病危啦。他突然得了重病，呼吸困难，两眼圆睁，双手乱抓，亵渎上帝，辱骂世人。他有时讲话，好像汉弗莱的灵魂在他身旁；有时他叫唤着主上，向枕头耳语，好像对他倾诉他的满腹秘密。我被派前去禀告主上，红衣主教正在喊叫着要见主上呢。**

华列克解释了主教为何死得如此不安："这样的惨死说明他一生做尽坏事。"*** 人们认为，为自己的罪孽或有罪的人生感到悔恨，会使人身心受损，危及性命。"看啊，死亡的痛苦使他龇牙咧嘴，有多么难看啊"****，这句话表明，主教脸上有"痉笑"（肌肉持续痉挛，看起来像冷笑）。这样的"笑"，

---

* 也有人说他安静地、有尊严地死去。——原书注
** 索天章译《亨利六世中篇》，第三幕，第二场。卷 3，p.140。
*** 索天章译《亨利六世中篇》，第三幕，第三场。卷 3，p.142。
**** 索天章译《亨利六世中篇》，第三幕，第三场。卷 3，p.142。

第十章　过分的哀戚是摧残生命的仇敌

要有剧烈的身体活动才会出现，常见于破伤风或马钱子碱中毒引起的抽搐。

悲伤、压力或悔恨有可能让人长时间陷入极度痛苦，甚至疯癫和死亡，这种想法也许深深印在了莎士比亚心中。他在后来的戏剧《麦克白》中更细致地探讨了这一观点。

* * *

麦克白夫人在卷入了对邓肯的谋杀后，变得心事重重。她的罪行极大地影响了她的精神状态和行为。表面上她是个精明而冷血的谋杀者，但在破碎的外壳下，却露出一个饱受折磨的灵魂。

麦克白夫人撺掇丈夫杀了苏格兰国王，夺取王位。她精心策划了这次谋杀，确保能逃脱罪责。杀完人之后，她甚至立刻完美地扮演起了疑心的旁观者。一开始受影响最大的是麦克白，而不是他的妻子。他睡不着，开始出现幻觉。麦克白夫人不得不努力掩饰丈夫的心烦意乱。直到后来，一个接一个地死人，麦克白夫人的心理压力越来越大，她身体上受到的影响才逐渐显现——"因为思虑太过，继续不断的幻想扰乱了她的神经，使她不得安息"*。

---

*　朱生豪译《麦克白》，第五幕，第三场。卷6，p.182。

《麦克白》里对睡眠的关注是莎士比亚的一大特点。现代的睡眠研究者赞美过他对睡眠的洞见，并推测我们的剧作家是根据个人的痛苦经历写的。从失眠到睡眠中呼吸暂停，莎剧里包含多种睡眠问题。失眠尤其困扰皇室成员，"戴王冠的头颅却总辗转难寐"。*睡眠中呼吸暂停，即呼吸骤然停止和开始，譬如《亨利四世上篇》中的福斯塔夫"像马一样打呼噜"，并且"你听他，吸起气来多么吃力"。**

　　梦游和说梦话是人们最熟悉的睡眠问题，麦克白夫人可能是这类病患最著名的文学形象。人们普遍认为，压力和焦虑会使睡眠受到周期性的干扰，譬如失眠，但梦游在成年人中很罕见。那些有梦游症的成年人通常童年时就有梦游的病史。麦克白夫人的情绪状态如何影响了她的睡眠，最终又如何导致了她的死亡，值得更仔细地探讨。

　　莎士比亚详细描写了她的睡眠问题。麦克白夫人的侍女请来一位医生，在她梦游时观察她。她虽然睡着，却设法点燃了一支蜡烛，拿到手里。两位观察者看到她强迫症似的洗手，听到她大声抱怨手上的血污，"去，该死的血迹！"以及"这儿还是有一股血腥气，所有阿拉伯的香料都不能叫这小手变得香一点"。***虽然已知梦游症患者可以完成复杂的任务，譬

---

*　朱生豪译《亨利四世下篇》，第三幕，第一场。卷4，p.156。
**　两句译文皆引自朱生豪译《亨利四世上篇》，第二幕，第四场。卷4，p.53。
***　两句译文皆引自朱生豪译《麦克白》，第五幕，第一场。卷6，p.178。

第十章 过分的哀戚是摧残生命的仇敌

如做饭或开车,但他们的行为通常不像莎士比亚写的那么戏剧化和有意义。*

说梦话的情况,从不连贯的喃喃自语到长段演讲都有。麦克白夫人的大多数梦话都是在重复关于手上的血和污渍的只言片语。但有些时候,她似乎在思考和推理。"谁想得到这老头儿会有这么多的血?"**这话不只是表达恐惧,而是麦克白夫人在深入分析对邓肯的谋杀。按照当时的四体液说,人体随着年龄的增长会慢慢枯竭,所以像邓肯这样的老年人不应该流这么多血。

睡着的王后说出的另一句话——"既然谁也不能奈何我们,为什么我们要怕被人知道?"***差不多是在认罪了。但是,说梦话的人不太可能在夜里漫无边际的梦呓中,袒露压抑在内心深处的秘密。莎士比亚笔下的医生说"良心负疚的人往往会向无言的衾枕泄漏他们的秘密",这很可能是不准确的。

几场戏之后,医生谈到麦克白夫人为丈夫担忧。麦克白让医生为她医好这种病:

你难道不能诊治那种病态的心理,从记忆中拔

---

* 相比在睡眠诊所等控制环境下观察到的结果,枕边人报告的梦游症患者的行为更复杂。——原书注
** 朱生豪译《麦克白》,第五幕,第一场。卷6,p.178。
*** 朱生豪译《麦克白》,第五幕,第一场。卷6,p.178。

去一桩根深蒂固的忧郁，拭掉那写在脑筋上的烦恼，用一种使人忘却一切的甘美的药剂，把那堆满在胸间、重压在心头的积毒扫除干净吗？*

听起来他像是在推荐用心理疗法来医治麦克白夫人的睡眠障碍。如果是这样，他就领先于时代几百年。在现代，减轻睡眠问题的方法在于治本，这可能是个医学问题，也可能是心理问题。麦克白夫人的情况，必定是后者。但是剧中的医生无能为力，麦克白夫人死了。她的极端情绪状态剥夺她的睡眠，到了要她命的地步吗？

缺少睡眠能致命这一观点，在莎士比亚之前早就有了。《麦克白》虽然没有参考普鲁塔克的《希腊罗马名人传》，但莎士比亚的其他几部戏剧都参考了。书中有一个关于埃米利乌斯·保卢斯（Paulus Aemilius）的故事，据说俘获他的人不让他睡觉，以此杀死了他。他们轮流看住他，不让他休息，"他疲惫至极，于是死去"。**

动物研究表明，睡眠对生存的重要性堪比食物。有人做过一系列老鼠实验，每当老鼠开始打瞌睡时，就让它们动起

---

* 朱生豪译《麦克白》，第五幕，第三场。卷6，p.182。
** 甚至到了20世纪，剥夺睡眠仍然被当作严刑逼供的方法。剥夺睡眠还是《驯悍记》里披特鲁乔（Petruccio）用来"驯服"凯特的策略之一。——原书注

第十章　过分的哀戚是摧残生命的仇敌

来，强迫它们醒着。这些老鼠吃得比平常多，体重却在下降，它们的身体状况普遍恶化，无论研究者做什么都不能缓和，只有睡觉管用。这些老鼠连续醒着两周后就死了，不是因为体重减轻，也不是其他可以判断出来的身体原因。睡觉让老鼠保持健康，缺觉则意味着死亡。

睡眠让身体能够得到日常维护。被剥夺睡眠的人，血压通常更高，而且免疫力下降，很容易感染疾病，也会出现抑郁症状、癫痫和偏头痛。关于睡眠对精神的影响，一种解释是，睡着时大脑能比清醒时更有效地清除脑细胞中的废料。这个说法得到了动物睡眠剥夺研究的支持。研究展示了不同物种大脑和脑干的不同变化。缺觉确实能杀死这些动物，而且比缺乏食物更快，但人类的结局不大一样。

睡眠剥夺研究也在人类身上做过。最著名的是1964年兰迪·加德纳（Randy Gardner）的研究，他当时16岁，是加利福尼亚州圣地亚哥的一名学生，为了学校的一个科学项目，他11天没睡觉。[*]

实验是在医学监护下进行的。加德纳的观察者注意到，随着实验的推进，他集中注意力的时间变短，而且变得沉闷易怒。更让人担忧的是，实验第三天，他错把一个路标当成

---

[*] 该实验收入了《吉尼斯世界纪录》（*Guinness Book of World Records*），成为人类持续不睡觉的最长时间纪录，但吉尼斯不再追踪这类纪录，因为太危险。——原书注

了行人。到第四天,他被说服相信自己是一名职业的足球运动员,当有人质疑他的能力时,他很烦躁。第九天,他要说出完整的句子都很费力,视力也越来越模糊。264个小时后,实验停止,因为加德纳已经达到目标,打破了先前260小时的纪录。然后他睡了超过14个小时,完全恢复过来。

医学史上没有剥夺睡眠致人死亡的案例。*微睡眠是一段不受控制的睡眠,会持续几微秒到十秒钟,特点是短时间失去意识,频频点头,短暂失去肌肉控制。人在十分疲倦,但努力对抗瞌睡时,最常出现微睡眠的情况。人很容易出现微睡眠了,以至于往往在惊醒之后才意识到自己睡着了。人对睡眠的需求太过强烈,所以绝不会因缺觉而死,但千万别去测试这个说法。能确切回答这个问题的实验在伦理上不可行。

麦克白夫人可能不是死于缺觉,但是缺觉跟她的死肯定有关系。剥夺睡眠导致精神日益委顿,幻觉和注意力下降,人会因此做出荒谬和有潜在危险的事。莎士比亚对麦克白夫人衰亡过程的描写,即从情绪极端低落和焦虑导致的梦游,到失眠,再到最终死亡,顺序似乎是合理的。剧中马尔康(Malcolm)**后来说的话支持了以上看法,他复述了关于麦

---

* 有一种非常罕见的遗传病——致命的家族性失眠症——会妨碍病人睡觉,不过,人们认为死亡是由疾病对大脑造成的损伤引起的,失眠只是副产品。——原书注

** 剧中翻译为马尔康,作为历史人物翻译为马尔科姆,本书中采用两种译名,以示区别。

第十章 过分的哀戚是摧残生命的仇敌

克白夫人自杀的传言。

我们不清楚莎士比亚从何处了解到导向死亡的这一系列复杂变化，但显然不是历史书。麦克白、邓肯、麦克白夫人，还有剧中许多角色，都是真实的历史人物。但莎士比亚讲述的故事，远不止作了一点儿艺术发挥。

现实中的麦克白是莫里邦君，是莫里邦的贵族、伯爵甚至国王，他的妻子格露赫（Gruoch）也出身王室。他们血统纯正，有合法的王位继承权。*1034年，马尔科姆二世（Malcolm II）死后，他们以为能获得统治。但王位落到了马尔科姆的外孙邓肯头上，引起极大混乱。苏格兰的邓肯一世不是莎剧中那位绅士、保守、年老的政治家。他实际上是个鲁莽的年轻人，德不配位。退一步说，他是个不受欢迎的国王。

经过6年动荡不安的统治，1040年8月10日，邓肯和麦克白兵戎相见，邓肯在战斗中被杀死，但不一定是麦克白杀的。无论战场上发生了什么，邓肯都肯定不像虚构的同名角色那样，在麦克白的城堡里于睡梦中被刺死。另外，现实中邓肯死后，基本没有引起争议；麦克白立刻被拥立为苏格兰国王，成功地统治了17年。

但麦克白不受欢迎的嗜血暴君形象不是莎士比亚编出来的，也不是他的主要史料来源，即霍林斯赫德的《编年史》创

---

* 莫里邦君和后文的邓肯一样，其实也是马尔科姆二世的外孙。

造的。当时，麦克白被描绘成谋杀者和篡位者已经有两百多年了，一开始是出现在福尔登的约翰（John of Fordun）1380年出版的《苏格兰人编年史》（*Chronica Gentis Scotorum*）中。但戏剧不只是复述大家习以为常的故事；莎士比亚写作的时候，非常照顾他的观众——国王詹姆士一世。

苏格兰国王詹姆士一世声称，他是班柯的后裔。班柯在剧中是麦克白的得力助手，也被麦克白残忍杀害了。莎士比亚在剧中预言，虽然班柯从未统治苏格兰，但他的后代会统治，"你虽然不是君王，你的子孙将要君临一国"[*]。[**]我们的剧作家还提到不久前反叛君主的火药阴谋，并在故事中加入了女巫，以取悦沉迷魔法的君主。

关于麦克白夫人，或者说格露赫·麦克白王后的真相是什么？这段历史很模糊，但我们至少可以肯定，她不是莎剧中那个冷酷无情、争权夺利的阴谋家。我们的吟游诗人最有趣、最典型的特点之一，似乎是他对历史学家和编年史家毫无助益。麦克白夫人的生卒年也不确定（但她很可能死于1054年）。此外，如果她死于缺少睡眠这类不寻常的原因，应该会有相关评论，但关于她的死因，似乎并无记录。

---

[*] 朱生豪译《麦克白》，第一幕，第二场。卷6，p.122。
[**] 后来的历史学家表明，事实上从来没有班柯这个人，他们将詹姆士一世的血统追溯到了一个布列塔尼家族，该家族在麦克白统治时期之后才迁到苏格兰。——原书注

第十一章

被大熊追下*

---

* 朱生豪译《冬天的故事》,第三章,第三场。卷7,p.248。

莎士比亚笔下的 N 种死亡方式

> 要是这种情形在舞台上表演起来,我一定会批评它捏造得出乎情理之外。*
>
> ——《第十二夜》,第三幕,第四场

在上面的引文中,说话者费边承认,莎士比亚的世界里发生的事,并非每一件都是真实的。本章专门讲一些稍显荒谬、让人难以置信的死亡方式,你会以为,它们是天马行空的想象的产物。但有时候,事实比虚构更不可思议。

莎士比亚肯定很爱怪诞想象和戏剧夸张。他的剧中既然有仙女、活的雕塑和顶着驴头的男人,你应该料到会有各种超现实的、荒诞不经的内容,死亡也不例外。然而,有些怪事在今天的观众看来不可信,莎士比亚时代的观众却不一定这么想。

* * *

就荒唐程度而言,两个人被闪电劈得焦脆后死去,似乎很滑稽,更适合喜剧,而不是悲剧。这个死法让人想到卡通片里的兔八哥被闪电击中,立刻化为灰烬。现实中肯定有人

---

* 朱生豪译《第十二夜》,第三幕,第四场。卷2,p.240。

第十一章 被大熊追下

被闪电杀死,但在戏剧中写这么罕见的事,似乎有点不可思议。实际上,莎士比亚借鉴了约翰·高尔(John Gower)的《一个情人的忏悔》(*Confessio Amantis*)第八卷中的故事,这本书也是莎剧的资料来源。

在《配力克里斯》里,英雄配力克里斯前往安提奥克(Antioch),请求国王安提奥克斯(King Antiochus)将女儿嫁给他,安提奥克在现代土耳其境内很靠南的地方。国王答应了,但条件是配力克里斯必须先解开一个谜。如果解不出来,他就要受死。配力克里斯接受了挑战,但这是一个陷阱。谜题的谜面是:

> 我虽非蛇而有毒,饮我母血食母肉;深闺待觅同心侣,慈父恩情胜夫婿。夫即子兮子即父,为母为妻又为女;二而一兮一而二,你欲活命须解谜。*

谜底是国王和女儿有血亲乱伦关系。所以就算揭开谜底,配力克里斯也要死。他成功逃生,开始逃亡。但他用不着担心太久。第二幕中,配力克里斯得知安提奥克斯父女已经死了,"就在他和他的女儿驾着富丽的宫车出外游玩,炫耀他的无比荣华的时候,降下了一阵天火,把他们的身体烧成一堆可

---

* 朱生豪译《配力克里斯》,第一幕,第一场。pp.10—11。

憎的焦灰"[*]。

闪电不仅劈死了国王和他的女儿，还烧焦了他们的尸体。这种情况可能是人们想象中遭雷劈的样子，但实际上基本不会发生。莎士比亚看来并不了解闪电对人体的影响，只是写出了观众在听到这种事时，脑海中期待的画面。

雷雨在赤道附近更常见，在更靠北的英格兰不多见。因此英格兰境内极少有人被闪电劈死，但也不是闻所未闻。莎士比亚不大可能亲眼见过致命雷击的后果。不过，正因为罕见，真正出现时就越发让人感兴趣。这种事一旦发生，消息和流言就传播得非常快。

自古以来，闪电就被视作上帝的惩罚或武器。这种自然现象能够让人生出这样的敬畏之心，毫不奇怪。上千年的时间里，雷雨的奇观和巨大能量让人类感到紧张和恐惧。从许多方面来说，害怕雷电是对的。

闪电可以带15万安培的电流，电压高达数千万伏特，温度奇高（28 000摄氏度，比太阳表面还热）。如此多能量集中在一束2厘米到5厘米粗的光柱，难怪会造成巨大损害。闪电可以劈开树木，毁坏建筑，破坏力大到足以杀死一个甚至好几个人。闪电可能直接击中受害者，也可能击中其他物体，再砸向受害者，又或者，电流可能通过导电物体传导到人体。

---

[*] 朱生豪译《配力克里斯》，第二幕，第四场。p.34。

但最惊人的或许是，大多数被击中的人活了下来。

闪电脉冲持续的时间极短，只有几微秒，所以相比触摸高压电缆等情况，雷击造成损害的时间更短。闪电会循着阻力最小的路线到达地面，而我们的皮肤电阻很大。因此，人体不是很好的导体。不过，汗水或被雨水湿透的衣物，导电性要好得多，能为闪电提供更易传导的线路。闪电通过时释放的能量可以将水加热至汽化，撕裂衣物，就像发生了爆炸。蒸汽，或者电流强行通过电阻材料产生的能量，通常会严重烧伤皮肤。

虽然烧伤可以致命，但这不是遭雷击时的常见死因。真正的危险是电流穿透皮肤，进入体内。雨水或汗水浸湿的皮肤比干燥的皮肤电阻小很多。身体内部的组织充满水分和电解质，对电流几乎没有阻力。依靠不到 1/10 伏的电信号维持正常运行的神经系统，可能因此陷入混乱。闪电会经由最短路线穿过身体到达地面。如果这个路线经过大脑或心脏，就真的麻烦了。

脑干，尤其是控制呼吸的大脑延髓呼吸中枢受到过度刺激，能快速致命。电流经过胸膛，引起肋间肌和膈痉挛或麻痹，也会让呼吸停止。但这些情况很少发生，若发现及时，可以为伤者做人工呼吸，救活他们。人们认为，大多数雷击造成的死亡，原因是心脏受电流刺激，引起纤维性颤动（心脏急速跳动）。没有除颤至正常状态，纤维性颤动就会导致心脏骤停和死亡。在有效的心肺复苏术出现之前，发生这种情况的人不大可能恢复。非常不幸。

遭雷击的人中，死去的和活下来的比例在1∶10或1∶20，甚至更小。有的人遭到雷击后基本没什么损伤，有的人却伤得很重，并且此后身体一直有问题,譬如视力下降、耳鸣、沮丧、头晕和疲劳。为何会有这样的个体差异，尚不可知。

戏剧中，安提奥克国王父女遭雷劈时坐在马车上，他们的头就是最高点，很可能也是闪电击中的部位。当闪电穿过他们的身体到达地面时，大脑和心脏正好在这条线路上。他们极有可能死得很快。

他们的身体烧成"焦灰"，这很不寻常。众所周知，闪电造成的伤害变化无常,不可预测。两个人在闪电中并排站立，可能其中一人残废或死亡，而另一个人毫发无损。人体组织的受损程度和实际流经其中的电流正相关。同样是被闪电劈死，不同死者的身体损伤也各不相同，从几乎无恙到严重烧伤。皮肤上出现的羽毛或蕨类植物图案（有时称为火花树[*]）很有名，但不像教科书暗示的那么常见，并且通常几天后就会消失。皮肤起皱之后可能产生不规则的红色印记，尤其是皮肤褶皱被汗浸湿后。靠近皮肤的金属物品可能烧伤皮肤，有时还会留下水泡或烧焦痕迹，但重度烧伤比较少见。

莎士比亚增加了一个不寻常的小细节，"那令人掩鼻的臭味，使那些在他们生前崇拜他们的人，到这时候也不肯出

---

[*] Lichtenburg Figure。

第十一章 被大熊追下

一臂之力，帮着把他们埋葬"*。专门提到这一点似乎有点奇怪，但这是服务于艺术的目的，同时也表明，莎士比亚可能比初看起来更了解雷击的后果。

描述臭味可能是一种艺术手法，用以强调两个罪人的堕落。但这也是事实。在雷击致死的情况中，常常伴随身体和衣物烧焦或燃烧的气味。烧伤越严重，气味越可怕。身体烧焦的气味虽然难以描述，但绝不会弄错。那种气味，结合了肌肉燃烧时挥之不去的恶臭，以及毛发燃烧时恶心的硫黄味。许多消防员说，那气味，只要闻过一次，就不可能忘记。

在《配力克里斯》里，身体的臭味可能不仅由烧伤造成。1666年5月，一名男子被闪电击中，据说外科医生们在解剖他的尸体时，尸体散发出了恐怖的恶臭。鉴于17世纪的解剖条件，那气味一定糟糕至极，所以值得专门评论。外科医生不顾一切，继续解剖，他们在死者皮肤上发现了烧伤痕迹，但是没发现内脏损伤。不过，更晚近的一个案例可以说明，臭味的产生还有另一种可能。据推断，闪电击中了受害者的皮带扣，电流从皮带扣处进入身体，让肠道内的气体急速膨胀，导致肠道破裂。

莎士比亚用短短几句台词就传达出了一个极富戏剧性的事件，这比试图在舞台上呈现闪电劈人的场景要好得多。剧场中虽然可以使用音效和烟火模仿闪电雷鸣，但要在舞台上

---

* 朱生豪译《配力克里斯》，第二幕，第四场。p.34。

表现一道闪电击中两个人太困难了。让旁人用语言描述不但容易很多，还可以深入细节。在舞台上展现焦枯、严重烧伤的身体，需要准备专门的道具——不是不可能，但费用高昂，况且，既然观众可以根据描述想象出更可怕的画面，这笔开销就是花冤枉钱。

国王安提奥克斯父女的死可以视为对他们恶劣罪行的惩罚。在这件事中，是神明而非法庭判处他们死刑。莎士比亚笔下的其他人物，则会为了更高尚的理由，欣然接受奇特的死法。

* * *

《威尼斯商人》中的一个角色为了帮助朋友，愿意以最不寻常的方式冒生命危险。夏洛克贷给安东尼奥（Antonio）的朋友一笔钱，由他做担保人。他答应，如果债务不能及时偿还，夏洛克可以割掉他身上的一磅肉。他心里一定很清楚，这会要了他的命。不过，夏洛克的提议太怪了，几乎就和不能及时还钱一样不真实，所以他同意了。

"要你一磅肉"（claiming your "pound of flesh"）已经成为英语中日常使用的短语，意思是合法提出无情要求，不顾给他人造成的后果。这种做法甚至出现在电影和电视剧中，是极其残忍的杀人手法。但莎士比亚是怎么想到的，这是个谜。

担保合同里没有具体规定从身体的哪个部位割下这磅肉。

如果是从肉较多的大腿或臀部割，安东尼奥或许能活，但剧中暗示要从靠近心脏的胸膛割。显然，这估计会杀死安东尼奥。直到最后时刻，幸亏鲍西娅介入，安东尼奥才逃过一劫。

伊丽莎白时期的英格兰，外科手术尚处于初级阶段，但不一定致命。当时的手术有截肢、肿瘤切除，或者"必须割去的疮疥"*，但没有外科医生敢探入身体内部，因为失血和感染的风险太大。只有一个例外，即在情况最危急时才进行的剖宫产，而这对产妇来说，几乎总是致命的。《麦克白》里，麦克德夫（Macduff）"从他的母亲的腹中剖出来"**，这是在产妇没希望后，救活孩子的做法。

不管什么手术，都会让人剧痛无比，因为当时没有麻药，只能用鸦片和曼德拉草等植物的提取物来稍微缓解疼痛（见本书第二章）。

安东尼奥很幸运，没被割肉。其他人就没这么走运了。没有外科医生操刀，也没有减轻疼痛的措施，《泰特斯·安德洛尼克斯》里的两个角色就这样被截去了身体的某些部位。

* * *

《泰特斯·安德洛尼克斯》是莎士比亚与乔治·皮尔合

---

* 朱生豪译《科利奥兰纳斯》，第三幕，第一场。卷6，p.371。
** 朱生豪译《麦克白》，第五幕，第八场。卷6，p.188。

写的复仇悲剧。这出戏剧从罗马作家塞尼卡最著名的悲剧《提厄斯忒斯》(*Thyestes*)中汲取大量灵感。正如复仇中常见的情况，复仇者不仅仅是以牙还牙、以眼还眼。就像阿特柔斯在《提厄斯忒斯》里所说，"除非十倍奉还，否则不算报仇雪恨"。莎士比亚和皮尔合写的悲剧从一场肢解开始，血淋淋的场面一直持续两个小时。

戏剧开场，泰特斯从与哥特人的战争中凯旋，回到罗马。他带回了哥特王后塔摩拉，以及她的三个儿子阿拉勃斯（Alarbus）、契伦（Chiron）和狄米特律斯（Demetrius）。尽管塔摩拉苦苦哀求，泰特斯仍将阿拉勃斯肢解、焚烧，用于献祭。这是两个家族互相血腥报复的开始。

为了替死去的阿拉勃斯复仇，契伦和狄米特律斯杀了巴西安纳斯（Bassianus），后者已经和泰特斯的女儿拉维妮娅（Lavinia）订婚。他们随后强暴了拉维妮娅，还切下她的双手和舌头，让她不能揭露真相。拉维妮娅遭侮辱的过程没有演出来。但在事后，她走上舞台，嘴里和残肢鲜血直流的场景已经够可怕了。

两兄弟还陷害泰特斯的儿子马歇斯（Martius）和昆塔斯（Quintus），说是他们杀害了巴西安纳斯。马歇斯和昆塔斯因此被捕，并被判处死刑。泰特斯上当受骗，以为把自己的断手送给君主，就能救两个儿子。泰特斯欣然同意，他的手在舞台上被人用斧头砍了下来。

第十一章 被大熊追下

拉维妮娅和泰特斯的身体被砍掉一部分后，都活了下来。虽然剧中没有说，但他俩受伤后肯定都需要治疗才能活命。阻止失血至关重要。要立刻用止血带或绷带止血。伤口可以用热铁灼烧，血管可以用针缝上。这种做法虽然原始，但大部分情况下会有效。精巧的缝合技术和救命的输血在当时还没发明出来。甚至也没人想过，进行上述操作之前要消毒。他们两人，或者说在19世纪之前接受手术的任何人，能活下来简直是奇迹。手术风险广为人知，正如米尼涅斯（Menenius）在《科利奥兰纳斯》中所说，"一段生着疮疥的肢体，割去了会致人死命"*。

更糟的是，泰特斯白白砍掉了自己的手。一位信使很快将他的手，连同两个儿子的断头一起送了回来。还活着的人收起这些身体残片：泰特斯保管一颗头，缪歇斯（Marcus）收好另一颗，拉维妮娅用嘴咬着，带走了父亲的手。

相比之后的血腥场面，这只能算是热身。目前为止砍掉的每一部分身体，都只是正剧之前的预告片。泰特斯现在要为女儿受辱和两个儿子的死报仇了。

首先，他与罪魁祸首契伦、狄米特律斯见面，将他们绑起来，堵住嘴，好当面列举他们的罪状。然后，他就像舞台上名副其实的恶棍一样，详细说明自己接下来要对他们做什么，"我

---

* 朱生豪译《科利奥兰纳斯》，第三幕，第一场。卷6，p.371。

这一只剩下的手还可以割断你们的咽喉,拉维妮娅用她的断臂捧着的那个盆子,就是预备盛放你们罪恶的血液的"[*]。

盆子是一个高明的设置。割断喉咙会导致血液大量流失,因为颈部包含一些很大的血管。最外面的是颈静脉,大脑中的血液经它流回心脏。更深处是颈动脉,正常情况下,含氧血经由颈动脉从心脏向上输送到大脑。动脉血承受着压力,所以相同大小的动脉比静脉失血更快。不过,即便没割到动脉,失血也会很严重。几分钟之内,伤者就将失去意识,之后很快死亡。

这一切都发生在舞台上,场面想必十分震撼——有一些版本的戏剧演出导致许多观众晕倒。莎士比亚时代的观众看到这样的景象会更冷静,因为他们熟悉遍布城中的屠宰场,熟悉公开处决。得到大量血液不难,难的是在舞台上控制血流——一场戏接着一场戏,不停地上演,没有机会清除血液。拉维妮娅的盆子可以接住所有血液,防止演员在后续演出中踩到地面的血滑倒。

不过,演出时不必那么残暴。光是看到泰特斯的刀子和拉维妮娅的盆,我们就能想象会非常血腥——不用亲眼看到流血。扮演契伦和狄米特律斯的演员可以转过脸,不让观众看到最可怖的场面。但在伊丽莎白时期的剧场里,更难演,

---

[*] 朱生豪译《泰特斯·安德洛尼克斯》,第五幕,第二场。卷5,p.77。

第十一章 被大熊追下

因为在环球剧院,观众可以在舞台背后上方的走廊看戏;在黑衣修士剧院,观众甚至可以上舞台。不过,残肢和死亡不必写实逼真,也能有冲击力。几场现代的戏剧演出用红色丝带替代血液,效果出奇地好。

但在剧中,泰特斯还没结束。他接下来的所作所为,现代观众看了更会反感——"听着,恶贼们!我要把你们的骨头磨成灰粉,用你们的血把它调成面糊,再把你们这两颗无耻的头颅捣成肉泥,裹在拌着骨灰的面皮里面做馅饼"*。

契伦和狄米特律斯的残骸被烘烤成馅饼,在宴会上盛给他们的母亲。这个想法很可能来自《提厄斯忒斯》,男主角提厄斯忒斯引诱了兄弟阿特柔斯的妻子,窃取了他的国家。作为报复,阿特柔斯骗了提厄斯忒斯,让他吃下用他儿子的血肉之躯烹制的筵席。

人吃人是禁忌,但也有例外。** 直到 19 世纪,人类的身体部件还经常入药。为了抵御疾病,人们会吞服血液、埃及木乃伊提取物和其他身体碎片,或者将它们做成护身符,佩戴在身上。需要说明的是,这些对身体没什么好处。16 世纪的人不会将人肉端上餐桌,但并非各个时代的所有文明都不这么做。

---

* 朱生豪译《泰特斯·安德洛尼克斯》,第五幕,第二场。卷 5,p.77。
** 在西方,近来的一个例外是食用胎盘,人们认为这样可以避免产后抑郁,不过女性通常吃的是自己的胎盘。食谱能在网络上找到,1998 年英国的一档美食电视节目还播出过,但电视台被投诉了好几次,并受到广播标准委员会(现在的通信管理局)的斥责。——原书注

碎裂的头骨表明，50万年前的人类吃人脑，非常晚近的一些人类社会也仍然有食人习俗。[*]吃人是处于统治地位的表现。吃掉一个敌人的心，说明能完全压制对方。还有一些人是因为环境所迫才吃人。困在海上或隔绝在世界一隅时，常出现同类相食，而其中有一些人相对来说会更不情愿。

饥饿或复仇是很强的动因。因为喜欢或渴求人肉的味道而吃人的情况实属罕见。被吃掉的人肉通常来自被谋杀的受害者。彼得·斯顿夫（Peter Stumpp）[**]嗜食人肉。1589年，他在德国科隆附近被捕后，承认至少有16个人被自己杀害并吃掉。他被当作狼人处决了。

莎士比亚时代有一个传说，故事的主角是亚历山大·萨尼·宾恩（Alexander 'Sawney' Bean）[***]，苏格兰一个家族的头领，据说他杀死并吃了一千多人。萨尼的妻子阿格尼丝·道格拉斯（Agnes Douglas）据说是个女巫。人们猜测，这对夫妻的吃人生活始于袭击并杀害一个过路人。卖掉受害者的贵重物品去买食物太冒险，于是他们改为吃掉他。夫妻俩来到加洛韦东海岸的一个山洞，过起隐居生活，生养了一个庞大的食人家族。他们的家非常隐蔽，当地人似乎没发现这家人

---

[*] 人们认为印尼新几内亚的科罗威人是现在仅有的食人族，但他们不认为自己是在吃人。他们认为自己吃的是 khakhua，意思是那些为了杀害某人而乔装成其亲戚朋友的生灵（beings）。——原书注

[**] 也被称为"贝德堡狼人"（Werewolf of Bedburg）。

[***] Sawney 也是苏格兰人的意思，但含有贬义。

住在那里，显然也没注意到有成百上千人消失不见了——这一家子，父母双亲带着14个孩子和32个孙辈，就靠吃这些人过活。他们吃饱后，会将剩下的肉腌好、风干和浸渍。最后是有一个受害者逃跑了，他们才被发现。

虽然萨尼家族的传说可能给莎士比亚很大启发，但他们是否存在过也很成问题。这个故事最早出现在19世纪的《纽盖特记事》（*The Newgate Calendar*）中。16世纪的叙事歌谣和大报上都没有提到过这个家族或者那些消失的受害者。

暴力极端通常是因为脾气上来、一时冲动。但泰特斯的计划冷酷、充满算计。他有家人支持，与他合谋。塔摩拉也有嬖奴艾伦帮她谋划、实施。《泰特斯·安德洛尼克斯》表现了一群人如何互相怂恿，走向前所未有的暴力极端。另一部戏剧《裘力斯·恺撒》中也有一群人，他们彼此胁迫，做出越来越暴力的行为。

* * *

那群合谋杀害恺撒的人，单个人都不大可能这么做，但聚在一起后，8个人合力刺了恺撒大帝33刀。一次恶意攻击导向了另一次。恺撒的死激怒了罗马民众。一群人遇到一个叫西那（Cinna）的男子，立刻认为他就是参与谋杀恺撒的那个西那。他们要报复他，而且要让他比恺撒死得更惨。这群暴徒甚至不在乎自己错抓了另一个西那。一个市民叫嚣道："撕碎他，撕碎他！"那名男子绝望地解释说："我是诗人西那，我是诗人西那。"但人群已经被血气冲昏头脑："不管它，他的名字叫西那，把他的名字从他的心里挖出来，再放他去吧。"[*]于是他真的被撕碎了。

群体暴动无疑会引发死亡，但要将身体撕碎却很难。因为在中世纪时，将人撕碎是一种死刑方式，需要用到马，甚至这还不够，还要用上斧头。诗人西那的死看似不可能，但这种令人毛骨悚然的死法不是莎士比亚为了艺术效果编造的；他在描述历史上的真实事件。

站在观众的角度，看到一个人被撕碎，可能比看到《泰特斯·安德洛尼克斯》里的种种恐怖行径更不舒服，但伊丽莎白时期的观众或许并不为此烦扰，他们已经习惯看狗和熊互相撕斗。要演出西那被撕碎，需要用到很多血、肉和道具，才能显得逼真，这会将舞台搞得一团糟，还得在下一场戏之前清理干净。莎士比亚为所有人省去了麻烦，让西那被拖下舞台撕碎，让观众有空间想象出比舞台表演更可怕的画面。

观众要是看到假肢扔得到处都是，假血洒满舞台，恐怖很容易变为荒诞，引人发笑——这可不是悲剧该有的情绪。但在伊丽莎白时期，对于以观看动物死战为娱乐的观众，笑

---

[*] 以上三句引文皆引自朱生豪译《裘力斯·恺撒》，第三幕，第三场。卷5，p.245。

第十一章 被大熊追下

是再正常不过的反应了。血腥的斗兽在当时大受欢迎,从底层到皇室,各个阶层的人都喜欢。最近有批评家说,这些活动是"残忍的狂欢",在这样的狂欢中,"观众一次又一次为眼前所见感到愉悦,为它欢呼,为它大笑"。各种各样的动物被用来当众互相攻击、互相撕咬,但其中最受欢迎的要数逗熊和斗牛。

* * *

在伊丽莎白时期的伦敦,逗熊和剧场紧密相关。二者通常共享场地,有个剧院还专门设计了可移动的舞台,在没有戏剧表演的日子里,为动物腾出空间。*剧作家们频繁地在戏剧作品中借用逗熊活动的语言和风格。剧中角色像一头熊那样,被一群恶狠狠的人围困、撕碎,诗人西那只是其中一例。本·琼森曾利用希望剧院(Hope Theatre)的逗熊表演,为他的戏剧《巴塞洛缪市集》(*Bartholomew Fair*)增色。

巴塞洛缪市集是一年一度的真实活动,从 1133 年到 1855 年,每年夏天都举办,最后因为放纵堕落被废止。市集持续数天,设在史密斯菲尔德(Smithfield)的西南城墙下,最初是做布料交易,但到琼森那时,各色买卖丰富多了。而史密

---

* 在 16 世纪伦敦的所有剧院中,环球剧院最特别,不只因为这里是莎士比亚剧团的主场,还因为它是唯一专门用于戏剧表演的剧院。——原书注

斯菲尔德当时已经是一个家畜市场，也执行过许多次死刑。市集上有木偶表演、小吃摊，还有杂技和野生动物展。而在希望剧院，兜售食物的小贩真的就像在市集上那样，在观众中穿梭；前一天逗熊表演中动物的恶臭还没散去，为戏剧表演营造出浓浓的氛围。

不列颠的熊在5世纪就被猎绝了，但因为可以从欧洲大陆进口，16世纪的伦敦街头也经常能看到熊。有人会让这些熊在街角表演，引得路人发笑。熊被认为极其丑陋，所以人们把熊打扮起来，让它们跳舞，这在伊丽莎白时期的普通民众看来非常滑稽可笑。看熊被鞭子抽打、与狗斗就更有趣了。*

人们会用链条把一头熊锁在柱子上，放出英国獒犬攻击它。熊会抵御进攻，让狗身负重伤，但狗群会不断发起猛攻，直到被熊杀死。有时候，狗的主人会在狗受致命伤之前插手，不过，如果一切发生得太快，就必须让新的狗上场，继续娱乐观众，以免他们觉得表演缺斤短两。熊是昂贵商品，主人会尽心尽力地照顾它，为它处理伤口，准备迎接下一场战斗。

这类血腥游戏的吸引力在于动物的表现。英国獒犬备受推崇，因为它们从不放弃战斗。公牛会用牛角击退狗群，它们的灵巧让人钦佩。熊会"巧妙地"让狗陷入困境。其他动

---

* 逗熊虽然在欧洲大陆也有，但被视为英国特色。——原书注

物组合也获得了不同程度的成功。马背上驮一只猴子很受欢迎，因为猴子被追它的狗咬到时会发出尖叫。狮子的表现不如人意。虽然狮子素有凶猛的名声，但在面对一群狗时，它们会退回窝里，拒绝迎战。

然而，并不是所有人都喜欢血腥游戏。清教徒就不喜欢逗熊，因为这类活动在周日举行。还有人觉得整个表演恶心、危险。托马斯·纳什在他的《剖析恶习》里写到这项运动："且不说这种游戏肮脏、臭气冲天且令人厌恶，这种活动难道不是危机四伏，让身处其中的人时刻都有生命之虞吗？"动物当然会带来威胁，不过，纳什可能还指，逗熊游戏在破败的竞技场举行，也是有危险的（见本书第二章）。

观众熟知熊和逗熊游戏的惨烈，莎士比亚则利用了这一点。他在剧中用这个游戏来强调潜在的暴力或威胁。譬如，《麦克白》里，"他们已经缚住我的手脚；我不能逃走，可是我必须像熊一样挣扎到底"*。莎剧还会用逗熊揭示人物特点。《第十二夜》提到好几次逗熊。安德鲁·艾古契克爵士（Sir Andrew Aguecheek）是逗熊迷；他、托比爵士（Sir Toby）、费边都直接提到过这种血腥的游戏。Duke Orsino（奥西诺公爵）的名字化用了"ursine"，这个词的意思是"像熊一样"（ursine 来源于拉丁语的 ursus，意即熊）。另外，马伏里奥

---

* 朱生豪译《麦克白》，第五幕，第七场。卷 6，p.186。

落到托比爵士及其同伴手上后,后者煞费苦心地把他当成一头被激怒的熊来捉弄。他被关进黑暗的房间,备受奚落。戏剧最后,马伏里奥发誓"一定要出这一口气,你们这群东西一个都不放过"[*]。《李尔王》里,葛罗斯特瞎了之后,也有类似遭遇,这或许和当时流行用鞭子逗弄瞎眼的熊有关。

有些熊成了当地著名的"人物"。它们有了名字,获得了身份,比如内德·怀廷(Ned Whiting)、乔治·斯托(George Store)和哈利·亨克斯(Harry Hunks,被人用鞭子戏弄的瞎熊之一)。米德尔威奇的老内尔(Old Nell of Middlewich)是一头母熊,被带到酒馆喝过酒。不过,最有名的也许要数撒克逊(Sackerson),它因为出现在一部莎剧里,所以声名不朽。《温莎的风流娘儿们》中,斯兰德吹嘘自己多次碰到它,"我曾经看见巴黎花园里那头著名的撒克逊大熊逃出来二十次,我还亲手拉住它的链条。可是我告诉您吧,那些女人一看见了,就哭呀叫呀地闹得天翻地覆;实在说起来,也无怪她们受不了,那些畜生都是又难看又粗暴的家伙"[**]。

熊锁在柱子上时,可能会显得滑稽可笑,但它们要是挣脱了束缚,观众的情绪就会迅速转变。这种事偶有发生——费边在《第十二夜里》说西巴斯辛"吓得心惊肉跳脸色发白,

---

[*] 朱生豪译《第十二夜》,第五幕,第一场。卷2,p.268。
[**] 朱生豪译《温莎的风流娘儿们》,第一幕,第一场。卷1,p.490。

像是一头熊在背后追似的"*。

《冬天的故事》里,一头熊突然出现在舞台上,这在莎士比亚时代的观众眼中,肯定不像今天那样不合时宜。该剧第三幕第三场中间时刻出现的舞台指示非常有名:"被大熊追下"**。被追下的人是安提贡纳斯(Antigonus),他刚刚在波希米亚上岸。

莎士比亚的表演剧团大概借来了一头熊。虽然他们自己的环球剧院不办血腥活动,附近却至少有5个逗熊竞技场。不过,要与熊同台的演员可能没那么热情。他们也许倒更热衷于自己扮演熊。莎士比亚的剧团没有留下道具清单,但已知他们的竞争对手海军大臣剧团有"熊头"和"熊皮",以及各种其他的动物部件,包括刻耳柏洛斯的头,一个牛首,一张狮子皮和两颗狮子脑袋。

演员扮的熊是否逼真并不要紧。《冬天的故事》与现实事实毫无关系。剧名已经指出,这是一个故事,情节中包含的任何真实情况都是意外收获。比如,波希米亚大致相当于现在的捷克共和国,这里没有海岸让安提贡纳斯登陆,但确实可以有熊去追他。

欧亚棕熊在中亚地区很寻常,但它们的自然栖息地会避开人类。人们极少遇到这些熊,熊攻击人类就更罕见了。

---

* 朱生豪译《第十二夜》,第三幕,第四场。卷2,p.245。
** 朱生豪译《冬天的故事》,第三幕,第三场。卷7,p.248。

如果真出现了这样的情况，通常是因为带小熊崽的母熊受到了惊扰。莎士比亚对熊的感受会很不一样。锁在柱子上、经常受折磨和虐待的熊，可能和生活在野外的熊有截然不同的表现。

显然，安提贡纳斯惊扰了大熊，它发出"怕人的喧声"*。然后，安提贡纳斯选择了下下策——跑。逃跑只会刺激熊追赶，就像《冬天的故事》里那样。安提贡纳斯被大熊追下，这是我们最后一次看到二者。接下来发生的事由一个小丑交代，他碰巧目睹了这场追击，并明智地置身之外。

小丑说"那位可怜的老爷怎样喊着喊着，那头熊又怎样拿他开心。他们喊叫的声音，都比海涛和风声更响"，以及"他怎样向我喊救命，说他的名字叫安提贡纳斯，是一个贵人"。安提贡纳斯和熊的对抗，力量悬殊。欧亚棕熊比人高很多、重很多，它有42颗牙齿，其中一些非常大，专门用来撕碎猎物，它的下巴可以长达10厘米。"那头熊撕下了他的肩胛骨"一点儿也不让人意外。**

如今的欧洲发生过少数熊袭击人的事件，但通常都不致命。克罗地亚最近一次这类死亡事件出现在65年前。瑞典境内，一百多年里没有一个人是被熊杀死的。放到今天，安提贡纳斯肩胛骨受的伤可能并不致命，但在四百多年前，他必

---

* 朱生豪译《冬天的故事》，第三幕，第三场。卷7，p.248。
** 朱生豪译《冬天的故事》，第三幕，第三场。卷7，p.248。

死无疑。并且他受到的攻击不止于此,"那头熊还不曾吃掉那位老爷的一半"。小丑让那头熊在那里进食,只在后来回去"瞧瞧那熊有没有离开那位老爷,他究竟给吃剩多少。这种畜生只在肚子饿的时候才要发坏脾气。假如他还有一点骨肉剩下,我便把他埋了"*。

对于野生的欧亚棕熊来说,人类是很不寻常的食物。它们的饮食随时间推移发生了极大变化。远古时候,肉类大概占它们饮食的80%,到中世纪,这个比例降至40%,今天则只有5%到10%,而就算是吃肉,它们也偏爱吃自然死亡的动物,或者容易捕杀的动物,主要是绵羊。

在现代观众看来,本章讲到的莎士比亚笔下的几种死亡方式很荒谬,不真实,但他写作的时代和我们今天生活的世界有天壤之别。在文艺复兴时期的伦敦,熊吃人、把人做成馅饼等情节首次搬上舞台时,观众不会感到很惊奇。

---

* 朱生豪译《冬天的故事》,第三幕,第三场。卷7,p.248。

收场白

> 好戏倘再加上一段好收场白，岂不是更好。*
> ——《皆大欢喜》，第五幕，第四场

莎士比亚的作品并不那么容易归类。他的悲剧中有好笑的时刻，他的喜剧包含死亡；"人生就像一匹用善恶的丝线交错织成的布"**。就像本书所示，要将剧中的死亡分门别类，归到清晰的标题下，难度堪比将描写这些死亡的剧作归类。

我们的吟游诗人在他的戏剧和诗歌中，以 N 种死亡方式终结了超过 250 个有名有姓的角色。从许多方面来说，他的写作反映了他的时代。他生活的年代充满了死亡和暴力，毫

---

* 朱生豪译《皆大欢喜》，第五幕，第四场。卷2，p.181。
** 朱生豪译《终成眷属》，第四幕，第三场。卷2，p.450。

不令人羡慕。当时的伦敦人可能因为熊、剑斗和死刑过早丧生。但在其他方面，莎翁的文学作品又没能反映文艺复兴时期英格兰真实的生存和死亡，比如瘟疫和绝大多数传染病几乎都被忽略了。但莎士比亚不是在记录周围人的生死。他的创作是为了给每天涌入剧场的成千上万观众提供娱乐。

莎翁作品中的每一起死亡，以及死亡的方式，都是为戏剧服务。有人的死表现了生活的不公，有人的死是在伸张正义。剧中有意外死亡，有计划好的死亡，也有不可避免的死亡。有的死一带而过，有的死细致描摹。我们的剧作家首先忠于戏剧本身；历史的准确性和真实性只是次要因素。他的喜剧中，某些内容夸张至极，但每个奇幻时刻都能为戏剧增添乐趣。他的历史剧时间线索和主题混乱，但所有最基本的历史元素都在。悲剧可能有些血腥和暴力，但程度上不及现代的电视剧。在戏剧张力中，又体现出一些对死亡过程的非凡洞见。某些细节之准确，说明莎士比亚大概亲自观察过。

死亡作为生活的一部分，如今除了在某些特定场所，已经很少能见到了，也就是说，我们普遍不像前人那么了解临终的真实情况。这是莎剧中较难引起现代观众共鸣的内容之一。隔着4个世纪，人们对生命和死亡的态度发生了巨变，但对我们的吟游诗人及其作品的热情却不减。我们也许不会为同样的笑话捧腹，不能完全领会剧中人对时事的评论，但莎士比亚仍然在娱乐我们、启发我们，他是如此与众不同。

他为文艺复兴时期的伦敦舞台进行创作,但他的影响力远不止于此。

每一天,我们常常在无意识中使用他的语言。如"heart of gold"(善良的心)、"break the ice"(破冰)、"wild goose chase"(劳而无功)、"seen better days"(有过好日子)等,许多短语都是莎士比亚留下的。他为英语增加了1700个词,但没有全部流传下来。他变名词为动词,变动词为形容词,还自创了一些词;仅《哈姆莱特》中就有600个词是以前英语中没有的。

除了对口语的贡献,莎士比亚的文化魅力之大,影响范围之广,十分惊人。只有《圣经》比他的作品更畅销,他的作品被翻译的次数排名第三。* 从著名剧院到乡村礼堂,他的戏剧在全球上演。有过露天表演,也有过海上演出。从精美的伊丽莎白时期服装到军装,莎翁笔下的角色有着各种扮相。从他的作品更衍生出了四百多出歌剧(据《格罗夫音乐和音乐家字典》[Grove's Dictionary of Music and Musicians]所说),英国大学电影和影像委员会(British Universities Film and Video Council)的数据库里,仅《麦克白》就有六百多个条目。他的作品被改编和重新演绎,成为音乐剧、芭蕾舞、

---

* 根据一个动态的排名,《圣经》是翻译最多的作品;阿加莎·克里斯蒂的小说排名第二,莎士比亚与儒勒·凡尔纳(Jules Verne)差不多并列第三。——原书注

收场白

电视、书籍、游戏和模因。莎士比亚似乎永远能激发创作。

他留下的丰富作品滋养了大量意在探讨他的生平与创作的书籍和文章,人们对莎士比亚的研究和兴趣源源不断,至今没有停下来的迹象。许多学科的学者都在莎翁作品中发现了与各自研究领域或某种新观点有关的内容,包括死亡。

本书只着眼于莎翁作品一个小小的方面。值得我们探讨的太多,无奈时间有限。我不擅长总结陈词,所以我要将结尾留给我们的戏剧大师。

> 要是我们这辈影子
> 有拂了诸位的尊意,
> 就请你们这样思量,
> 一切便可得到补偿;
> 这种种幻景的显现,
> 不过是梦中的妄念;
> 这一段无聊的情节,
> 真同诞梦一样无力。
> 先生们,请不要见笑!
> 倘蒙原宥,定当补报。
> 万一我们幸而免脱
> 这一遭嘘嘘的指斥,

> 我们决不忘记大恩,
> 迫克*生平不会骗人。
> 再会了!肯赏个脸子的话,
> 就请拍两下手,多谢多谢!**

---

* 这段话是剧中人物迫克在《仲夏夜之梦》结尾所说。
** 朱生豪译《仲夏夜之梦》,第五幕,第一场。卷1,p.386。

附录

喜剧

《暴风雨》（1611年）
许多水手在海难中死去，但又全都复活。女巫西考拉克斯（Sycorax）和卡列班的母亲在戏剧开场前就死了。
《维洛那二绅士》（1594年）
无人死亡。一名罪犯因为刺伤他人心脏遭到放逐。普洛丢斯（Proteus）说他爱过一个女人，但她死了，他还误以为伐伦泰因（Valentine）已经死了。
《温莎的风流娘儿们》（1600年）
无人死亡，但卡厄斯大夫威胁说要割断斯兰德的喉咙（但他没这么做）。
《量罪记》（1604年）
莎士比亚去世之后，托马斯·米德尔顿可能修改过这部戏剧。

拉戈静	狱中死于热病	舞台上只出现了他被砍下的头颅
路西奥（Lucio）	吊死	戏剧在执行死刑之前结束
克劳狄奥和安哲鲁（Angelo）		受死刑威胁，但得到了原谅

莎士比亚笔下的 N 种死亡方式

（续）

《错误的喜剧》（1589 年）		
无人死亡，但整部戏剧中，伊勤都受到死刑威胁。		

《无事生非》（1598 年）		
无人死亡，但戏剧一开始，众人刚打完仗回来。希罗被认为是羞愧而死（其实并不是）。		

《爱的徒劳》（1954 年）		
法国国王	自然死亡	

《仲夏夜之梦》（1595 年）		
换儿的母亲	死于分娩	没出现在舞台上
皮拉摩斯	刺死自己	戏中戏
提斯柏	刺死自己	戏中戏

《威尼斯商人》（1596 年）		
鲍西娅的父亲		戏剧开场前已经死去
巴萨尼奥	割掉一磅肉	处罚并未执行
夏洛克		除非皈依基督教，否则就得死

《皆大欢喜》（1599 年）		
无人死亡，但人们原以为一个摔跤选手会死，因为他的肋骨碎裂。奥列佛（Oliver）差点死于一头狮子爪下。		

《驯悍记》（1593 年）		
剧中无人死亡，但卢生梯奥（Lucentio）因为杀了一个人，需要乔装自己。披特鲁乔最近丧亲。		

《终成眷属》（1602 年）		
无人死亡，但戏剧开场，伯爵夫人和贝特兰（Bertrum）就在为伯爵的亡故悲恸。海伦娜的父亲在戏剧开始前就死了。国王也差一点死去，海伦娜后来治好了他。		

(续)

《第十二夜》，又名《各随所愿》（1610年）		
无人死亡，但薇奥拉（Viola）以为哥哥西巴斯辛死了，西巴斯辛也以为薇奥拉死了。		
《冬天的故事》（1610年）		
剧中好几个角色受到死刑威胁（烧死；吊死；剥皮；浑身涂满蜂蜜坐在黄蜂巢上，被大量黄蜂蜇死）。		
迈密勒斯	悲伤而死	
赫美温妮	悲伤而死	赫美温妮的雕像活了过来
安提贡纳斯	遭大熊袭击	

历史剧

不包括在无数战争中死去的成千上万战士。	
《约翰王》（1596年）	
奥地利公爵（Duke of Austria）	砍头	
梅吕恩伯爵（Count Melun）	被人杀死	
亚瑟	从高处坠亡	
康斯坦丝夫人	发狂	
爱丽诺太后	死亡	剧中未说明死因
庞弗莱特的彼得（Peter of Pomfret，先知）	吊死	在他预言国王会死的那天被吊死
僧人	中毒	没有出现在舞台上
约翰王	中毒	被僧人毒死

莎士比亚笔下的 N 种死亡方式

（续）

《理查二世》（1595 年）		
冈特的约翰（John of Gaunt）	病死	
约克公爵夫人	死亡	
布希（Bushy）和格林（Green）	砍头	
威尔特夏伯爵（Earl of Wiltshire）	砍头	
葛罗斯特公爵	被人谋杀	
托马斯·毛勃雷（Thomas Mowbray）	死亡	
艾克斯顿的两个同谋者	被人杀死	
国王理查	被人杀死	
索尔兹伯里、布伦特（Blunt）和肯特（Kent）	砍头	
勃洛卡斯（Brocas）和班纳特·西利爵士（Sir Bennet Seely）	砍头	
西敏寺主持	遭良心谴责	
《亨利四世上篇》（1597 年）		
摩提默（Mortimer）	被人杀死	
夏尔利（Shirley）、斯塔福德和布伦特	被人杀死	敌军误以为他们是亨利四世
烈火骑士亨利·珀西（Hotspur, Henry Percy）	被人杀死	
华斯特伯爵	被判处死刑	砍头

（续）

凡农	被判处死刑	绞刑加四马分尸
《亨利四世下篇》（1597年）		
达布尔（Double）	死亡	没有出现在舞台上
约翰·柯尔维尔（John Colville）	被判处死刑	
亨利四世	自然死亡	
《亨利五世》（1598年）		
福斯塔夫	严重的间日热	
剑桥伯爵（Earl of Cambridge）、斯克鲁普勋爵（Lord Scroop）和托马斯·格雷爵士（Sir Thomas Grey）	被判处死刑	砍头
巴豆夫（Bardolph）	吊死	
尼姆（Nym）	吊死	
陶	法国病	梅毒
法国大元帅（Constable of France）、朗蓓雷斯勋爵（Lord Rambures）、布列塔尼公爵（Duke of Bourbon）和其他几位没有出场的法国贵族	被人杀死	
萨福克公爵、理查·克特利爵士（Richard Ketley）和大卫·甘姆（Davy Gam）	被人杀死	

莎士比亚笔下的 N 种死亡方式

（续）

| 约克公爵 | 被人杀死 | 或被压死，也可能是心脏病发作 |

《亨利六世上篇》（1591 年）

可能与克里斯托弗·马洛、托马斯·纳什合写。

索尔兹伯里伯爵和托马斯·嘉格莱夫爵士（Sir Thomas Gargrave）	被大炮炸死	
爱德蒙·摩提默（Edmund Mortimer）	死亡	监禁很久之后死去
剑桥伯爵	死刑	砍头
培福公爵（Duke of Bedford）	被人杀死	
塔尔博特勋爵（Lord Talbot）和儿子约翰	被人杀死	
贞德	被烧死在柱子上	

《亨利六世中篇》（1590 年）

勃令布洛克	被判处死刑	绞刑加四马分尸
约翰·休姆教士	被判处死刑	吊死
约翰·骚士威尔教士	被判处死刑	在行刑前死去
玛吉利·约登	被烧死在柱子上	
托马斯·霍纳（Thomas Horner）	被人杀死	死于"决斗神判法"
汉弗莱公爵	被认谋杀	扼死或闷死，但也有可能是自然死亡

附录

（续）

红衣主教波福	为罪孽深重的生活感到悔恨	很可能是自然死亡
萨福克	砍头	死于强盗之手
汉弗莱·斯塔福德爵士（Sir Humphrey Stafford）和弟弟威廉	被人杀死	被杰克·凯德率领的暴徒杀死
查特姆的书吏（Clerk of Chatham）	死刑	
一个士兵	被杀害	因为叫错了杰克·凯德的名字
塞伊勋爵	砍头	
詹姆斯·克罗默爵士	砍头	
马修·高夫（Matthew Goffe）	被人杀死	他死在舞台上，但没有一句台词
杰克·凯德	被人杀死	在拘捕时被杀
克列福勋爵	被人杀死	
萨默塞特公爵（Earl of Somerset）	被人杀死	
《亨利六世下篇》（1590年）		
拉特兰公爵（Earl of Rutland）	被人刺死	
约克公爵	被人刺死	
杀子之父	被人杀死	被儿子杀死
杀父之子	被人杀死	被父亲杀死
克列福勋爵	被人杀死	
华列克公爵	被人杀死	

355

莎士比亚笔下的 N 种死亡方式

(续)

蒙太古侯爵	被人杀死	
萨默塞特公爵	砍头	
爱德华亲王	被人刺死	
亨利六世	被人刺死	
《理查三世》(1592 年)		
克莱伦斯	被刺	之后淹死在马姆齐甜酒(一种白葡萄酒)桶中
爱德华四世	自然死亡	纵欲过度
黑斯廷斯勋爵	砍头	
里弗斯伯爵、格雷勋爵和托马斯·沃恩爵士	砍头	
两位亲王	被捂死	可能
安妮夫人	中毒	但现实中是自然死亡
白金汉公爵	砍头	
诺福克公爵、费勒士勋爵(Lord Ferris)、罗伯特·布莱肯伯雷爵士(Sir Robert Brackenbury)和威廉·布兰登爵士(Sir William Brandon)	被人杀死	
理查三世	被人杀死	
《亨利八世》(1612 年)		
与约翰·弗莱彻合写		
白金汉公爵	砍头	

附录

（续）

佩斯博士	发疯	
红衣主教乌尔西	自然死亡	
凯瑟琳王后	自然死亡	

悲剧

不包括在各出悲剧描写的许多战争中死去的成千上万无名者。		
《特洛伊罗斯与克瑞西达》（1601年）		
波吕克塞诺斯（Polyxenex）、厄庇斯特洛福斯（Epistrophus）和刻狄俄斯（Cedius）	被人杀死	
安菲玛科斯（Amphimachus）和托阿斯（Thoas）	受致命伤	
帕特洛克罗斯（Patroclus）	被人杀死	
赫克托（Hector）	被人杀死	
潘达洛斯	梅毒	在剧终后死亡
《科利奥兰纳斯》（1607年）		
科利奥兰纳斯	被人刺死	
《泰特斯·安德洛尼克斯》（1593年）		
与乔治·皮尔合写		
泰特斯的21个儿子	被人杀死	
阿拉勃斯	肢解	内脏被烧掉
缪歇斯（Mutius）	被人刺死	
巴西安纳斯	被人刺死	
马歇斯	砍头	

莎士比亚笔下的 N 种死亡方式

(续)

昆塔斯	砍头	
一只苍蝇	被人刺死	
一位乳媪	被人刺死	
契伦和狄米特律斯	割喉	之后被做成馅饼
拉维妮娅	被人刺死	
塔摩拉	被人刺死	
萨特尼纳斯（Saturainus）	被人刺死	
泰特斯	被人刺死	
艾伦	被埋至胸口，饿死	
小丑	吊死	
《罗密欧与朱丽叶》（1594 年）		
迈丘西奥	被人杀死	
提伯尔特	被人杀死	
巴里斯	被人杀死	
罗密欧	服毒	因为瘟疫，罗密欧没有及时得到口信
朱丽叶	刺死自己	在喝下假死药水后
蒙太古夫人	悲伤而死	
《雅典的泰门》（1597 年）		
很可能是与托马斯·米德尔顿合写		
泰门	死亡	
《裘力斯·恺撒》（1599 年）		
裘力斯·恺撒	被人刺死	被刺了 33 次
诗人西那	被人撕碎	

附录

（续）

鲍西娅	吞下烧热的煤块	
西塞罗	死刑	
凯歇斯	被自己的剑刺死*	
泰提涅斯	用剑自杀	
凯图	被人杀死	
勃鲁托斯	伏剑而死	

《麦克白》（1605年）

在莎士比亚去世之后，托马斯·米德尔顿可能修改过。

麦克唐华德（Macdonwald）	被人杀死	他没有出现在舞台上
邓肯	被人刺死	
邓肯的两个守卫	被人杀害	
班柯	被人杀死	
小麦克德夫和麦克德夫夫人	被人杀死	
麦克白夫人	自杀	可能
麦克白	被人杀死	

《哈姆莱特》（1600年）

老福丁布拉斯（Fortinbras）	被人杀死	没有出现在舞台上
老哈姆莱特	中毒	从耳朵灌进毒药
贡扎古（Gonzago）	中毒	戏中戏
波洛涅斯（Polonius）	被人刺死	
奥菲莉娅	淹死	

---

* 实际上是凯歇斯请求品达勒斯刺死了他。

359

莎士比亚笔下的 N 种死亡方式

（续）

郁利克（yorick）		只以骷髅的形式出现
罗森格兰兹（Rosencrantz）和吉尔登斯吞（Guildenstern）	被处死	
葛特露	喝毒酒	
雷欧提斯	被抹了毒的剑刺死	
克劳狄斯	被抹了毒的剑刺死	
哈姆莱特	被抹了毒的剑刺死	
《李尔王》（1605 年）		
仆人	被人刺死	
康华尔公爵（Duke of Cornwall）	被人杀死	
奥斯华德（Oswald）	被人杀死	
葛罗斯特公爵	乐极生悲	
里甘	中毒	
戈纳瑞	刺死自己	
埃德蒙	被人杀死	
科迪利娅	被人杀害	可能被扼死或捂死，然后吊起来
李尔	悲伤而死	
《奥瑟罗》（1604 年）		
罗德利哥（Rodrigo）	被人杀死	
苔丝狄蒙娜	被捂死	

(续)

勃拉班修	悲伤而死	
爱米利娅	被人刺死	
奥瑟罗	刺死自己	
《安东尼与克莉奥佩特拉》（1606年）		
富尔维娅	自然死亡	没有出现在舞台上
巴科勒斯（Pacorus）	被人杀死	他死在舞台上，但没有一句台词
玛克斯·克拉苏（Marcus Crassus）	被人杀死	没有出现在舞台上
庞贝大帝（Pompey the Great）	被人谋杀	剧中谈论了他的死，但他没有出现在舞台上
道密歇斯·爱诺巴勃斯	死亡	
爱洛斯	伏剑而死	
安东尼	伏剑而死	
伊拉丝	死亡	在亲吻克莉奥佩特拉之后死去
克莉奥佩特拉	遭蛇咬	
查米恩	遭蛇咬	
《辛白林》（1609年）		
伊摩琴	中毒	她看起来像死了，但又苏醒过来
克洛登（Cloten）	砍头	
普修默斯·利奥那托斯	悲伤而死	
普修默斯的母亲	死于分娩	
王后	发狂	

莎士比亚笔下的 N 种死亡方式

没有收入第一对开本的剧作

通常认为以下这些剧作至少部分由莎士比亚完成。		
《泰尔亲王配力克里斯》（1608 年）		
与乔治·威尔金斯合写		
安提奥克斯下令毒死配力克里斯,但后者逃走了。配力克里斯还是唯一的海难幸存者。人们以为泰莎在生产过程中死去,但她之后苏醒过来了。		
安提奥克斯和女儿	闪电劈死	
莉科丽达（Lychorida）	死亡	剧中没有说明死因
德兰斯瓦尼亚人（Transylvanian）	死亡	可能死于性病
西蒙尼第斯（Simonides）	死亡	剧中没有说明死因
《两个高贵的亲戚》（1613 年）		
与约翰·弗莱彻合写		
三位王后请求忒修斯（Thesues）将战场上丈夫的骸骨交还给她们。狱中的看守长因为帮助阿赛特（Arcite）逃跑,受到吊死的威胁。		
阿赛特	从马背上甩下	
《爱德华三世》（1592 年）		
与托马斯·基德合写		
波西米亚王（King of Bohemia）	被人杀死	
布罗瓦的夏尔爵士（Sir Charles of Blois）	被人杀死	
爱德华王子	被人杀死	

诗歌

《维纳斯与阿多尼斯》（Venus and Adonis，1593 年）	
阿多尼斯	被野猪顶
《露克丽丝遭强暴记》（1594 年）	
露克丽丝	刺死自己
《情女怨》（1609 年）	
没有提及死亡	
《凤凰与斑鸠》（*The Pheonix and the Turtle*，1601 年）	
关于殉情的哲理诗	
十四行诗	
没有提到具体的死亡事件，但提到很多次一般意义上的死亡。	

参考文献

啊大人，先生，我可以用全英国的《圣经》起誓，
我打心眼儿里愿意*

——《亨利四世上篇》，第二幕，第四场

专著与论文

Ackroyd, P. 2005. *Shakespeare: The Biography*. Chatto & Windus, London.

Adamis, D., Treloar, A., Martin, F. C., MacDonald, A. J. D. 2007. A Brief Review of the History of Delirium as a Mental Disorder. *History of Psychiatry* 18(4): 459-469.

Aristophanes. 1998. *Plays: One*. Methuen Drama, London.

Bamford, J. 1603. *A Short Dialogue Concerning the Plague's Infection*. Richard Boyle, London.

Barrett, A., Harrison, C. (eds). 1999. *Crime and Punishment in England: A Sourcebook*. UCL Press, London.

---

* 孙法理译《亨利四世上篇》，第二幕，第四场。卷4，p.37。

参考文献

Beier, L. M. 1987. *Suff erers and Healers: The Experience of Illness in Seventeenth-Century England*. Routledge & Kegan Paul, London and New York.

Bergeron, D. M. 1978. The Wax Figures in *The Duchess of Malfi*. *Studies in English Literature, 1500-1900*, 18(2): 331-339.

Boccaccio, G. 1820. *The Decameron, or Ten Days' Entertainment*. R. Priestley and W. Clarke, London.

Brown, R. (ed.). 1871. Venice: April 1531, *Calendar of State Papers Relating To English Aff airs in the Archives of Venice, Volume 4, 1527-1533*, 278-281. Her Majesty's Stationery Offi ce, London. British History Online, http: //www. british-history. ac. uk/cal-state-papers/venice/vol4/pp278-281.

Bryson, B. 2008. *Shakespeare*. HarperCollins, London.

Bucknill, Sir J. C. 1860. *The Medical Knowledge of Shakespeare*. Longman & Co., London.

Bucknill, Sir J. C. 1867. *The Psychology of Shakespeare*. Macmillan & Co., London.

Bynum, W. 2000. Phrenitis: What's in a Name? *The Lancet,* 356: 1936.

Cassidy, C., Doherty, P. 2017. *And Then You're Dead: A Scientific Exploration of the World's Most Interesting Ways to Die*. Allen & Unwin, London.

Cerasano, S. P. 1998. Edward Alleyn's 'Retirement' 1597-1600. *Medieval and Renaissance Drama in England,* 10: 98-112.

Chaucer, G., ed. Richard Morris. 1866. *The Poetical Works of Geoffrey Chaucer: Volume 5*. Bell & Daldy, London.

Crisp, A. H. 1996. The Sleepwalking/Night Terrors Syndrome in Adults. *Postgraduate Medical Journal*, 72: 599-604.

Davis, F. M. 2000. Shakespeare's Medical Knowledge: How Did He Acquire It? *The Oxfordian*, 3: 45-58.

Dickson, A., Staines, J. 2016. *The Globe Guide to Shakespeare*. Profile Books,

London.

Dillon, J. 2006. The *Cambridge Introduction to Early English Theatre*. Cambridge University Press, Cambridge.

Dimsdale, J. E. 2009. Sleep in *Othello*. *Journal of Clinical Sleep Medicine*, 5: 280-281.

Dobson, M. J. 1989. History of Malaria in England. *Journal of the Royal Society of Medicine*, 82(17): 3-7.

Dreisbach, R. H., Robertson, W. O. 1987. *Handbook of Poisoning: Twelfth Edition*. Appleton & Lange, Connecticut.

Duncan-Jones, K. 2004. *Shakespeare's Life and World*. The Folio Society, London.

Dyce, A. (ed.). 1829. *The Works of George Peele Collected and Edited with Some Account of His Life and Writings, Volume 2*. William Pickering, London.

Elsom, D. M. 2015. *Lightning: Nature and Culture*. Reaktion Books, London.

Emsley, J. 2006. *Vanity, Vitality, and Virility: The Science Behind the Products You Love to Buy*. Oxford University Press, Oxford.

Everson, C. A., Bergmann, B. M., Rechtschaffen, A. 1989. Sleep Deprivation in the Rat: III. Total Sleep Deprivation. *Sleep*, 12(1): 13-21.

Fabricius, J. 1994. *Syphilis in Shakespeare's England*. Jessica Kingsley Publishers, London and Bristol, Pennsylvania.

Falk, D. 2014. *The Science of Shakespeare: A New Look at the Playwright's Universe*. St Martin's Press, New York.

Furman, Y., Wolf, S. M., Rosenfeld, D. S. 1997. Shakespeare and Sleep Disorders. *Historical Neurology*, 49: 1171-1172.

Gianni, M., Dentali, F., Grandi, A. M., Sumner, G., Hiralal, R., Lonn, E. 2006. Apical Ballooning Syndrome or Takotsubo Cardiomyopathy: A Systematic Review. *European Heart Journal*, 27: 1523-1529.

Girard, R. 1990. Sacrifice in Shakespeare's *Julius Caesar*. *Salmagundi*, 88/89: 399-419.

Greenblatt, S. 2005. *Will in the World: How Shakespeare Became Shakespeare*. Pimlico, London.

Greene, R. 1870. *Greene's Groats-Worth of Wit, Bought with a Million of Repentance: Reprinted from an Original Copy of the Extremely Rare Edition of 1596, Preserved in the Library of Henry Huth, Esq.* Chiswick Press, London.

Griffiths, R. A. 1969. The Trial of Eleanor Cobham: an Episode in the Fall of Duke Humphrey of Gloucester. *Bulletin of The John Rylands Library*, 51(2): 381-399.

Gurr, A. 2012. *The Shakespearean Stage 1574-1642*. Cambridge University Press, Cambridge.

Hancock, P. A. 2011. *Richard III and the Murder in the Tower*. History Press, Gloucester.

Harries, M. 2003. Near Drowning. *BMJ*, 327: 1336-1338.

Hayden, D. 2003. *Pox: Genius, Madness, and the Mysteries of Syphilis*. Basic Books, New York.

Haynes, A. 1999. *Sex in Elizabethan England*. Wrens Park Publishing.

Heaton, K. W. 2006. Faints, Fits, and Fatalities from Emotion in Shakespeare's Characters: Survey of the Canon. *BMJ*, 333: 1335-1338.

Heyman, P., Simons, L., Cochez, C. 2014. Were the English Sweating Sickness and the Picardy Sweat Caused by Hantaviruses? *Viruses*, 6: 151-171.

Heywood, T. 1579. *An Apology for Actors*. Thomas Woodcocke, London.

Hirschfeld, H. 2018. *The Oxford Handbook of Shakespearean Comedy*. Oxford University Press, Oxford.

Holinshed, R. 1808. *Chronicles of England, Scotland and Ireland*. Johnson,

London.

Homer. 1995 edn. *The Iliad*. Wordsworth Editions Limited, Hertfordshire.

Hurren, E. T. 2016. *Dissecting the Criminal Corpse: Staging Post-Execution Punishment in Early Modern England*. Springer, London.

Hutton, A. 1892. *Old Sword Play: The Systems of Fence in Vogue During the XVIth, XVIIth, and XVIIIth Centuries with Lessons Arranged from the Works of Various Masters*. H. Grevel & Co., London.

Jenner, R., Undheim, E. 2017. *Venom: The Secrets of Nature's Deadliest Weapon*. Natural History Museum, London.

Jolliff e, D. M. 1993. A History of the Use of Arsenicals in Man. *Journal of the Royal Society of Medicine*, 86: 287-289.

Jonson, B. 2008. *The Alchemist and Other Plays*. Oxford University Press, Oxford.

Karim-Cooper, F., Stern, T. (eds). 2016. *Shakespeare's Theatres and the Eff ects of Performance*. Bloomsbury, London.

Kaufmann, M. 2017. *Black Tudors: The Untold Story*. Oneworld Publications, London.

Kelly, J. 2013. *The Great Mortality: An Intimate History of the Black Death*. Harper Perennial, London.

Kerwin, W. 2005. *Beyond the Body: The Boundaries of Medicine and English Renaissance Drama*. University of Massachusetts Press, Massachusetts.

Klaassen, C. D. (ed.). 2013. *Casarett & Doull's Toxicology: The Basic Science of Poisons*. McGraw-Hill Education, New York, Chicago, San Francisco.

Knell, R. J. 2003. Syphilis in Renaissance Europe: Rapid Evolution of an Introduced Sexually Transmitted Disease? *Proceedings of the Royal Society of London, B*, 271: S174-S176.

Kyd, T. 1615. *The Spanish Tragedy, Or Hieronimo is Mad Again*. Mr Dodley, London.

MacDonald, M. 1989. The Medicalization of Suicide in England: Laymen, Physicians, and Cultural Change, 1500-1870. *Milbank Quarterly*, 67(1): 69-91.

MacGregor, N. 2014. *Shakespeare's Restless World: An Unexpected History in Twenty Objects*. Penguin Books, London.

McNeill, W. H. 1976. *Plagues and Peoples*. Anchor Press/Doubleday, New York.

Magnusson, M. 2000. *Scotland: A History of a Nation*. Harper Collins, London.

Marlowe, C. 2008. *Doctor Faustus and Other Plays*. Oxford University Press, Oxford.

Mendilow, A. A. 1958. Falstaff's Death of a Sweat. *Shakespeare Quarterly*, 9(4): 479-483.

Mortimer, I. 2009. *1415: Henry V's Year of Glory*. Vintage Random House, London.

Nash, T. 1596. *Have With You To Saffron Walden: or, Gabriell Harvey's Hunt Is Up*. John Danter, London.

Nash, T. 1815. *Christ's Tears Over Jerusalem*. Longman, Hurst, Rees, Orme, & Brown, London.

Neely, C. T. 1991. 'Document in Madness': Reading Madness and Gender in Shakespeare's Tragedies and Early Modern Culture. *Shakespeare Quarterly*, 42(3): 315-338.

Neill, M., Schalkwyk, D. (eds). 2018. *The Oxford Handbook of Shakespearean Tragedy*. Oxford University Press, Oxford.

Nicoll, A. (ed.). 1964. *Shakespeare in His Own Age: Shakespeare Survey 17*. Cambridge University Press, Cambridge.

Norwich, J. J. 1999. *Shakespeare's Kings*. Faber & Faber Ltd, London.

Nuland, S. B. 1995. *How We Die: Reflections on Life's Final Chapter*. Vintage

Books, New York.

Öğütcü, M. 2016. Public Execution and Justice On/Off the Elizabethan Stage: Shakespeare's First Tetralogy. *Mediterranean Journal of Humanities*, VI/2: 361-379.

Oliver, N. 2011. *A History of Scotland*. Orion Books Ltd, London.

Orent, W. 2004. *Plague: The Mysterious Past and Terrifying Future of the World's Most Dangerous Disease*. Free Press, New York.

Ovid, trans. Riley, H. T. 1858. *The Metamorphoses of Ovid*. H. G. Bohn, London.

Paster, G. K. 1993. *The Body Embarrassed: Drama and Disciplines of Shame in Early Modern England*. Cornell University Press, New York.

Pauli, R. (ed). 1857. *Confessio Amantis of John Gower*. Bell & Daldy, London.

Pliny, trans. Bostock, J., Riley, H. T. 1856. *The Natural History of Pliny*. G. Bell & Sons, London.

Plutarch, trans. Langhorne, J., Langhorne, W. 1850. *Plutarch's Lives, Translated from the Original Greek: With Notes, Critical and Historical and the Life of Plutarch*. Applegate Publishers, London.

Pollard, A. J. 1995. *Richard III and the Princes in the Tower*. Alan Sutton Publishing Ltd, Gloucestershire.

Prahlow, J. 2010. *Forensic Pathology for Police, Death Investigators, Attorneys, and Forensic Scientists*. Springer, London.

Prestwich, M. 1996. *Armies and Warfare in the Middle Ages: The English Experience*. Yale University Press, New Haven and London.

Quigley, C. 2015. *The Corpse: A History*. McFarland & Co., North Carolina.

Reiter, P. 2000. From Shakespeare to Defoe: Malaria in England in the Little Ice Age. *Emerging Infectious Diseases*, 6(1): 1-11.

Retief, F. P., Cilliers, L. 2005. The Death of Cleopatra. *Acta Theologica*

Supplementum 7, 26(2): 79-88.

Roach, M. 2003. *Stiff: The Curious Lives of Human Cadavers*. Penguin Books, London.

Ross, J. J. 1965. Neurological Findings After Prolonged Sleep Deprivation. *JAMA Neurology, Archives of Neurology*, 12: 399-403.

Sakai, A. 1991. Phrenitis: Infl ammation of the Mind and Body. *History of Psychiatry*, 2: 193-205.

Saukko, P., Knight, B. 2004. *Knight's Forensic Pathology: 3rd Edition*. Hodder Arnold Ltd, London.

Sawday, J. 1996. *The Body Emblazoned: Dissection and the Human Bodyin Renaissance Culture*. Routledge. London.

Schoenbaum, S. 1987. *William Shakespeare: A Compact Documentary Life*. Oxford University Press, Oxford.

Scott-Warren, J. 2003. When Theatres Were Bear-Gardens: Or, What's at Stake in the Comedy of Humours. *Shakespeare Quarterly*, 54(1): 63-82.

Shakespeare, W., ed. Bate, J., Rasmussen, E. 2008. *William Shakespeare: Complete Works*. Random House, London.

Sharpe, J. A. 1999. *Crime in Early Modern England 1550-1750*. Longman Ltd, London, New York.

Simrock, M. K. 1850. *The Remarks of M. Karl Simrock, on the Plots of Shakespeare's Plays: With Notes and Additions by J. O. Halliwell*. The Shakespeare Society, London.

Smith, M. 1992. The Theatre and the Scaff old: Death as Spectacle in *The Spanish Tragedy*. *Studies in English Literature, 1500-1900*, 32(2): 217-232.

Steinmetz, A. 1868. *The Romance of Duelling in All Times and Countries: Volume 1*. Chapman & Hall, London.

Stubbes, W. 1836. *The Anatomie of Abuses*. W. Pickering, London.

Tadros, G., Jolley, D. 2001. The Stigma of Suicide. *The British Journal of*

Psychiatry, 179(2): 178.

Taylor, J. E. 1855. *The Moor of Venice: Cinthio's Tale and Shakespeare's Tragedy*. Chapman & Hall, London.

Teske, A. J., Verjans, J. W. 2016. Takotsubo Cardiomyopathy-Stunning Views on the Broken Heart. *Netherlands Heart Journal*, 24: 508-510.

Thomas P. G. (ed.). 1907. *Greene's 'Pandosto' or 'Dorastus and Fawnia' Being the Original of Shakespeare's 'Winter's Tale'*. Chatto & Windus, London.

Thompson, C. J. S. 1993. *Poisons and Poisoners*. Barnes & Noble Books, New York.

Valentine, C. 2017. *Past Mortems: Life and Death Behind Mortuary Doors*. Little, Brown, London.

Verbruggen, J. F. 2002. *The Art of Warfare in Western Europe During the Middle Ages*. Boydell Press, Suff olk.

Webster, J. *The Duchess of Malfi and Other Plays*. Oxford University Press, Oxford.

Weir, A. 2009. *Lancaster and York: The Wars of the Roses*. Vintage Random House, London.

Wells, S. 2006. *Shakespeare and Co*. Penguin Books, London.

Williams, N. 1957. *Powder and Paint: A History of the Englishwoman's Toilet Elizabeth I-Elizabeth II*. Longmans, Green & Co., London.

Wilson, D. 2014. *The Plantagenets: The Kings that Made Britain*. Quercus Editions, London.

网址

british-history. ac. uk/letters-papers-hen8/vol10fi le: ///Users/amacdiarmid/Desktop/Sigma books 2/Death By Shakespeare/copyedited/ plato. stanford. edu/entries/death-defi nition opensourceshakespeare. org

plato. stanford. edu/entries/death-definition

电视

The Shakespeare Collection. BBC DVD.

致谢

> 现在我要感谢各位的相助。*
>
> ——《麦克白》，第五幕，第九场

首先要感谢 Jim Martin、Anna MacDiarmid，还有布鲁姆斯伯里出版公司的各位，让我再次有幸写作我热爱的内容，感谢他们自始至终的支持。我还要感谢 Catherine Best 出色的编辑工作。

我写这本书是出于对莎士比亚的热情和对科学血腥一面的兴趣。我有化学的背景，所以我在科学方面的研究不如对文学、戏剧的探索困难。在弄明白莎剧是如何表演的这方面，吉尔福德莎士比亚剧团（Guildford Shakespeare Company）的 Matt Pinches 和 Katherine Mendelsohn 帮了我大忙，谢谢你们。

在科学方面，Margaret skinner 和 Caroline Barrett 帮我解

---

* 朱生豪译《麦克白》，第五幕，第九场。卷 6，p.190。

决了关于动物血液的一个难点。Alice Gregory 为睡眠剥夺，或者说缺觉的后果提供了一些极好的见解。对解剖学和医学细节方面的问题，Isabelle Sheridan 给出了精彩的回答。我需要特别提到 Bill Backhouse 和 Justin Brower，他们帮助我查找了莎士比亚的原始资料和参考来源。

感谢 David Harkup 和 Sharon Harkup，Beatriz Gonzáles，Matt May，Helen Skinner 和 Andrew Skinner，Richard Stutely，Mark Whiting，以及瓦伦西亚写作小组的所有人，特别是 Dónal MacEalaine。我最感谢的是我的父母，感谢他们在成书过程中的阅读和批评。根据他们的反馈，这本书改善了不少。尽管许多人帮忙指正过我的错漏，但凡事皆不完美。书中若有任何错误，都是我一个人的责任。

当然，之所以会有这本书，要归功于威廉·莎士比亚和他的杰作。"你怎么看出（quote）我的愚蠢？"[*]书中绝大多数的引文，还有许多其他信息，都来自特别棒的开源莎士比亚网站 www.opensourceshakespeare.org。《两个高贵的亲戚》的引文引自皇家莎士比亚剧团版（RSC edition）《威廉·莎士比亚全集》（Complete Works of William Shakespeare）。最后，《爱德华三世》的引文引自 John Julius Norwich 的《莎士比亚的国王》（Shakespeare's Kings）。

---

[*] 朱生豪译《维洛那二绅士》，第二幕，第四场。卷1，p.170。

索引

阿尔卡萨之战　24，59，61，63
阿金库尔战役　43，175，179，
　　181，185，191，197，201，
　　204，224
阿托品　87，94，267
癌症　159
《爱德华三世》　3，176，248，
　　362，375
爱德华三世国王
爱德华四世国王　154
爱德华五世国王
《爱的徒劳》　70，216，301，350
《安东尼和克莉奥佩特拉》　2，
　　54，93，131，241，242，259，
　　262，263，264，275，278
《奥瑟罗》　147，148，151，195，
　　304，305，360

败血性休克　204，215
败血症　194，203
《暴风雨》　2，44，208，211，
　　212，213，349
本·琼森　9，16，27，36，54，337
波士华斯之战
《错误的喜剧》　70，102，103，
　　300，350
丹毒　98
《第十二夜》　31，44，47，70，
　　76，112，172，213，216，
　　243，249，300，322，339，
　　340，341，351
《冬天的故事》　60，88，110，
　　302，303，321，341，342，
　　343，351
逗熊　41，46，49，58，337，338，

索引

339，341

痘／梅毒 24，212，226，227，
230，232，233，236，237，
268，17，24，36，71，80，
97，209，212，216，226，
227，228，229，230，231，
232，233，234，236，237，
238，268，269，353，357

毒芹 248，249，266

毒药和投毒 245，246

毒液 245，247，248，260，
261，263，264，270

扼死 130，133，142，143，145，
146，147，148，151，202，
354，360

饿死 26，131，132，133，215，
222，358

儿童死亡率

发绀 141，145

发狂 253，310，311，351，361

番木鳖碱

肺结核 98，159，209，210

分娩 7，8，73，86，87，110，
311，350，361

疯癫 291，293，309，310，311，
313

《凤凰与斑鸠》 363

弗朗西斯·博蒙特 35

腐烂 85，90，131，202，217，
247

复仇 104，155，271，330，334

腹膜炎 279

腹泻 224，252

肝硬化 17

高碳酸血 144

宫务大臣剧团 20，25，32

国王剧团 32，33，48，65

哈夫勒尔之围

《哈姆莱特》 10，40，43，44，
46，55，57，58，59，70，
104，238，245，265，266，
269，270，271，273，274，
275，277，291，292，293，
294，295，296，309，346，
359

汉坦病毒 210

汗热病 209，210

河豚毒素 94，95，96

《亨利八世》 34，48，49，75，
99，115，307，308，356

亨利八世国王

《亨利六世》

亨利六世国王

亨利七世国王

《亨利四世》 97，172

亨利四世国王

377

《亨利五世》 2，27，43，53，58，71，96，97，125，126，127，172，175，181，182，184，185，186，187，190，191，192，196，197，198，199，200，201，202，212，224，225，237，353

亨利五世国王

坏疽 98，261，270

环球剧院 32，41，42，46，48，50，51，57，230，333，337，341

火花树 326

火药阴谋 124，320

《霍林斯赫德编年史》

挤死 102，133，377

脊柱侧凸 152

假死 23，90，91，92，95，96，251，258，358

假眼球 61

剑斗 21，25，172，173，345

剑伤 195，278

箭毒马鞍子 271

箭伤 195

绞架 127，131

绞刑 26，29，42，58，102，104，105，114，115，116，117，118，119，120，122，126，127，128，129，130，131，135，151，163，210，353，354

《皆大欢喜》 1，6，23，344，350

街头打斗 172，174

精神错乱 296，311

痉笑 312

决斗 29，51，74，172，174，271，354

砍头 102，114，115，118，122，123，126，163，351，352，353，354，355，356，357，358，361

《科利奥兰纳斯》 33，172，192，203，208，329，331，357

克里斯托弗·马洛 15，21，23，269，354

藜芦 266，267

《李尔王》 i，70，150，152，216，244，246，302，303，304，340，360

《理查二世》 25，132，134，146，174，249，300，352

理查二世国王

《理查三世》 101，153，154，157，158，159，160，162，163，164，165，168，175，356

理查三世国王 146

痢疾 113, 184, 224, 225, 226, 254

《两个高贵的亲戚》 34, 112, 362, 375

《量罪记》 34, 70, 103, 111, 113, 209, 210, 238, 349

淋巴结核 226

淋病 236

流行感冒

《露克丽丝遭强暴记》 279, 280, 281, 363

罗伯特·格林 15, 21

《罗密欧与朱丽叶》 23, 25, 53, 91, 93, 107, 172, 173, 174, 195, 196, 207, 214, 222, 223, 251, 254, 255, 304, 358

麻痹 95, 145, 261, 265, 266, 268, 271, 325

麻风病 98, 209, 210, 227, 228, 233, 237, 268, 311

《马尔菲公爵夫人》 59, 60

《马耳他岛的犹太人》 23, 269

麦角 249, 250

麦克白 51, 56, 79, 120, 131, 138, 149, 191, 219, 220, 247, 248, 249, 250, 251, 274, 302, 307, 309, 313, 314, 315, 316, 318, 319, 320, 329, 339, 346, 359, 374

《麦克白》 51, 79, 131, 191, 219, 220, 247, 248, 249, 251, 274, 307, 309, 313, 314, 315, 316, 320, 329, 339, 346, 359, 374

麦克·德雷顿

曼陀罗草

闷死 145, 146, 151, 166, 354

迷走神经反射 130

谋杀 ii, 21, 23, 25, 29, 51, 64, 66, 71, 110, 111, 120, 125, 132, 133, 137, 138, 139, 140, 141, 143, 145, 146, 147, 149, 150, 151, 152, 154, 155, 156, 157, 162, 164, 168, 169, 244, 246, 250, 257, 276, 282, 302, 313, 315, 320, 334, 335, 352, 354, 361

溺亡 274, 291, 292, 294, 295

尿毒症 204

疟疾 97, 211, 212

《配力克里斯》 33, 44, 54, 84, 302, 323, 324, 327

砒霜/砷 243, 246, 247, 243,

258
破伤风 313
剖宫产 329
气体栓塞 194
气胸 190, 279
铅白 243
强暴/强奸 279, 280, 281, 330, 363, 378, 110, 111, 133
乔治·查普曼 30
乔治·皮尔 24, 59, 329, 357
乔治·威尔金斯 33, 34, 362
《情女怨》 70, 363
氰化物 121, 144, 256, 271
《裘力斯·恺撒》 44, 65, 66, 67, 74, 171, 277, 281, 288, 289, 290, 335, 336, 358
杀婴 120
伤寒 13, 14, 36, 97, 209
什鲁斯伯里的理查 161
食物短缺 26, 33
食物中毒 14
水银/汞 80, 237, 243, 265, 268, 270, 61, 235, 237, 258
水肿 17, 270, 295
死后僵直 89, 144, 200, 201
死后痉挛 201
死亡喉音 100, 203

死亡迹象 85, 88
死亡面罩 98
死刑判决 127
四马分尸 26, 117, 118, 120, 122, 126, 353, 354
《泰特斯·安德洛尼克斯》 24, 54, 56, 57, 59, 133, 138, 307, 329, 332, 333, 335, 336, 357
《特洛伊罗斯与克瑞西达》 217, 230, 231, 234, 235, 238, 239, 357
天花 51, 81, 209, 212, 217, 226
天仙子 266, 267
痛阈
吞火 290
托马斯·德克尔 30, 34
托马斯·基德 22, 104, 220, 296, 362
托马斯·米德尔顿 30, 34, 349, 358, 359
《托马斯·莫尔爵士》 34
托马斯·纳什 15, 28, 339, 354
托马斯·沃森 21
脱水 131
威廉·达文南特爵士 234, 235
威廉·哈维 74, 75

索引

《威尼斯商人》 23，106，107，242，328，350
威斯敏斯特的爱德华王子 157
《维洛那二绅士》 77，349，375
《维纳斯与阿多尼斯》 19，363
《温莎的风流娘儿们》 25，70，75，76，97，172，218，219，340，349
瘟疫 3，6，7，11，17，18，19，20，26，32，33，35，44，71，81，82，97，213，214，216，219，220，221，222，223，224，226，345，358
乌木 238，266，268
乌头碱 253，254，271
《无事生非》 210，302，350
《西班牙悲剧》 104
心源性死亡 303
《辛白林》 90，257，258，259，304，361
猩红热 209，210
休克 130，190，195，204，215，376
酗酒/酒精中毒 36，97
血栓症 183
《驯悍记》 310，316，350
压死/挤死 133，134，354，102，133，378

《雅典的泰门》 34，79，220，221，358
一氧化碳 121，141，290
伊丽莎白一世女王
营养不良 26，113，208
愈创木 235，238，268
约翰·弗莱彻 34，356，362
约翰国王
约翰·霍尔 37，75
约翰·马斯顿 30
《约翰王》 176，177，226，252，253，254，283，284，307，308，309，310，312，351
约翰·韦伯斯特 30，59
遭熊袭击
詹姆士一世国王
战争 ii，27，43，51，117，118，139，164，171，172，174，175，176，177，178，179，180，181，182，186，191，192，199，224，225，226，229，231，283，284，308，330，351，357
肢解 58，117，330，357
执行死刑 42，102，105，112，114，130，133，349
止血带 195，331
窒息 121，127，138，142，144，

148，245，290，294
中风 98，99，146
《终成眷属》 69，76，78，79，213，299，344，350
肿胀 17，89，116，129，130，197，214，216，242，252，261，263，290
《仲夏夜之梦》 8，282，348，350
助产士和女巫
坠亡 287，351
捉空摸床 96
子宫特权 110，111
自伤 282
坐牢 35，105，112

图书在版编目（CIP）数据

莎士比亚笔下的 N 种死亡方式：蛇咬、剑刺和心碎 /（英）凯瑟琳·哈卡普著；余梦婷译 .—北京：商务印书馆，2022
（新科学人文库）
ISBN 978-7-100-20634-1

Ⅰ.①莎… Ⅱ.①凯… ②余… Ⅲ.①莎士比亚（Shakespeare, William 1564-1616）—戏剧文学—文学研究　Ⅳ.① I561.073

中国版本图书馆 CIP 数据核字（2022）第 018189 号

权利保留，侵权必究。

新科学人文库
莎士比亚笔下的 N 种死亡方式
蛇咬、剑刺和心碎
〔英〕凯瑟琳·哈卡普　著
余梦婷　译

商 务 印 书 馆 出 版
（北京王府井大街36号　邮政编码100710）
商 务 印 书 馆 发 行
北京市白帆印务有限公司印刷
ISBN 978 - 7 - 100 - 20634 - 1

2022 年 5 月第 1 版　　开本 880×1240　1/32
2022 年 5 月北京第 1 次印刷　印张 12⅛
定价：66.00 元

| 新科学人 | 文库

《生命之数》
《给年青数学人的信（修订版）》
《书林散笔：一位理科生的书缘与书话》
《音乐与大脑：艺术和科学的奇妙旅程》
《元素与人类文明》
《莎士比亚笔下的N种死亡方式》

作者简介

凯瑟琳·哈卡普（Kathryn Harkup），化学家、科学传播者，也有"吸血鬼学家"的美称。在纽约大学获得博士学位并从事博士后研究。著有《砷：阿加莎·克里斯蒂的毒药》《制造怪物：玛丽·雪莱的弗兰肯斯坦》。畅销书《砷》入围国际侦探小说界的大奖麦卡维提奖（Macavity Awards）和英国医学会（BMA）图书奖。

译者简介

余梦婷，北京大学哲学系科学技术哲学专业博士研究生。译著有《吉尔伯特·怀特传：<塞耳彭博物志>背后的故事》。

责任编辑：熊　姣
装帧设计：李杨桦